Réviser son bac avec Le Monde

GÉOGRAPHIE

W0238609

Une réalisation de rue des écoles

NOUVEAU PROGRAMME

Un cahier spécial de 16 pages pour se tester
+
Une carte mentale pour bien retenir

Avec la collaboration de :
Romain Goureau
Diane Monge
Elsa Paris

En partenariat avec MAIF

Dans la continuité du collège, l'enseignement de la géographie vous permet d'acquérir, tout au long du lycée, des clés de compréhension du monde contemporain à l'aide d'un lexique géographique approfondi. En terminale, la mondialisation constitue l'axe central du nouveau programme de géographie, puisqu'il s'intitule : « les territoires dans la mondialisation : entre intégration et rivalités ». La mondialisation se traduit notamment par une intensification des flux de toute nature et par une hiérarchisation renforcée des territoires à l'échelle mondiale. Elle agit donc comme un révélateur d'inégalités territoriales à différentes échelles. Il faut identifier les différents acteurs en jeu et les dynamiques diversifiées qui sous-tendent leur mise en relation, entre concurrence, tensions, intégration et régulation.

La structuration du programme permet la mise en œuvre de deux approches caractéristiques de la géographie : la démarche multiscalaire et la démarche systémique. Ainsi, pour chaque thème, une question spécifique sur la France permet de montrer l'articulation entre les échelles : il existe des relations complexes entre ce qui se passe en France et le reste du monde, entre les acteurs et les territoires à différentes échelles. Cette question spécifique qui jalonne les thèmes du programme permet également de rappeler les grands points de repère du territoire métropolitain et ultramarin, l'articulation entre ces différents territoires, ses lignes de force, principaux reliefs et axes de communication.

Cet ouvrage, constitué de fiches de cours et d'articles du *Monde*, a été conçu pour vous préparer efficacement au nouveau baccalauréat en géographie. Pour chaque thème, il présente des cours illustrés et des sujets corrigés ainsi que l'étude d'un cas choisi parmi ceux proposés par le programme. Un article du *Monde* complète chaque chapitre en le mettant en perspective. Ces articles donnent des références concrètes et originales qui pourront être mobilisées lors de l'épreuve. Ils mettent également en lumière les grands enjeux actuels : ainsi, la maladie Covid-19, apparue en novembre 2019 en Chine et propagée à l'échelle mondiale, a d'importantes répercussions sociales, économiques et géopolitiques dont on ne mesure pas encore toute l'ampleur. Cette pandémie remet en perspective les forces et les faiblesses du modèle économique libéral et de la mondialisation.

À la fin de l'ouvrage, un guide pratique donne les clés de la méthodologie de l'épreuve et une carte mentale est proposée : elle permet de comprendre la structuration générale du programme pour mieux se l'approprier.

SOMMAIRE

MERS ET OCÉANS : AU CŒUR DE LA MONDIALISATION

Mers et océans : vecteurs essentiels de la mondialisation

Les océans recouvrent 71 % de la surface de la planète. La mondialisation, phénomène d'accélération des flux de toute nature, se mesure particulièrement à la surface des océans : en 2015, neuf milliards de tonnes de marchandises y circulaient, représentant 80 % du volume total des marchandises. Dans le monde, environ 50 000 navires de commerce naviguaient en 2012 : 40 % de pétroliers, 40 % de vraquiers et 15 % de porte-conteneurs. Ce commerce maritime apparaît comme une cible potentielle tout au long des XXe et XXIe siècles : pour des belligérants dans le cadre des guerres entre États mais aussi pour des pirates qui y trouvent des produits et des équipages à rançonner. Si ces espaces particuliers que constituent les océans favorisent la mondialisation, ils sont aussi - parfois profondément - modifiés par ce processus.

Navire de pêche.

Des espaces convoités pour leurs ressources

Les espaces maritimes contiennent des **richesses très convoitées par les acteurs de la mondialisation**, notamment les **ressources halieutiques**. Depuis les années 1990, la production aquacole est en plein essor, au point qu'en 2016 elle représentait 74 millions de tonnes, contre 93 millions de tonnes pour la pêche. Il existe 4,6 millions de bateaux consacrés à celle-ci dont 75 % en Asie, avec une flotte très largement constituée d'embarcations de petite taille. Néanmoins, la surpêche est une préoccupation majeure : selon la FAO (Organisation des Nations unies pour l'alimentation et l'agriculture), une espèce de poissons sur trois est menacée d'extinction. L'usage de ces stocks biologiques se diversifie, par exemple, avec le développement de l'exploitation des algues et de leur culture pour approvisionner les industries pharmaceutiques et cosmétiques. La localisation de ces ressources se modifie également en raison des changements climatiques : ainsi, la conchyliculture est très sensible à un phénomène d'acidification des océans par absorption du CO_2 et les stocks de poissons se déplacent vers le nord, là où les températures sont plus basses.

Les fonds marins sont également des espaces riches en ressources, notamment en **hydrocarbures**. L'**off shore** extrait près d'un tiers de la production mondiale de gaz et de pétrole mais son exploitation nécessite davantage d'investissements que l'exploitation terrestre, ce qui la rend plus sensible aux évolutions des cours du pétrole. La répartition est inégale dans les océans : la Norvège a largement investi dans l'exploitation de ces ressources, tout comme les entreprises américaines dans le golfe du Mexique. La mer Caspienne et l'Afrique de l'Ouest sont deux autres espaces majeurs d'exploitation pétrolière.

Des métaux sont également présents en grande quantité, notamment sous la forme de nodules polymétalliques riches en nickel et cobalt. Si leur exploitation est encore aujourd'hui techniquement coûteuse, la hausse des cours internationaux liée à la demande des pays émergents la rend de plus en plus rentable. Le sable constitue aussi une richesse, essentielle à des sociétés où le béton tient une large part. Son exploitation massive

NOTION CLÉ

LA MARITIMISATION DU MONDE

La maritimisation est l'accélération et l'accroissement des échanges par voie maritime, qui a lieu surtout depuis les années 1970. Les causes en sont la diminution du coût des transports maritimes, obtenue grâce au gigantisme des navires et au développement des conteneurs. Révolution du transport, ces boîtes standardisées de six ou douze mètres s'adaptent à tous les types de transports, se superposent et peuvent être réfrigérées pour transporter des denrées alimentaires. Elles ont permis l'accélération des mouvements de marchandises. Le navire *MSC Gülsün*, construit en 2019, atteint un gabarit de 400 mètres de long sur 62 mètres de large, pour une capacité de transport de 23 756 conteneurs (2 300 dans les années 1970). Environ 20 millions de conteneurs sont simultanément sur mer, assurant une grande partie des échanges de produits manufacturés.

Les porte-conteneurs, pétroliers ou vraquiers, parcourent les routes maritimes, reliant entre eux les grands ports de l'économie mondiale. Ceux-ci dessinent des façades maritimes, espaces concentrant des ports qui font l'interface entre un avant-pays (*foreland*) maritime et arrière-pays (*hinterland*) terrestre, comme la Northern Range entre Dunkerque et Hambourg. Les plus grands ports du monde se situent en Asie. Ceux de Singapour, Shanghai, ou encore Rotterdam, en Europe, ont adapté leurs infrastructures pour accueillir les plus grands des bateaux. Le port en eau profonde de Shanghai est ainsi construit en 2005 pour accompagner le gigantisme des navires.

Éoliennes off shore.

en Indonésie est pointée du doigt car elle alimente l'érosion et la disparition d'îles.

Enfin, **la force des éléments est une source d'énergie potentielle**. Le vent qui souffle souvent au-dessus de la mer est exploité grâce à des champs éoliens off shore. Au sein de l'Union européenne, 2 000 éoliennes off shore sont ainsi installées, un chiffre en constante augmentation, et 98 % de celles-ci le sont en mer du Nord, particulièrement propice à ce genre d'installation. De façon plus confidentielle mais avec un réel potentiel, l'utilisation des courants marins pour la production d'énergie est envisagée. La France en fut pionnière avec l'usine marémotrice de la Rance en Bretagne, utilisant la puissance des marées pour faire tourner ses turbines.

Les échanges de la mondialisation

Si 80 % de nos consommations passent par les mers et océans, elles sont canalisées sur **de véritables autoroutes maritimes** faisant l'objet d'une étroite surveillance. Reliant les grands ports de la mondialisation, ces routes se croisent parfois et empruntent des passages rendus obligatoires par la géographie. Les détroits sont ainsi des espaces particulièrement fréquentés par les navires de commerce. Malacca, Bab-el-Mandeb, Gibraltar et Ormuz sont autant de points névralgiques, où la libre circulation doit être assurée pour la bonne santé de l'économie mondiale. Ces passages à proximité des côtes ne sont pas sans danger. En 1978, **l'Amoco Cadiz**, un pétrolier, échoue sur les côtes bretonnes, provoquant l'une des plus grandes marées noires de l'histoire. La pointe bretonne, le Raz de Sein, était alors l'un des passages les plus fréquentés au monde. Pour éviter de nouvelles catastrophes, les plus gros navires doivent aujourd'hui contourner ce passage par l'ouest.

La mondialisation concerne également **les flux illégaux** qui empruntent la voie maritime. Les narcotrafics se déploient ainsi à l'échelle planétaire en tentant de dissimuler les drogues dans la masse des marchandises transportées. À la suite du renforcement des contrôles douaniers, aux frontières comme dans les ports, les trafiquants innovent. Les garde-côtes américains ont ainsi arraisonné plusieurs semi-submersibles transportant des centaines de kilos de drogue dans le golfe du Mexique.

DEUX ARTICLES DU *MONDE* À CONSULTER

- **Mastodontes des mers p. 10**
(Propos recueillis par Marie-Béatrice Baudet, *Le Monde* daté du 07.03.2012)
- **La pêche industrielle exploite plus de la moitié de la surface des mers p. 11**
(Audrey Garric, *Le Monde* daté du 24.02.2018)

D'autres flux illégaux prennent un visage tragique dans le cadre des routes migratoires, notamment au cours de tentatives de traversée de la Méditerranée depuis les côtes africaines vers l'Italie ou l'Espagne ou depuis la Turquie vers les îles grecques. D'après l'ONU, plus de 20 000 personnes, voyageant le plus souvent dans de frêles embarcations surpeuplées, sont décédées dans ce contexte. En 2013, un chalutier transportant 500 passagers fait ainsi naufrage au large de Lampedusa, provoquant la mort de 366 personnes.

De nouveaux espaces maritimes ?

Les changements climatiques actuellement à l'œuvre ont des conséquences majeures pour l'espace maritime. Outre la montée des eaux qui devrait conduire à la submersion de certaines régions comme le delta du Mékong ou celui du Nil, les évolutions environnementales offrent de nouvelles perspectives au transport maritime. Autour du pôle Nord, la banquise ne cesse de se réduire, laissant les eaux libres pour la circulation des navires. Auparavant praticable uniquement l'été, le passage du Nord-Est, proche des côtes russes, a été pour la première fois emprunté par un porte-conteneurs danois en 2018, réduisant de treize jours le temps nécessaire pour relier la Northern Range à la façade maritime asiatique par rapport à la route empruntant le canal de Suez.

De plus, **l'accroissement des réseaux d'informations mondiaux** comme Internet, a mis l'accent sur la nécessité de développer des « autoroutes de l'information » sous la forme de câbles en partie sous-marins. 1,3 million de kilomètres de fibre optique sont ainsi installés au fond des océans.

NOTION CLÉ

LA LITTORALISATION DU MONDE

En parallèle de la maritimisation du monde, sa littoralisation s'accélère : les sociétés humaines se regroupent et concentrent leurs activités le long des littoraux. Se situer à proximité des points de débarquement des produits permet en effet une meilleure rentabilité. Le littoral est également un espace recherché pour le cadre de vie : des activités de loisirs et de tourisme s'y développent et des résidences secondaires s'y installent. Ainsi, sur les littoraux de la Méditerranée, la densité moyenne est passée de 100 hab./km² en 1970 à 150 hab./km² en 2000. Les pratiques récréatives se multiplient, certains territoires profitant d'attraits naturels pour une spécialisation, par exemple le surf à Hawaï ou Nazaré (Portugal). Les croisières se sont multipliées dans quelques espaces spécifiques, les Caraïbes et la Méditerranée, y assurant un développement économique mais soulevant aussi des questionnements sur leurs impacts environnementaux.

Néanmoins, les littoraux ne connaissent pas tous une évolution semblable, la mondialisation intégrant inégalement les territoires.

Les investissements nécessaires pour créer les infrastructures accompagnant le gigantisme des navires sont considérables, d'un point de vue économique mais également écologique et social. Ainsi, le village de Doel en Belgique a été en partie détruit pour agrandir le port d'Anvers. Face à la contestation des habitants pendant plus de vingt ans, une partie du village a été préservée.

Réponse à une question problématisée

En quoi les routes maritimes sont-elles des artères de la mondialisation ? Vous identifierez les différentes routes maritimes et vous montrerez qu'elles sont au cœur des échanges planétaires.

L'analyse du sujet

Routes maritimes : ce sont les principaux itinéraires qui traversent les mers et les océans et qui sont empruntés par de nombreux navires. Les identifier signifie savoir les tracer et dire quels territoires sont reliés les uns aux autres par ces routes.
Artères : il faut souligner en quoi les routes sont au cœur des échanges entre les territoires et leur sont essentiels.
Mondialisation : il s'agit du processus de mise en relation des différentes parties du monde par des flux. Il faut clairement rappeler les différents types de flux : de marchandises, d'idées et de personnes.

Ici, il s'agit donc de mettre en évidence les enjeux économiques que représentent les mers et les océans dans le cadre de la mondialisation. Les principales routes relient les pôles économiques et en particulier leurs interfaces maritimes.

L'introduction

Les espaces maritimes couvrent 71 % de la surface terrestre. Ils sont d'immenses espaces naturels qui connaissent aujourd'hui une activité intense. L'explosion et la libéralisation des échanges depuis les années 1970 renforcent la place centrale des mers et des océans dans la mise en relation des territoires à l'échelle planétaire. Ce sont des lieux de communication essentiels dans la mondialisation.

En quoi les routes maritimes sont-elles des artères de la mondialisation ? Afin de répondre à cette question, nous montrerons que les mers et les océans sont des espaces de circulation d'exception où s'échangent des marchandises et des informations.

Le plan détaillé du développement

I. Les grandes routes maritimes relient les territoires majeurs de la mondialisation

1. Les principaux itinéraires maritimes reliant les pôles économiques

L'amélioration des moyens de transport et de communication a entraîné un accroissement des échanges. Le transport maritime a notamment été révolutionné par la généralisation des porte-conteneurs, navires transportant des boîtes identiques remplies d'une infinie variété de marchandises qui sont chargées et déchargées très rapidement dans les ports.

Aujourd'hui, plus de 80 % du commerce mondial se fait par voie maritime. Les principales routes relient les premiers pôles économiques mondiaux. Elles permettent les échanges entre les grandes façades maritimes d'Amérique du Nord, d'Europe occidentale et d'Asie orientale.

2. Les principales routes maritimes

Ces itinéraires passent par les points stratégiques que sont les grands détroits, comme celui de Malacca, reliant la mer de Chine à l'océan Indien, ou les canaux transocéaniques, comme celui de Panamá, qui relie les océans Pacifique et Atlantique.

II. Les différents flux qui empruntent les routes maritimes

1. Des marchandises de plus en plus nombreuses

Sur ces routes, transitent à la fois des produits manufacturés, des produits agricoles et des hydrocarbures. Ainsi, les différents éléments de l'iPhone sont fabriqués à la fois en Europe occidentale et en Asie orientale et assemblés à Shanghai. Une fois le produit terminé, il est expédié dans les conteneurs vers les foyers de consommation, notamment en Amérique du Nord et en Europe occidentale. Le produit emprunte donc les principales routes maritimes.

> **LA BONNE MÉTHODE**
>
> Pour bien délimiter le sujet, il faut le questionner : Qu'est-ce qui est échangé par voie maritime ? Quels sont les principaux itinéraires empruntés ? Pour quelles raisons ? Quels sont les territoires les mieux reliés par ces routes ?

NOTIONS CLÉS

CONTENEUR
Boîte métallique de dimensions normalisées, de 20 et 40 pieds de long (soit six et douze mètres). Son usage s'est étendu à tous les modes de transports (maritime mais aussi routier et ferré). Il en existe plusieurs types, en fonction de leur utilisation : conteneur standard, conteneur réfrigéré et conteneur-citerne. Un conteneur est facilement transportable et rapidement chargé et déchargé d'un bateau vers un camion ou un train et inversement.

FAÇADE MARITIME
Portion de littoral où se concentrent, sur une distance limitée de quelques dizaines à quelques centaines de kilomètres, plusieurs ports de grande taille, qui met en relation un espace continental avec le reste du monde. Les principales façades maritimes se situent en Asie orientale, en Europe occidentale et en Amérique du Nord. La façade asiatique va de Singapour à la Corée du Sud, en passant par les grands ports chinois, taïwanais et japonais. La façade européenne, appelée Northern Range, se situe en mer du Nord et s'étend de Dunkerque à Hambourg (on y englobe parfois Le Havre). En Amérique du Nord, il en existe deux : l'une, atlantique, va du Saint-Laurent au golfe du Mexique et l'autre, ouverte sur le Pacifique, s'étend du nord-ouest des États-Unis à la Californie.

CANAL
Cours d'eau artificiel reliant deux mers ou deux océans par le plus court chemin. Il en existe deux, celui de Suez et celui de Panamá.

DÉTROIT
Passage étroit mettant en communication deux étendues maritimes. Les principaux détroits sont ceux d'Ormuz, de Malacca, de Gibraltar et du Pas-de-Calais.

CE QU'IL NE FAUT PAS FAIRE

- Ne traiter que les échanges de marchandises et ne pas évoquer les autres flux, notamment immatériels, qui empruntent la voie maritime.
- Oublier le titre et la légende d'un croquis.

En raison de l'accroissement des échanges, les navires sont de plus en plus nombreux et les risques de collision augmentent lors des passages dans les détroits qui sont alors sous tension. Aussi, l'ouverture de deux nouvelles routes maritimes en Arctique offre de nouveaux débouchés pour le commerce mondial. Par exemple, le trajet Asie-Europe passerait de 13 500 km par la nouvelle route du Nord-Est contre actuellement 21 000 km par Suez. C'est donc un gain de temps et d'argent important pour les armateurs.

2. Les flux immatériels et humains transitant sur des routes invisibles

Des flux d'informations et de capitaux traversent les espaces maritimes. Ils utilisent les câbles sous-marins. Près de 99 % des trafics internationaux de télécommunication, Internet et téléphonie, passent par les 800 000 km de câbles sous-marins reliant les grands pôles de l'économie mondiale. La colonne vertébrale de l'Internet se situe donc au fond des mers.

D'autres flux, illicites, traversent les espaces maritimes du Sud vers le Nord, ainsi ceux de la drogue ou les routes migratoires. Ils sont cependant difficiles à quantifier et à contrôler.

La conclusion

Les mers et les océans sont des espaces vitaux pour l'économie mondiale. Ils permettent la circulation de marchandises et d'informations entre les principaux pôles du commerce mondial. Les grandes routes sont alors considérées comme les artères de la mondialisation. Elles sont de plus en plus surveillées par les grandes puissances mondiales afin de sécuriser les échanges, de plus en plus nombreux.

Les principales routes maritimes

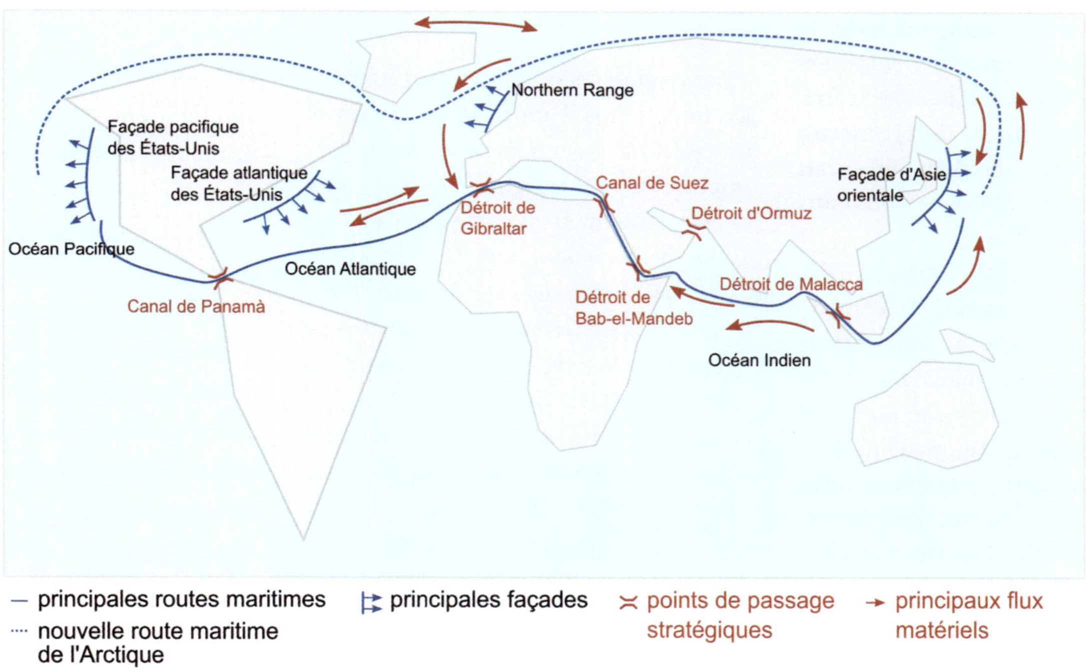

LIEU CLÉ

LE CANAL DE SUEZ

Cette voie navigable artificielle d'environ 190 km de long, ouverte en 1869, traverse l'isthme de Suez, au nord-est de l'Égypte. Sans écluse, elle est accessible à l'ensemble de la flotte mondiale. Le canal relie la Méditerranée au golfe de Suez ouvert sur la mer Rouge. C'est un raccourci avantageux pour les navires, notamment entre l'Asie orientale et l'Europe.

CHIFFRES CLÉS

- 80 % du commerce mondial de marchandises est réalisé par voie maritime.
- La 1re façade maritime mondiale est celle de l'Asie orientale. Plus de 50 % des conteneurs manutentionnés y transitent. Les deux plus grandes routes transocéaniques partent de cette région : l'une est transpacifique et l'autre relie l'Asie orientale à l'Europe.
- La principale route maritime suivie par les pétroliers est celle qui a pour origine le golfe Arabo-Persique à travers le détroit d'Ormuz. Plus de 30 % du pétrole mondial transitent par ce petit passage d'à peine 40 km de large et 63 km de long, contrôlé par l'Iran et Oman.
- 13 des 20 premiers ports mondiaux sont chinois, contre quatre en 2000 (2015).
- Le plus grand porte-conteneurs du monde, le *MSC Gülsün*, est inauguré en 2019. Ce navire gigantesque mesure 399,9 mètres de long et 61,5 mètres de large et peut transporter plus de 23 000 conteneurs.
- Chaque année, environ 14 000 navires passent le canal de Panamá et 17 500 navires celui de Suez.

Mastodontes des mers

La course au gigantisme des navires crée des ports XXL et aggrave les conséquences d'un accident

> **POURQUOI CES ARTICLES ?**
> Ces articles vous apportent un double éclairage sur la maritimisation de l'économie : les mers et océans constituent un enjeu fondamental en ce qui concerne la circulation de marchandises et l'exploitation des ressources. Le premier article, un entretien avec un pilote de la Loire, porte sur les causes, les caractéristiques et les risques de l'évolution du transport maritime. La course au gigantisme des navires est entretenue par les armateurs car elle leur permet de faire d'importantes économies d'échelle. Elle entraîne une dynamique d'extension des ports, une augmentation des risques d'accident et une instabilité des équipages. Le deuxième article, fondé sur une étude scientifique récente, révèle que la pêche industrielle exploitait plus de la moitié de la surface des mers en 2016, soit quatre fois plus que l'espace utilisé pour l'agriculture dans le monde. La pression considérable de l'humain sur les océans, pour exploiter les ressources halieutiques, pose la question de leur épuisement et montre la nécessité d'une gestion durable.

Après avoir navigué dix ans dans la marine marchande, Stéphane Pousset est aujourd'hui pilote à la station de la Loire. Chaque jour, en France, 385 pilotes montent à bord des géants des mers à quelques milles des entrées de port pour les guider lors de leurs manœuvres d'approche. Ce marin expérimenté témoigne de l'évolution du transport maritime, passagers comme marchandises, vers le gigantisme.

Les pilotes de la Loire ont aidé, la semaine dernière, à sortir des chantiers navals de STX France, à Saint-Nazaire, un paquebot de croisière de 333 mètres de long. La gamme précédente mesurait 40 mètres de moins. Sommes-nous dans le « toujours plus » ?

Depuis les années 1970, l'obsession des armateurs est de diminuer le coût du maritime, qu'il s'agisse du transport de passagers ou de celui de marchandises. La taille leur permet de réaliser d'importantes économies d'échelle. Aujourd'hui huit porte-conteneurs de 14 000 « boîtes » avec 200 hommes à bord transportent autant, sur un axe Europe-Asie, que 140 cargos des années 1960 avec 6 500 marins...

Techniquement, il sera toujours possible de faire « plus grand ». Dans les années 1960, un porte-conteneurs transportait jusqu'à 2 000 boîtes. La génération qui sera livrée en 2013 ira jusqu'à 18 000 ! Du coup, les ports, eux aussi, deviennent XXL, comme en Chine. Les autres, les plus anciens, Anvers par exemple, s'adaptent afin de pouvoir accueillir ces mastodontes.

Je pense que les seules capables de stopper cette course au gigantisme sont les compagnies d'assurance. L'échouage du *Costa-Concordia* va, par exemple, leur coûter plusieurs centaines de millions d'euros. Et comment vont-elles pouvoir garantir la valeur d'une cargaison qui peut, sur un seul navire, dépasser le milliard de dollars ?

Les risques décuplent-ils eux aussi ?

De tout temps, l'approche des côtes et des ports a été un facteur de risques important, mais le gigantisme augmente considérablement les conséquences d'un accident. Les manœuvres sont plus délicates, les commandants doivent beaucoup anticiper. Un bateau de croisière de 333 mètres de long présente une surface exposée au vent de 13 880 m², ce qui correspond à un immeuble de quatorze étages. Par vent fort, ce tirant d'air devient un véritable handicap.

Tout doit être surdimensionné : les capacités de remorquage, les chenaux, les zones de mouillage, les amarrages... Vous pouvez facilement imaginer la tension qui s'exerce sur les aussières qui maintiennent à quai ces géants.

La mondialisation du commerce maritime est aussi celle des équipages...

La qualité des équipages est tirée vers le bas, là encore pour des questions de recherche du moindre coût. Nous sommes souvent amenés à le constater dès le début d'une manœuvre : quand un marin tarde à passer les aussières ou ne sait pas – ou plus – faire un nœud de chaise en urgence.

Mais je pense que le problème le plus important auquel nous sommes confrontés est la perte de lien entre le commandant et l'armateur. De plus en plus de compagnies louent des équipages à des *manning agencies*, des sociétés d'intérim. Beaucoup d'entre elles sont installées dans des pays de l'Est et proposent des équipages mixtes : russes, ukrainiens, chinois, etc.

Que vaut, dans ces conditions, l'autorité d'un commandant « intérimaire » qui prend ses ordres auprès d'un intermédiaire représentant l'armateur dans un bureau à terre ? Un jour, j'ai indiqué à un commandant que les conditions météorologiques n'étaient pas propices à un départ en mer. Il m'a expliqué qu'il « ne pouvait pas ne pas partir ». A sa demande, j'ai appelé le bureau de son armateur à Hambourg, où mon interlocuteur m'a répondu que la météo était bonne en Allemagne et qu'il ne comprenait pas pourquoi il était impossible de quitter Saint-Nazaire...

Nous sommes aujourd'hui confrontés à ce type de situation même si, évidemment, nous avons aussi affaire à des capitaines et à des équipages de très bonne qualité et à de vrais armateurs.

Propos recueillis par Marie-Béatrice Baudet, *Le Monde* daté du 07.03.2012

La pêche industrielle exploite plus de la moitié de la surface des mers

Une étude révèle que les navires opèrent sur 200 millions de kilomètres carrés, zone quatre fois plus vaste que celle utilisée par l'agriculture

C'est une nouvelle illustration de la colossale pression que l'humain exerce sur les océans. La pêche industrielle exploite au moins 55 % de la surface des mers dans le monde – soit plus de quatre fois la superficie occupée par l'agriculture sur terre. Voilà les conclusions d'une vaste étude, publiée dans *Science* vendredi 23 février, qui passe au crible, avec un degré de précision inédit, l'ampleur des prises de poissons partout sur la planète jusqu'aux déplacements du moindre navire et à ses activités heure par heure. Elle fournit une carte interactive de l'empreinte mondiale de la pêche.

Pour obtenir ces résultats, les chercheurs appartenant à des ONG (Global Fishing Watch, National Geographic Society, SkyTruth), des universités (Californie et Stanford aux Etats-Unis, Dalhousie au Canada) ainsi que Google ont récupéré 22 milliards de messages diffusés depuis les positions des systèmes d'identification automatique (SIA) des navires entre 2012 et 2016. Ces SIA, à l'origine conçus pour éviter les collisions, donnent l'identité des bateaux, leur position, leur vitesse et leur angle de rotation chaque poignée de secondes, enregistrés par des satellites et des stations au sol.

600 fois la distance Terre-Lune

Les scientifiques ont exploité cette gigantesque masse de données grâce à une technologie d'apprentissage automatique qu'ils ont développée (deux réseaux neuronaux convolutifs, outils couramment utilisés dans la reconnaissance avancée d'images). L'algorithme a pu identifier 70 000 navires commerciaux, leur taille et leur puissance, leur comportement (pêche ou navigation), le type de prises qu'ils pratiquent, ainsi que le lieu et le moment où ils opèrent à l'heure et au kilomètre près. Cet échantillon représente plus des trois quarts des bâtiments de plus de 36 mètres dans le monde. Résultat : ces bateaux ont exploité 55 % de la surface des mers en 2016, soit 200 millions de km^2 (contre 50 millions occupés par l'agriculture). *« Mais ces données ne tiennent pas compte des régions où la couverture par satellite est mauvaise ou des zones économiques exclusives* [ZEE] *présentant un faible pourcentage de navires qui utilisent un système d'identification automatique »*, notent les auteurs. Par extrapolation, ils jugent que la pêche industrielle a plutôt concerné 73 % de la superficie des océans. Dans le détail, les chiffres donnent le tournis. Rien qu'en 2016, l'équipe de chercheurs a observé 40 millions d'heures de pêche par des navires qui ont consommé 19 milliards de kWh d'énergie et parcouru plus de 460 millions de kilomètres, soit 600 fois la distance aller-retour de la Terre à la Lune.

Les zones les plus concernées sont l'Atlantique nord-est (Europe) et le Pacifique nord-ouest (Chine, Japon, Russie), ainsi que quelques régions au large de l'Amérique du Sud et de l'Afrique de l'Ouest. Si la plupart des pays pêchent surtout dans leur propre ZEE, la Chine, l'Espagne, Taïwan, le Japon et la Corée du Sud représentent 85 % de cette activité en haute mer. La pêche à la palangre est la technique la plus répandue (dans 45 % des océans), suivie par la senne coulissante (17 %) et le chalutage (9 %).

L'étude montre également que les périodes et les intensités de la pêche ne dépendent que très peu des cycles naturels tels que les variations climatiques ou la migration des poissons, ni même du prix du fioul. Elles sont, en revanche, influencées par les décisions politiques, comme un moratoire estival instauré en Chine, et la culture – l'activité baisse durant les week-ends et les vacances de Noël dans l'hémisphère Nord.

Gestion durable de la pêche

« En permettant à tout le monde de télécharger nos données, et notamment aux décideurs politiques, nous cherchons à améliorer la transparence dans le secteur de la pêche commerciale et à renforcer les possibilités d'une gestion durable », explique David Kroodsma, auteur principal de l'étude et directeur des recherches et du développement au Global Fishing Watch.

Ces travaux ne disent toutefois rien des quantités de prises de pêche ou de leur évolution dans le temps. *« Nous pouvons savoir pendant combien de temps les bateaux pêchent mais il faudrait le combiner à d'autres données*, précise Kristina Boerder, l'une des coauteurs et doctorante à l'université Dalhousie. *Grâce à notre carte, nous pouvons protéger des écosystèmes fragiles comme les récifs coralliens d'eau froide menacés par le chalutage profond, travailler sur la surpêche et la pêche illégale et connaître également les zones mieux gérées ou l'efficacité des aires marines protégées. »*

D'après le dernier rapport de l'Organisation des Nations unies pour l'alimentation et l'agriculture, 31 % des stocks de poissons sont surexploités dans le monde, ce qui signifie que ces espèces sont prélevées plus rapidement qu'elles ne peuvent se reproduire. Un phénomène trois fois plus massif qu'il y a quarante ans. *« L'empreinte mondiale de la pêche est beaucoup plus importante que les autres sources de production de nourriture alors que les pêcheries ne fournissent que 1,2 % des calories consommées par les humains, soit 34 kcal par habitant et par jour »*, remarquent les auteurs. Ce qui renforce la nécessité d'une gestion durable.

Audrey Garric, *Le Monde* daté du 24.02.2018

Mers et océans : entre appropriation, protection et liberté de circulation

Concentrant des ressources très diversifiées et des flux essentiels au développement économique, les mers et les océans représentent des enjeux politiques et stratégiques. Les États sont en compétition pour l'usage et le contrôle des espaces maritimes, mais d'autres acteurs entrent en jeu, dont la multiplicité illustre la complexité de la mondialisation. Ils assurent la circulation des biens, l'exploitation des ressources, l'application de la souveraineté des États mais aussi l'usage récréatif de ces espaces. Ils peuvent donc entrer dans des conflits de souveraineté ou d'usage. En quoi l'espace maritime mondial est-il au centre de l'attention d'acteurs qui le considèrent comme un enjeu stratégique à plusieurs échelles ?

Un droit international maritime

En 1918, le président Wilson intégrait déjà **la libre circulation** maritime dans sa réflexion sur la mise en place d'un monde nouveau après la Grande Guerre. Presque soixante-dix ans plus tard, les Nations unies commencent à définir un droit maritime international toujours en construction. **La Convention des Nations unies sur le droit de la mer**, signée à Montego Bay en Jamaïque, en 1982, est progressivement adoptée par 168 pays. Les États-Unis, poids lourd maritime, refusent néanmoins de parapher le texte. Il s'agit de délimiter les accès aux ressources tant halieutiques et énergétiques que minérales, mais aussi d'établir un droit de circulation essentiel à la mondialisation.

La Convention prévoit la libre circulation dans les détroits mais surtout **la mise en place de zones économiques exclusives (ZEE)**, d'une largeur de 200 milles nautiques (370 km) depuis le rivage. Celles-ci réservent au pays concerné l'exploitation des ressources de la colonne d'eau et du sous-sol. La France dispose par exemple de la deuxième ZEE en termes de surface au monde. Cette définition théorique simple se heurte néanmoins aux réalités géographiques, notamment lorsque la proximité des pays empêche une distance réciproque de 200 milles. Au sein de l'Union européenne, la Croatie et la Slovénie se disputent par exemple le contrôle du golfe de Piran. Ce dernier constitue la seule ouverture sur la mer de la Slovénie mais l'accès aux eaux internationales se fait par un corridor revendiqué par la Croatie. Les polices des deux pays verbalisent régulièrement leur voisin pour pêche illégale.

Les tensions de ce type risquent de se renforcer en raison du changement climatique en cours. En effet, **la fonte de la banquise** ouvre de nouvelles perspectives pour l'Arctique. Des passages, autrefois bloqués par la glace, sont désormais libres une grande partie de l'année, **les pays environnants souhaitant les contrôler**. Ainsi, le Canada considère le « passage du Nord-Ouest » comme un passage dans ses eaux intérieures, tandis que les États-Unis le considèrent comme un détroit international. Les zones de pêche font également l'objet de vives concurrences : en 2005, une « crise de l'anchois » divise la France et l'Espagne au sujet de la période autorisée pour la pêche de ce poisson dont les stocks diminuent fortement.

Enfin, **certaines îles font l'objet de disputes territoriales**, puisqu'elles servent ensuite à établir la ZEE. La Chine s'est ainsi emparée des Paracels et des Spratleys dans la mer de Chine méridionale, revendiquées aussi par le Vietnam. Elle y établit actuellement un ensemble d'installation civilo-militaires lui assurant une continuité dans la surveillance des flux maritimes en provenance du Moyen-Orient.

Le droit international n'est pas exempt de ce qui peut apparaître comme des **contradictions internes**. Ainsi, si les ZEE

ZOOM SUR…

LES ÎLES, ENJEUX MARITIMES

La définition des zones économiques exclusives (ZEE) à partir de l'espace terrestre rend la maîtrise d'îles, même minuscules, essentielle pour agrandir les possessions nationales. De très nombreux conflits dans l'espace maritime sont liés à ces espaces insulaires. En 1982, l'Argentine envahit les îles Falkland, qu'elle revendique sous le nom de Malvinas. La Grande-Bretagne réagit en envoyant un corps expéditionnaire, récupérant son territoire après une guerre faisant plus de 900 morts, dont 255 Britanniques. Outre la défense d'une île qui compte aujourd'hui 3 200 habitants citoyens britanniques, il s'agit aussi de posséder un espace qui contrôle la sortie du passage du cap Horn au sud de l'Amérique et de potentielles ressources off shore encore inexploitées.

De nouvelles îles apparaissent, en particulier de nature volcanique. C'est ainsi le cas au Japon, pays qui a pu profiter récemment de la naissance de l'île volcanique Nishinoshima, en 2013, près d'Ogasawara. Parfois, elles sont artificielles et correspondent à la volonté d'un pays d'agrandir son contrôle de l'espace maritime. C'est le cas de l'île de Yongshu en mer de Chine qui est en réalité un récif corallien sur lequel des milliers de tonnes de terre et de béton ont été déversées par la Chine pour établir un aéroport militaire entre le Vietnam et l'Indonésie. Ce processus, répété en de multiples espaces, est vivement critiqué par ses voisins qui y voient une menace pour leur indépendance stratégique et craignent des revendications territoriales qui ne cessent de croître de la part de la première puissance économique mondiale.

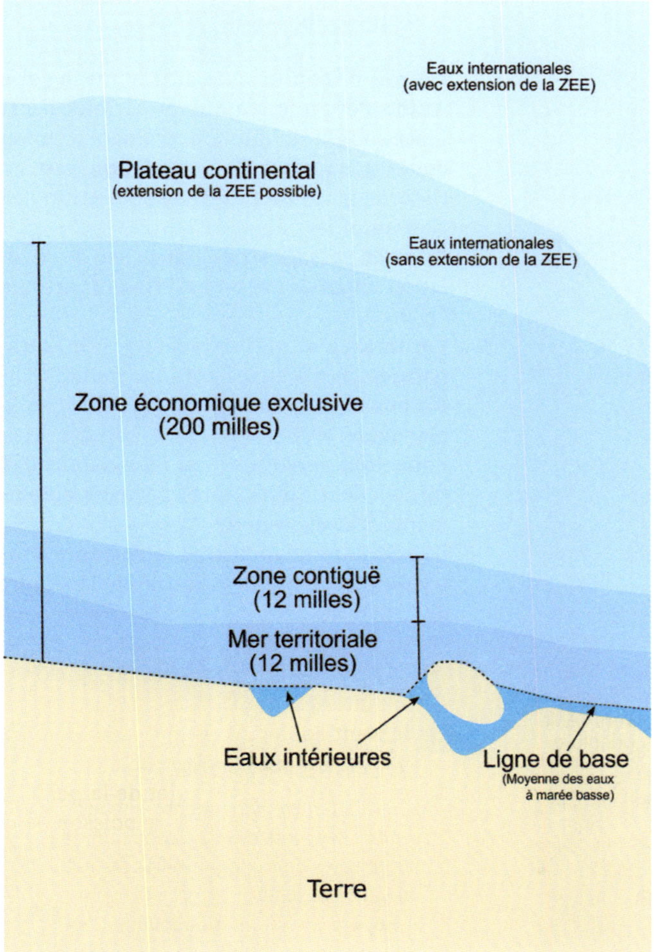

Les différentes zones maritimes du droit de la mer

répondent à la logique d'appropriation, la conférence de Montego Bay assure dans le même temps la logique de libre circulation. De plus, cette appropriation des espaces se fait le plus souvent dans un but économique d'exploitation des ressources tandis que la protection de l'environnement est affirmée dans les discours publics comme une priorité du XXIe siècle. L'un des symboles de la vulnérabilité des écosystèmes face aux bouleversements mondiaux est la disparition des récifs coralliens sous l'action conjuguée de la surpêche, de l'acidification des océans et de l'exploitation à outrance des sables.

Les acteurs de la mer

L'accent est mis depuis le début du XXIe siècle sur la mise en place **d'une gouvernance**, c'est-à-dire d'une gestion construite autour de plusieurs acteurs pour limiter les conflits et permettre un développement raisonné de l'espace. **L'Union européenne** semble à la pointe de ce processus avec une politique de planification de l'espace maritime. Les différents usagers de la mer sont encouragés à discuter de leurs approches respectives pour tenter de trouver un terrain d'entente. En effet, l'exploitation des ressources d'un même territoire peut parfois engendrer des tensions : ainsi, la mise en place d'éoliennes off shore rencontre souvent l'opposition des pêcheurs qui voient interdire leur pratique économique dans certains de leurs espaces, mais aussi des résistances de la part d'une industrie du tourisme qui redoute une dévalorisation des paysages par l'ajout de ces grandes constructions à l'horizon. Ce fut le cas récemment en France dans la baie de Saint-Brieuc.

À ces dissensions à l'échelle locale s'ajoutent **des conflits à l'échelle globale** dans le cadre de la gouvernance mondiale. Par exemple, la multiplication des grandes marées noires dues à des navires en piètre état naviguant sous « pavillon de complaisance » a mis en lumière cette particularité du commerce international. Depuis la fin de la Seconde Guerre mondiale, cette expression désigne l'usage, par les grandes compagnies d'armateurs, de pavillons (enregistrements maritimes) accordés par des pays peu regardant sur les normes environnementales ou de sécurité. Le Panamá enregistre ainsi plus de 8 000 navires de commerce ou de pêche dans des conditions fiscales très avantageuses. Environ 42 % du commerce est ainsi assuré par des navires battant le pavillon du Panamá, du Liberia ou des îles Marshall. Au sein même des pays, des astuces légales permettent de diminuer la fiscalité : en France, un « pavillon bis » existe, qui permet aux armateurs d'engager un équipage étranger. Prolétariat du commerce mondial, le marin philippin ou indien est un des visages méconnus de la mondialisation.

UN ARTICLE DU *MONDE* À CONSULTER

- **Le pillage des océans, fléau du golfe de Guinée p. 16-17**
(Amaury Hauchard, *Le Monde* daté du 18.10.2016)

ZOOM SUR...

UN ESPACE MARITIME À PROTÉGER

Les océans sont centraux dans le système climatique planétaire, en constituant notamment des absorbeurs de CO_2. Le changement climatique a plusieurs conséquences : acidification et montée des eaux, modification des courants marins majeurs, etc. La biodiversité est mise à mal par la surpêche, mais aussi dans certains territoires par une aquaculture déversant de nombreux produits pharmaceutiques dans les élevages, contaminant ainsi les espaces naturels proches, notamment en Amérique du Sud. L'un des symboles médiatiques de la dégradation de notre environnement est le « septième continent », un amas de matières, en particulier plastiques, au sein de l'océan Pacifique sur plus de 1,6 million de km^2. Regroupant des déchets issus des pêches, mais aussi portés par les courants depuis les littoraux, ce dépotoir marin ne cesse de grandir.

Face à ce défi, les législations semblent se durcir en réaction à des catastrophes touchant directement les populations, notamment celles qui concernent la lutte contre les dégazages en mer après les marées noires sur les côtes atlantiques européennes entre 1990 et 2010. La mise en place de sanctuaires marins à divers degrés est l'une des solutions envisagées. La France a ainsi créé les parcs naturels marins d'Iroise et de Martinique. La législation diffère selon les pays mais des régulations internationales sont décidées. Le moratoire international sur la pêche commerciale à la baleine depuis 1987 en est un exemple, sans qu'il empêche pour autant les entorses régulières de la Norvège, par exemple, sur certaines espèces.

Analyse de document

En analysant le document, montrez que le détroit d'Ormuz est un point de passage stratégique pour le commerce mondial mais aussi une zone sous tension.

Le détroit d'Ormuz, un espace de tensions

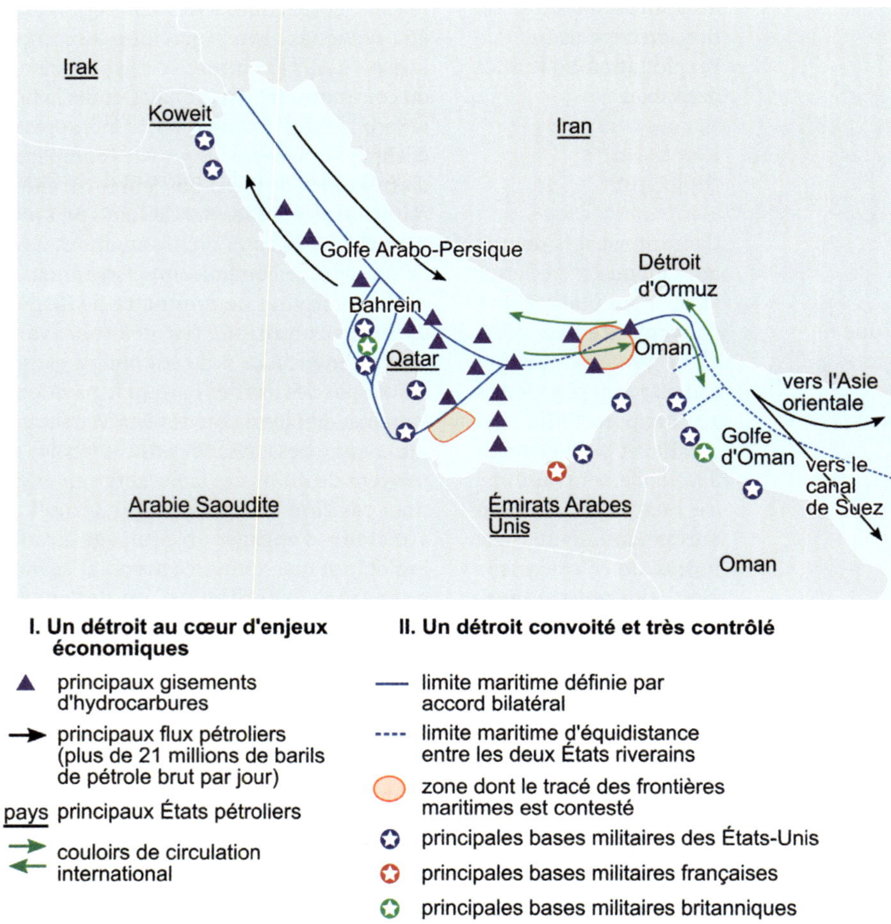

L'analyse du sujet

Détroit d'Ormuz : il se situe dans le golfe Arabo-Persique, au Moyen-Orient. Il est placé sous la double souveraineté d'Oman et de l'Iran mais la libre circulation y est, en théorie, garantie par une convention des Nations unies.

Point de passage stratégique : lieu de circulation important pour les différents acteurs en jeu.

Commerce mondial : échanges de toute nature, aussi bien les produits manufacturés que les matières premières, à l'échelle planétaire.

Zone sous tension : lieu où existent des conflits, des rivalités entre les acteurs, notamment les États riverains.

Il s'agit donc de montrer l'importance stratégique, aux échelles régionale et planétaire, de ce détroit.

LA BONNE MÉTHODE

- Lire attentivement la consigne et repérer les mots clés. Au brouillon, les noter et les définir pour éviter les oublis ou les hors-sujets.
- Repérer la nature du document, sa date, son auteur, sa source et l'espace concerné. Localiser le thème principal aux différentes échelles géographiques.
- Entourer les informations importantes de la légende, qui est toujours organisée.
- Évoquer des événements récents, ce qui montre que vous êtes capable de réinvestir des informations en les reliant au cours.

ZOOM SUR...

LA GUERRE DES TANKERS

En 1984, lors de la guerre qui oppose l'Irak à l'Iran (1980-1988), les deux États déplacent le conflit dans le détroit d'Ormuz : c'est la « guerre des tankers ». Les pétroliers deviennent des cibles de tirs d'obus et de mines. Il s'agit pour les deux États, et particulièrement pour l'Irak, d'empêcher les exportations d'hydrocarbures qui sont nécessaires au financement du conflit. L'État irakien entend exercer des pressions sur son voisin afin que ce dernier ferme le détroit d'Ormuz pour déstabiliser le commerce du pétrole. Cela entraîne en effet l'intervention des flottes occidentales, et notamment française, pour sécuriser le commerce international. Les États-Unis renforcent leur soutien à l'Irak et durcissent les sanctions vis-à-vis de la République islamique d'Iran. La guerre des tankers illustre les enjeux géostratégiques et géopolitiques qui entourent le détroit d'Ormuz à l'échelle régionale et internationale.

L'IRAN ET LE DÉTROIT D'ORMUZ

Le 27 décembre 2011, le régime iranien annonce que le pays fermera le détroit d'Ormuz en cas de sanctions visant les exportations iraniennes de pétrole et dictées par des décisions de plusieurs États : il s'agit de sanctionner plus fortement l'Iran en raison de la poursuite de son programme nucléaire, perçu comme une menace pour la paix dans la région du Moyen-Orient. Les autorités iraniennes n'ont finalement pas mis leur menace à exécution, car une fermeture aurait eu des conséquences importantes pour l'économie du pays.

CE QU'IL NE FAUT PAS FAIRE

Réciter des connaissances sans se référer au document, évoquer des notions du cours qui ne sont en lien ni avec le document ni avec la consigne.

L'analyse du document

Le détroit connecte les pays du Golfe à leurs principaux partenaires économiques. Ici, la légende traite à la fois des enjeux économiques (partie 1) et des tensions existantes dans cet espace (partie 2). Un figuré indiquant « couloir de circulation international », révèle que ce petit espace est emprunté par de nombreux navires. Un autre figuré, indiquant les « flux pétroliers », montre que ce type de marchandises transite dans le détroit. Attention, une carte ne dit pas tout : il faut également faire appel à ses connaissances pour montrer que d'autres produits circulent dans le détroit.

Le plan détaillé du développement

I. Le détroit d'Ormuz, au cœur des échanges internationaux

1. Le principal lieu de circulation du pétrole mondial

Dans le détroit d'Ormuz transite, en moyenne, 30 % de la consommation mondiale de pétrole, avec 20 à 21 millions de barils par jour. C'est un point de passage stratégique car il relie les lieux de production aux lieux de consommation. En effet, le détroit est situé en plein cœur de la principale route Asie-Europe.

Exemple : l'Arabie Saoudite, qui est une pétromonarchie. Le détroit constitue la seule voie de sortie de son pétrole pour ses côtes orientales, contrairement à l'Iran, dont les côtes se trouvent à la sortie du détroit.

2. Un lieu où transitent d'autres productions

D'autres navires de commerce empruntent ce passage, des porte-conteneurs ou des vraquiers. L'explosion des échanges de marchandises s'accompagne d'une augmentation du nombre de navires empruntant ce bras de mer. Les risques de collision sont donc importants et le détroit est sous haute surveillance des États riverains pour sécuriser la navigation.

II. Le détroit, une zone conflictuelle

1. Un espace convoité en raison des ressources en hydrocarbures

L'étude de la légende révèle la présence de ressources d'hydrocarbures dans le sous-sol marin. Ils peuvent être exploités par quatre États qui en tirent des revenus conséquents : l'Arabie Saoudite, le Qatar, les Émirats arabes unis et l'Iran. En effet, selon le droit maritime entré en vigueur en 1994, un État dispose de la totale souveraineté sur un espace maritime s'étendant jusqu'à 200 milles nautiques (environ 370 kilomètres). Dans le cadre d'une zone maritime très étroite, la délimitation respecte une répartition à parts égales, ce que l'on nomme « limite d'équidistance validée entre les côtes ». Un accord officiel entre les États voisins peut également être signé. Malgré cette législation, il existe des tensions autour du partage de cette zone.

Exemple : le litige entre les Émirats arabes unis et l'Iran.

Les pays du Golfe sont depuis des années à la pointe des techniques d'extraction des hydrocarbures contenus dans le sous-sol marin. Il s'agit de l'off shore, qui représente aujourd'hui près de 30 % de la production mondiale de pétrole et environ 27 % de la production mondiale de gaz. L'épuisement avéré des réserves d'hydrocarbures dans le sous-sol terrestre explique les enjeux que représentent ces gisements pour les États riverains.

2. Un détroit sous la surveillance de puissances étrangères

La présence de puissances étrangères est illustrée sur la carte par les bases militaires des États-Unis, de la France et de la Grande-Bretagne. On compte sept bases militaires étasuniennes. Cette présence, qui s'explique par la volonté américaine de garantir l'approvisionnement en hydrocarbures, est vivement remise en cause par l'Iran. Le moindre incident dans la zone peut ainsi être interprété comme une provocation.

Exemple : les événements de juin 2019 au cours desquels deux navires de commerce, l'un japonais et l'autre norvégien, ont été attaqués. Les États-Unis ont alors accusé l'Iran d'avoir organisé ces attaques, ce qui a entraîné une montée des tensions.

Cette militarisation illustre les tensions politiques vives qui règnent entre les États riverains, en particulier autour de l'Iran, perçu comme une menace par les Émirats arabes unis ou l'Arabie Saoudite. La naissance du régime islamique en Iran a fait de la religion chiite la religion d'État dans un espace dominé par des États sunnites. Or, l'Iran, qui contrôle la plus large côte longeant le détroit, a donc la capacité de pouvoir le bloquer.

ZOOM SUR...

LES TENSIONS RÉCENTES DANS LE DÉTROIT D'ORMUZ

En juillet 2019, la saisie d'un navire britannique par l'armée iranienne dans le détroit met le feu aux poudres. Cet événement s'ajoute en effet à la multiplication d'incidents qui ont endommagé plusieurs navires de commerce. L'administration américaine s'empare de ce dernier fait pour justifier l'application de nouvelles sanctions à l'égard de l'Iran et déployer des soldats en Arabie Saoudite.

CHIFFRES CLÉS

- En 2018, selon l'Agence d'information sur l'énergie américaine (l'EIA), plus de 21 millions de barils de pétrole transitent chaque jour dans le détroit, loin devant les détroits de Malacca avec 16 millions de barils par jour et de Suez avec 4,6 millions de barils par jour.
- Le détroit mesure 33 km de large à son endroit le plus étroit, ce qui rend difficile la navigation. Cette distance est celle qui sépare l'Angleterre et la France au point le plus resserré de la Manche.
- 2 400 pétroliers empruntent en moyenne chaque année le détroit et une centaine chaque jour.
- Un tiers du pétrole mondial transporté par voie maritime passe le détroit d'Ormuz.
- L'Asie orientale est la 1re destination des flux pétroliers de la région, avec environ 40 à 80 % des exportations loin devant l'Europe et les États-Unis.

Vue du village de Laft sur l'île de Qeshm.

Le pillage des océans, fléau du golfe de Guinée

Les Etats de l'Union africaine se sont entendus pour lutter contre la pêche illégale et la piraterie qu'elle entraîne

Lomé (Togo) – *envoyé spécial*

Dans le port autonome de Lomé, au Togo, un bateau de pêche est en carénage depuis quatre jours. *« Il a une licence nigériane, mais c'est un bateau de pêche chinois qui est venu se faire réparer ici,* affirme Jacques Bimizi Gnassinto, le directeur de l'exploitation du port, en désignant l'étendard qui flotte au vent. *Est-ce qu'il pêche ici ? Je n'en sais rien, peut-être qu'il pêche au Bénin, peut-être au Nigeria... »*

Pourquoi faire réviser la coque du navire à Lomé, à 250 kilomètres de son port d'attache, Lagos ? *« Peut-être que le carénage est moins cher ici, ou peut-être... »*, continue M. Gnassinto, sans finir sa phrase. Il n'avouera qu'à demi-mot que de forts soupçons de pêche illégale dans les eaux togolaises pèsent sur les navires chinois, celui-ci compris.

Dans le golfe de Guinée, 40 % du poisson pêché l'est de façon illicite, et l'on estime à plus de 1,3 milliard de dollars (1,2 milliard d'euros) le manque à gagner annuel pour les pays de la région. La lutte contre ce fléau était inscrite à l'ordre du jour du sommet extraordinaire de l'Union africaine (UA) sur la sécurité maritime, qui s'est déroulé à Lomé, le 15 octobre.

Au discours d'ouverture de celui-ci, le président en exercice de l'UA et président du Tchad, Idriss Déby Itno, a tenu à souligner que *« trente-huit des cinquante-quatre pays de l'UA sont des Etats côtiers »*, en prise direct avec les questions de pêche illicite non déclarée et non réglementée, et plus particulièrement les pays du golfe de Guinée. En effet, les abondantes ressources halieutiques de la zone attirent des prétendants du monde entier, prêts à traverser le globe pour venir pêcher au large des côtes d'Afrique de l'Ouest. *« On trouve des navires venus d'Asie, de Chine principalement, mais aussi beaucoup d'Europe de l'Est, de Russie notamment »*, explique Barthélemy Blédé, chercheur au sein de l'Institut d'études de sécurité à Dakar.

« C'est un vrai gâteau »

Si ces mers sont aussi courtisées, c'est en partie à cause des faibles moyens alloués à la surveillance de la pêche à l'échelle nationale. *« Il faudrait qu'on remette de l'ordre dans le secteur de la pêche chez nous, au Bénin, mais aussi dans toute la région »*, déclare Fernand Maxime Ahoyo, le préfet maritime du Bénin. *« Les licences sont attribuées comme des chèques en blanc, sans aucun contrôle »*, ajoute-t-il, en s'empressant d'ajouter que la préfecture qu'il dirige n'est pas encore opérationnelle, mais qu'elle *« le sera bientôt »*.

Outre les fausses licences produites par les pêcheurs eux-mêmes, la corruption dans le processus d'attribution des autorisations interroge. *« Il y a un vrai problème de procédure, il faut que les organes se coordonnent, car sinon, par exemple, les patrouilleurs en mer n'ont aucun moyen de prouver l'authenticité des licences des bateaux qu'ils contrôlent »*, continue le préfet sans préfecture de Cotonou, avant de chiffrer, comme une fatalité, le manque à gagner : *« Au Bénin, c'est une centaine de millions de francs CFA [environ 150 000 euros] qui partent en fumée chaque semaine. »*

Entre les navires étrangers qui pêchent illégalement et les navires frigorifiques qui achètent le poisson aux pêcheurs artisanaux directement et en pleine mer, *« c'est un vrai gâteau dans lequel chacun peut venir prendre sa part »*, reconnaît un ministre de la pêche d'un pays d'Afrique de l'Ouest qui requiert l'anonymat.

Le Togo, aussi touché par le phénomène que le voisin béninois, balaie pourtant les accusations. *« On arraisonne tous les bateaux qui entrent dans nos eaux, je doute fort que certains puissent pêcher sans qu'on s'en aperçoive »*, explique le commandant de la marine nationale, Kossi Mayo, devant le balayage circulaire du radar sur le grand écran du centre des opérations de la marine. La production annuelle de poisson du pays, estimée à 20 000 tonnes, ne couvre pas les besoins de la population – 70 000 tonnes – et fait de la pêche illégale une préoccupation aussi économique qu'alimentaire. C'est aussi du travail en moins pour les populations locales, notamment pour les femmes, employées au traitement du poisson.

POURQUOI CET ARTICLE ?

Cet article soulève les problèmes du pillage des ressources dans le golfe de Guinée. Cet espace maritime abrite d'abondantes ressources halieutiques. Or, 40 % du poisson qui y est pêché l'est de façon illicite. L'abondance de la ressource, jointe aux faibles moyens alloués à la surveillance de la pêche dans la ZEE de chaque État, attire des pêcheurs du monde entier, notamment de Chine et de Russie. Les conséquences sont graves pour les huit États côtiers qui bordent le golfe, tant au point de vue économique qu'alimentaire : en effet, outre le manque à gagner et la déperdition d'emplois, les besoins des populations locales ne sont souvent pas couverts. En outre, les populations précarisées risquent de se tourner vers la piraterie, autre fléau du golfe de Guinée. C'est pourquoi l'Union africaine (UA), organisation intergouvernementale regroupant 55 États membres, a organisé un sommet extraordinaire sur la sécurité maritime en 2016. À l'issue de cette rencontre, une charte a été adoptée par 31 États pour mettre en place une lutte collective et coordonnée contre la pêche illégale.

« Pour beaucoup de petits pêcheurs, il est plus intéressant d'aller vendre leur pêche en haute mer, admet le directeur d'exploitation du port de Lomé. *Au port, ils doivent payer des commissions au patron, aux femmes qui vendent le poisson...* » Pourtant, ils sont les premiers touchés par la pêche illégale en raison de l'appauvrissement halieutique des eaux.

« Chez nous, au Bénin, énormément de gens vivent de la pêche, explique le préfet maritime. *Un véritable danger existe que ces populations, ne pouvant plus s'adonner à leurs activités tout simplement parce que les ressources vont se raréfier, soient tentées de se tourner vers les attaques de bateaux et la piraterie.* » Beaucoup de pirates qui opèrent dans les eaux nigérianes, et la majorité de ceux qui sévissaient auparavant au large des côtes somaliennes, s'y sont en effet convertis en remplacement de la pêche.

« Processus collectif »

Alors que les attaques se multiplient dans le golfe de Guinée, devenu l'un des épicentres mondiaux de la piraterie, les Etats ont décidé d'agir. *« Nous sommes conscients de la richesse de nos océans, nous devons la protéger, c'est dans notre intérêt* », a déclaré Robert Dussey, le ministre des affaires étrangères du Togo, en préambule au sommet extraordinaire de l'Union africaine sur la sécurité maritime.

Dans la charte adoptée à l'issue de l'événement, la pêche illégale occupe une place de choix. Les trente et un Etats signataires, dont tous les pays du golfe de Guinée, à l'exception du Cameroun, de la Gambie, de la Guinée équatoriale, du Sénégal et de la Guinée-Bissau, se sont en effet engagés à *« mener les réformes nécessaires pour la bonne gouvernance dans le secteur de la pêche »* et à *« prendre les mesures appropriées pour lutter efficacement »* contre la pêche illégale.

« Il faut se réjouir du processus collectif lancé par cette charte, réagit Karmenu Vella, le commissaire européen aux affaires maritimes, à l'environnement et à la pêche, présent au sommet. *C'est la première fois que les Etats africains travaillent ensemble sur la question, il faut que cela continue. »*

Au port de Lomé, un bateau de surveillance rentre de mission. *« Nous avons patrouillé toute la nuit, mais on ne peut pas aller très loin »*, précise le commandant. Avec une autonomie d'environ 150 milles nautiques (280 kilomètres), les deux patrouilleurs de la marine togolaise sillonnent les eaux territoriales et celles de la zone économique exclusive, sans pouvoir surveiller toute sa surface. *« C'est sûr qu'il y a toute une zone qui n'est ni couverte par les radars ni par nos bateaux,* reconnaît le commandant *avec un sourire gêné. Mais ce n'est pas que nous, les autres pays de la région ont aussi ces problèmes. »*

Amaury Hauchard, *Le Monde* daté du 18.10.2016

Le golfe Arabo-Persique : un espace au cœur des enjeux contemporains

La toponymie de cette région du monde donne dès le premier abord une idée de la complexité des enjeux qui pèsent sur celle-ci. Le « golfe », ce bras de l'océan Indien avancé dans les terres, est désigné comme « Arabique » chez les populations arabes de la région et comme « Persique » par la tradition depuis l'Antiquité, ainsi que par l'Organisation des Nations unies. La toponymie renvoie à des volontés d'appropriation d'un espace profondément stratégique. Avec une longueur de 1 300 km, ce golfe est en effet un espace marin dont les littoraux sont partagés par huit États : l'Arabie Saoudite, le Bahreïn, les Émirats arabes unis, le Koweït, Oman, l'Irak, l'Iran et le Qatar. Les puissances internationales s'y intéressent de près pour des raisons énergétiques et sécuritaires. Dans quelle mesure le golfe Arabo-Persique est-il à la fois un espace maritime moteur de la mondialisation et un point de tension des relations internationales ?

Un espace maritime moteur de la mondialisation

Le golfe Persique est **riche de sa tectonique**. En effet, la plaque arabique s'enfonce dans une zone de subduction sous la plaque iranienne. Dans cette fosse s'amoncellent les déchets biologiques charriés par le Tigre et l'Euphrate, formant les sédiments propices au développement des hydrocarbures. Ainsi, la région concentre 40 % des réserves connues de gaz et 60 % de celles de pétrole, géologiquement assez simple d'accès.

Le golfe Persique commence à exploiter cette ressource **on shore** (sur terre) puis **off shore** (en mer) au début du XXe siècle. À partir des années 1980, le Qatar assure son développement par une forte exploitation de son gaz naturel, notamment grâce à la technologie de liquéfaction, qui permet le transport. Ainsi, Qatargas est la première compagnie productrice de gaz naturel liquéfié (GNL) à l'échelle mondiale. Le port de Ras Laffan est présenté comme « la capitale mondiale du gaz » ; il emploie 30 000 personnes, qui veillent au refroidissement du gaz à –162 °C et à son chargement dans d'immenses méthaniers. Entre 1997 et 2015, cette exploitation a permis de faire passer le PIB du pays de 11 milliards à 165 milliards de dollars.

Les autres pays de la région sont aussi des producteurs, mais **les soubresauts politiques ont parfois perturbé l'exploitation des ressources**. L'embargo des États-Unis qui a

Navire pétrolier quittant la marina de Dubaï.

ZOOM SUR…

L'ARABIE SAOUDITE, UN POIDS LOURD AUX PIEDS D'ARGILE ?

L'Arabie saoudite s'est construite au XXe siècle autour de l'« or noir ». Le pacte du Quincy, conclu lors d'une rencontre en 1945 entre le président Roosevelt et le roi Ibn Saoud, apparaît traditionnellement comme le point de départ des liens entre pétrole saoudien, alliance américaine et modernisation du pays. Il n'est pourtant qu'une étape d'une longue relation, entamée dès les années 1930 avec des compagnies pétrolières américaines comme la Texas Oil Company. Cette alliance approvisionne parfois le marché américain mais permet surtout de contrôler les prix dont la volatilité pourrait nuire à l'économie américaine. La monarchie saoudienne, dont la promesse de développement économique repose sur l'exportation de pétrole, joue un rôle majeur dans le cadre du golfe Arabo-Persique. Sa rivalité avec l'Iran, puissance chiite honnie, n'est plus à démontrer. Cependant, elle se double aussi d'interventions dans les émirats du littoral sud lors des événements liés aux « printemps arabes ». Le printemps de la Perle, au Bahreïn a ainsi été rapidement éteint par l'intervention militaire saoudienne en soutien à la monarchie sunnite. En construisant l'image d'une protestation uniquement chiite pro-iranienne, les monarchies saoudienne et bahreïnie ont pu cacher les volontés démocratiques du mouvement populaire initial.

Riyad (Arabie Saoudite).

Ville de Dubaï.

frappé l'Iran depuis 1995 jusqu'à un accord en 2015, remis ensuite en cause par D. Trump, a empêché ce dernier d'accéder aux marchés mondiaux pour exporter sa production. En Irak, l'invasion américaine de 2003 a également mis à mal les infrastructures d'exportation. Celles-ci bénéficient désormais d'investissements de la part de puissances comme la Chine qui souhaitent assurer l'approvisionnement dans le Kurdistan irakien autonome, région relativement stable.

À moyen terme, les États de la région cherchent à **couper le nœud gordien qui lie pétrole et développement** car la rente pétrolière ne saurait être infinie. Dubaï, dont le port de Djebel Ali redistribue les marchandises vers l'ensemble du Moyen-Orient, apparaît comme un modèle original. Véritable hub aérien, la cité tente de se placer au premier plan de l'économie tertiaire supérieur. Au sein de la Fédération des Émirats arabes unis, cet État de trois millions d'habitants s'affirme comme un modèle de développement à l'échelle régionale. La stabilité politique, sous la férule de la famille régnante, assure à la cité-État un attrait pour les investisseurs. La ville s'affirme enfin comme un espace nouveau du tourisme d'affaires, avec un total de 16 millions de touristes en 2017. Néanmoins, l'économie illégale et de nombreux trafics depuis l'Iran voisin soumis aux sanctions internationales confèrent également un autre visage à ce carrefour du golfe Arabo-Persique.

Un espace sous tensions

Si l'on excepte l'Irak, dont la situation est liée à une succession de conflits internes et externes depuis 2003, tous les pays du pourtour du Golfe sont **dépendants des importations alimentaires**. Le manque de terres arables dans la région du Golfe est en effet criant, et fait peser une menace sur la sécurité alimentaire régionale. Les fluctuations des prix des matières premières ont un fort impact sur la vie économique. En 2019, en Iran, de graves émeutes ont eu lieu après une augmentation des prix de l'essence à la pompe, que le pays ne peut exporter du fait du renforcement de l'embargo.

L'Iran, régionalement isolé, à majorité **chiite**, comme l'Irak, connaît de fortes tensions avec ses voisins à majorité **sunnite**, d'autant que les minorités religieuses sont nombreuses de part et d'autre. L'Arabie Saoudite, dirigée d'une main de fer par un régime sunnite, redoute les soulèvements populaires, notamment dans la région du Hasa, fief de la minorité chiite et où se situe le gisement de Ghawar (plus grand gisement on shore de pétrole au monde). La menace iranienne, qu'elle soit fantasmée ou réelle, plane sur les relations diplomatiques dans la région.

Enfin, les conflits interétatiques laissent souvent place à des **conflits asymétriques**, pour lesquels les acteurs locaux cherchent des supports à toutes les échelles. Ainsi, la guerre civile au Yémen, qui dure depuis 2014, s'est transformée en un conflit impliquant tous les acteurs de la région.

L'intervention de puissances extérieures

Les Occidentaux entretiennent dans la région des éléments militaires d'importance : la Ve flotte américaine est à Manama au Bahreïn, tandis que dans l'océan Indien, sur l'île de Diego Garcia, sont stationnés des bombardiers à long rayon d'action, intervenus en Afghanistan en 2001. La France a installé une base à Abou Dhabi face aux missiles antinavires iraniens, dont la menace pourrait en quelques heures couper la circulation.

Les puissances occidentales tentent également de **contrôler la diffusion des technologies nucléaires** dans la région, dans le cadre du Traité sur la non-prolifération des armes nucléaires (1968) et de crainte de voir des matériels sensibles tomber aux mains de groupes terroristes. La découverte en 2002 du projet d'une usine d'enrichissement d'uranium déclenche des négociations avec les puissances européennes mais, devant le maintien du programme, le Conseil de Sécurité de l'ONU engage des sanctions économiques. En 2015, un accord est trouvé pour permettre à l'Iran de retrouver l'accès aux marchés internationaux. Il est dénoncé de façon unilatérale par D. Trump.

UN ARTICLE DU *MONDE* À CONSULTER

• Mer d'Oman : Washington accuse Téhéran p. 20-21
(Benjamin Barthe, Gilles Paris, et Louis Imbert, *Le Monde* daté du 15.06.2019)

Mer d'Oman : Washington accuse Téhéran

Deux pétroliers, un japonais et un norvégien, ont été attaqués, un mois après les sabotages au port de Foujeyra

Beyrouth, Washington – *correspondants*

Même lieu, même cible et même accusé. Jeudi 13 juin, un mois et un jour après le sabotage de quatre navires en face de l'émirat de Foujeyra, deux nouveaux pétroliers, l'un japonais et l'autre norvégien, ont été pris pour cibles en mer d'Oman, à la sortie du golfe Arabo-Persique. Quelques heures seulement après les faits, les Etats-Unis ont accusé l'Iran d'être à l'origine de ces nouvelles attaques, qui n'ont pas fait de victimes. Ces actions contribuent à accroître la tension dans le Golfe, voie maritime stratégique, par où transite un cinquième de la demande de pétrole mondiale, et théâtre d'un dangereux bras de fer entre l'Iran d'un côté et l'axe américano-saoudien de l'autre.

POURQUOI CET ARTICLE ?

Cet article révèle les tensions récentes entre grandes puissances en mer d'Oman, à la sortie du golfe Persique. Cet espace maritime, bordé par de grands producteurs de pétrole (notamment l'Iran et l'Arabie Saoudite) et par où transite un cinquième de la demande de pétrole mondiale, est au cœur des enjeux contemporains. La dégradation des relations entre l'Iran et les États-Unis, « ennemis historiques », s'accélère en 2019 après le retrait unilatéral des Américains de l'Accord sur le nucléaire iranien et le rétablissement des sanctions économiques contre l'Iran. Le président Trump décide d'envoyer le porte-avions *Abraham Lincoln* dans le golfe Persique. Dans ce contexte d'escalade diplomatique entre l'Iran et l'axe américano-saoudien, les attaques de navires pétroliers se multiplient. Or, s'attaquer aux navires circulant dans le détroit d'Ormuz et en mer d'Oman, c'est menacer le marché pétrolier sur lequel repose largement l'économie mondiale. De ce fait, cette crise accroît le risque de confrontation militaire et fait craindre un embrasement.

Le secrétaire d'Etat américain, Mike Pompeo, s'est montré plus catégorique qu'en mai, en incriminant Téhéran. Il s'appuyait sur *« les armes utilisées »* et le *« niveau de sophistication »* de ces sabotages pour justifier ses accusations. En début de soirée, le Pentagone a diffusé une vidéo montrant, selon lui, l'équipage d'une vedette iranienne en train de récupérer une mine ventouse fixée sur le flanc du pétrolier japonais et qui n'aurait pas explosé.

« Objets volants »

Vendredi, le ministre des affaires étrangères iranien, Mohammad Javad Zarif, a accusé en retour Washington de *« sabotage diplomatique »*. Il juge plus que *« suspectes »* ces attaques, survenues le jour même de la visite à Téhéran du premier ministre japonais, Shinzo Abe, mandaté par la Maison Blanche pour ouvrir un canal de discussion avec Téhéran. M. Zarif suggérait à demi-mot qu'aux Etats-Unis ou chez ses alliés au Proche-Orient, que ce soit l'Arabie saoudite, les Emirats arabes unis ou Israël, des faucons auraient pu orchestrer ces attaques, ayant intérêt à empêcher toute désescalade dans le Golfe, voire à déclencher une guerre avec l'Iran.

Les deux tankers, baptisés *Kokuka Courageous* et *Front Altair*, ont émis des appels de détresse un peu après l'aube, alors qu'ils se trouvaient au large des côtes iraniennes, en route vers l'Asie. Selon la compagnie japonaise propriétaire du premier, un incendie s'est déclaré dans la salle des moteurs, à la suite de deux attaques. *« Deux objets volants »* ont percuté le tanker, a précisé son propriétaire, Yutaka Katada. Les membres d'équipage ont quitté le bâtiment, qui transportait du méthane, à bord d'un canot de sauvetage, avant d'être repêchés par un navire néerlandais qui les a remis à la marine américaine.

Le *Front Altair*, propriété d'un groupe norvégien, qui convoyait 75 000 tonnes de naphte, aurait été touché, selon son armateur, par une torpille. A Oslo, les autorités maritimes ont fait état de trois explosions. La télévision d'Etat iranienne a diffusé jeudi après-midi des images aériennes du navire en feu, d'où s'échappait une épaisse colonne de fumée noire. Après avoir évacué le bord, l'équipage a été récupéré par un bateau iranien, puis débarqué à Bandar-e-Abbas, le principal port de la République islamique dans le Golfe.

Ces attaques, commises en haute mer, à plusieurs dizaines de kilomètres de la terre ferme, témoignent d'un niveau de sophistication encore plus élevé que celles de Foujeyra, qui avaient visé des bateaux au mouillage. *« Ces tankers sont des navires très difficiles à approcher, équipés d'une batterie de radars et de systèmes de détection, exigés par les assurances pour lutter contre la piraterie »*, rappelle Laurent Lambert, géographe et spécialiste des questions énergétiques dans le Golfe, basé au Qatar. Les monarchies du Golfe ont à peine réagi à ces incidents, marquant la même prudence qu'au mois de mai. Elles savent qu'elles seraient les premières cibles des représailles iraniennes en cas d'escalade militaire avec les Etats-Unis. Sur Twitter, vendredi, le ministre des affaires étrangères émirati Anwar Gargash a déploré *« un développement inquiétant et une escalade dangereuse »*.

Depuis des mois, l'Iran ne cesse de son côté de menacer d'utiliser ses capacités de riposte et de nuisance, face à la guerre économique de fait à laquelle Washington le soumet. Depuis leur retrait de l'accord international sur le nucléaire iranien, en mai 2018, les Etats-Unis ont encore aggravé leurs sanctions en mai 2019, pour réduire à zéro les exportations pétrolières de Téhéran, et multiplient les annonces de déploiement militaire dans la région. En réponse, l'Iran a menacé de fermer le détroit d'Ormuz, le sas d'entrée et de sortie du Golfe. Surtout, Téhéran a annoncé sa volonté de se retirer graduellement de ses engagements nucléaires à partir du 7 juillet, au risque de susciter des sanctions de l'ONU et de ses partenaires européens.

« Selon les autorités iraniennes, si elles ne montrent pas qu'une confrontation avec l'Iran serait trop coûteuse, les Etats-Unis continueront d'accroître leur pression. Il s'agit de rappeler à Washington qu'il peut vaincre l'Iran militairement, mais que cela lui coûterait bien trop cher », estime Rouzbeh Parsi, spécialiste de l'Iran à l'Institut suédois des affaires internationales, un centre de recherche indépendant à Stockholm.

« Pression maximum »

Jeudi matin, alors que les opérations de sabotage n'avaient pas encore été rendues publiques, le Guide suprême, Ali Khamenei, a opposé une fin de non-recevoir à M. Abe, refusant de répondre au message du président Trump que le premier ministre japonais lui portait, en intermédiaire de confiance. M. Trump *« ne mérite pas qu'on échange des messages avec lui »*, a estimé la plus haute autorité du pays, dans un extrait de leur entretien diffusé à la télévision d'Etat. Le Guide se gardait ainsi, face à l'opinion iranienne, du danger que représente un échange avec Washington, après la déconvenue de l'accord nucléaire. Mais il n'a pas fermé la possibilité qu'un responsable de rang inférieur s'y risque.

A Washington, la mise en cause directe de la responsabilité de Téhéran dans ces attaques complique également la volonté de dialogue avancée par M. Trump. Mercredi, le président des Etats-Unis avait insisté sur l'effet dissuasif qu'avait pu avoir selon lui la politique de *« pression maximum »* visant le régime iranien. Une tactique censée le contraindre à revenir à la table des négociations, afin de réduire drastiquement ses ambitions nucléaires, son programme balistique et son jeu d'influence régional.

L'escalade en cours dans les eaux du Golfe ne peut qu'inciter désormais les Etats-Unis à renforcer leurs forces dans la région. Au début du mois, Washington avait déjà dépêché sur place un groupe aéronaval pour faire face, selon lui, à des menaces iraniennes. Le responsable du commandement militaire chargé du Moyen-Orient, Frank McKenzie, avait ainsi estimé le 8 juin que la présence de ces forces avait eu *« un effet stabilisateur »*. *« Si nous n'avions pas renforcé nos capacités, il est tout à fait probable qu'une attaque aurait déjà eu lieu »*, avait-il ajouté.

Benjamin Barthe, Gilles Paris, et Louis Imbert (à Paris), *Le Monde* daté du 15.06.2019

La France : une puissance maritime ?

La France a longtemps eu un rapport particulier avec la mer, le navigateur É. Tabarly en plaisantait : « La mer, pour les Français, c'est ce qu'ils ont dans le dos quand ils regardent la plage. » Pourtant, la France possède la 2e ZEE au monde derrière les États-Unis. Présente dans tous les océans, elle dispose d'une capacité d'action indéniable grâce à sa marine de guerre et compte de grandes figures individuelles, de Tabarly au commandant Cousteau. Dans quelle mesure l'espace maritime est-il intégré à la stratégie de la puissance française dans le cadre de la mondialisation ?

Frégate française.

Une géographie maritime de la France

Le domaine maritime français s'étend sur 10,2 millions de km², soit **vingt fois le territoire terrestre** ou quatre fois la Méditerranée. Grâce à ses territoires ultramarins qui composent 97 % de cet ensemble, la France est présente dans les forums régionaux de la planète, comme la Commission de l'océan Indien. Les Antilles et la Guadeloupe permettent une présence française dans les eaux américaines, la Polynésie française dans le Pacifique et les îles Kerguelen dans l'espace subantarctique. Cette dispersion du domaine à l'échelle mondiale s'accompagne de la fragmentation du territoire en archipels, notamment avec les 118 îles polynésiennes. Néanmoins, de larges parts de cette ZEE sont encore inexploitées ou mal connues, ce qui résulte d'une cartographie encore incomplète des fonds marins. Elle est également parfois mal délimitée : ainsi, les îles Éparses dans le canal du Mozambique font l'objet d'une rivalité avec les Comores, Maurice ou Madagascar.

L'économie maritime

Alors que les réserves d'hydrocarbures sont limitées en métropole, le domaine maritime offre des **ressources fossiles importantes** dont l'exploitation est rendue de plus en plus rentable par la hausse de la consommation. Des prospections pétrolières ont par exemple lieu autour de Grande Terre en Nouvelle-Calédonie. La demande accrue de métaux pour les technologies de pointe, comme le cobalt et le platine, a également relancé les recherches dans le domaine maritime. Wallis-et-Futuna offre ainsi de riches ressources encore inexploitées en raison des moyens sous-marins nécessaires, dans une très grande imbrication des enjeux civils et militaires. L'espace maritime est aussi propice au développement d'énergies renouvelables de différents types. Si les éoliennes off shore sont encore assez peu nombreuses, la France fut pionnière dans l'usage de la force marémotrice, avec l'installation d'une usine utilisant les marées pour produire de l'électricité dès 1966 en Bretagne.

Les **ressources halieutiques** sont également des ressources de premier plan pour l'économie française. Si le secteur de la pêche compte 16 000 marins, le nombre d'emplois induits est bien plus important, pour une valeur totale de 1,8 milliard d'euros. Cette activité n'est toutefois pas également répartie en France. La présence d'un plateau continental permet par exemple une abondance de ressources halieutiques dans le cadre de la ZEE de Saint-Pierre-et-Miquelon, tandis que son absence à la Réunion limite la présence des pélagiques (poissons les plus recherchés). Ces ressources sont soumises à de

ZOOM SUR...

LES OCÉANS ET LA STRATÉGIE MILITAIRE FRANÇAISE

Les territoires ultramarins offrent des points d'appui tout autour du globe et fournissent à la France des relations de voisinage avec l'Australie et l'Afrique du Sud, ce qui représente un atout stratégique. L'historicité de la présence française permet d'établir une coopération militaire soutenue avec une douzaine d'États riverains de l'océan Indien. Des installations portuaires peuvent ainsi accueillir les bâtiments de la Marine nationale, mais aussi abriter des instruments de surveillance et de contrôle par des patrouilles aériennes ; la localisation de ces installations permet la maîtrise d'espaces essentiels à l'économie française dans le cadre de la mondialisation. La base navale de Djibouti permet, par exemple, de contrôler les flux empruntant la mer Rouge et le canal de Suez.

De plus, la France apparaît comme la seule, avec les États-Unis, à disposer d'un porte-avions à propulsion nucléaire, ainsi que d'une présence continue de la force sous-marine de dissuasion nucléaire. La force de projection ainsi disponible fait de la France la 2e puissance navale. Néanmoins, dans un contexte de renforcement des flottes militaires dans le monde, les dépenses pour garder ce statut sont très élevées. La dispersion des DROM conduit également à une relative fragilité de la présence maritime militaire : la Nouvelle-Calédonie se trouve ainsi à vingt jours de mer des grands ports militaires que sont Brest ou Toulon.

Tortue sur un récif corallien (Nouvelle-Calédonie).

fortes pressions, dont les conséquences sont déjà sensibles dans l'océan Indien en ce qui concerne l'exploitation du thon. Une pêche illicite se développe dans les TAAF (Terres australes et antarctiques françaises), nécessitant une surveillance accrue de la part des autorités. L'exploitation de la pêche se double d'une augmentation des capacités de l'aquaculture française pour répondre à la demande. Cette facette de l'économie mondialisée permet de nouvelles perspectives de développement notamment pour les DROM (départements et régions d'outre-mer), faisant par exemple de la crevette le deuxième produit d'exportation de la Nouvelle-Calédonie derrière le nickel.

L'outre-mer français constitue de plus une **réserve de biodiversité** importante. La Nouvelle-Calédonie détient ainsi la deuxième barrière de corail dans le monde derrière l'Australie. Ces ensembles naturels sont aujourd'hui en danger : le réchauffement des mers est un des facteurs majeurs de la disparition des coraux.

La France dispose enfin d'une **puissance industrielle navale** lui permettant d'engager de grands plans de production des infrastructures, par exemple avec les Chantiers navals de Saint-Nazaire ou l'entreprise Alstom.

Les limites du domaine maritime français

L'environnement marin peut rendre la France **vulnérable** à différentes échelles. Elle est en effet dépendante des flux maritimes d'importation de pétrole brut et des gazoducs maritimes. Une déstabilisation du Moyen-Orient ou du golfe de Guinée pourrait ainsi s'avérer problématique pour son économie. La diversification des approvisionnements, notamment avec l'ouverture des exploitations en Arctique, favorise la résolution de ce problème. La situation de la France dans l'Europe lui permet en effet de contrôler des points de passage stratégiques, comme le rail d'Ouessant ou le pas de Calais. La route maritime allant des ports de la mer du Nord à la mer de Chine en empruntant le canal de Suez et le détroit de Malacca est néanmoins si essentielle pour les importations de marchandises françaises que toute crise sur cet axe pourrait avoir un impact majeur. Ainsi, après le tsunami de 2010 au Japon, l'industrie automobile française s'est trouvée en difficulté du fait de l'impossible importation de composants japonais. Des accords avec des pays riverains pour la mise en place de bases militaires, notamment aux Émirats arabes unis, et la participation à la lutte antipiraterie au large de la Somalie sont l'une des réponses de l'État aux risques encourus.

La position de « *Finisterre* » fait de la France une porte d'entrée idéale pour l'Europe. Les infrastructures routières et ferroviaires de bonne qualité assurent un lien fort à l'hinterland. La Seine offre un très bon axe de transport des marchandises vers l'une des régions les plus dynamiques d'Europe, l'Île-de-France. Sur le littoral méditerranéen, Marseille-Fos est la porte d'entrée des hydrocarbures et un carrefour sur la route de l'Asie. Des projets d'extensions y sont en cours pour s'adapter aux nouveaux flux. Il s'agit néanmoins de parvenir à renverser une tendance : la moitié des marchandises arrivant en France sont en effet débarquées par un port étranger, ce qui fait d'Anvers le « premier port français ». C'est un fait : les ports français manquent de compétitivité face aux concurrents de la mer du Nord. Avec la conteneurisation et la mondialisation des échanges, des hubs ont été mis en place pour la redistribution des flux. Ainsi CMA-CGM a placé le sien à Malte, tandis que les ports français ne sont pas adaptés pour accueillir les plus grands navires. Ainsi, la totalité des ports français voient transiter cinq millions de conteneurs par an, quand Rotterdam atteint à lui seul un résultat de treize millions.

UN ARTICLE DU *MONDE* À CONSULTER

• Iles Eparses - Confettis français en contentieux p. 26-28
(Laurence Caramel, *Le Monde* daté du 05.08.2019)

ZOOM SUR...

L'INDUSTRIE MARITIME FRANÇAISE

À l'échelle nationale, le secteur maritime français représente 310 000 emplois pour une valeur de 52 milliards d'euros, soit deux fois le secteur aéronautique. Les domaines concernés sont très divers : la recherche océanographique, la construction navale tant civile que militaire, le tourisme littoral, le transport maritime, l'exploitation des hydrocarbures off shore, etc. Les armateurs français, en premier lieu CMA-CGM (3e transporteur mondial), comptent 1 200 navires, modernes comparés à la flotte mondiale, transportant 305 millions de tonnes et 12 millions de passagers par an. La construction française se caractérise par son excellence tant dans le domaine de la plaisance, avec le groupe Bénéteau, que dans le domaine militaire, avec le leader européen DCNS. La construction militaire constitue en effet un secteur stratégique mettant en œuvre un partenariat très fort entre quelques grands groupes industriels et l'État, pour assurer une autonomie technologique vis-à-vis des États-Unis. Les sous-marins nucléaires lanceurs d'engins sont en effet une des forces essentielles de la dissuasion nucléaire française. Avec la croissance pour tous les pays des enjeux maritimes, les exportations de matériel militaire sont en hausse, par exemple vers le Brésil ou l'Inde. Cette activité est essentielle pour certains ports français, comme Saint-Nazaire dont la vie économique est rythmée par les carnets de commandes navales.

Analyse de document

Après avoir analysé le document, expliquez les raisons des tensions autour de l'îlot Tromelin en insistant sur les enjeux que représente ce territoire pour la France.

Qu'est-ce que cette île Tromelin qui fait tant réagir ?

Pourquoi un îlot de l'océan Indien d'un kilomètre carré de sable, battu par les vents, a-t-il provoqué des remous dans la classe politique française ?

Un banc de sable perdu dans l'océan Indien

Un rapport sénatorial de novembre 2012 décrit une île de *« 1,5 km de longueur sur 0,7 km de largeur [...] dépourvue d'eau potable et balayée par des alizés qui rendent toute culture impossible et qui ne peut être abordée que dans des conditions difficiles »*. Une île qui *« ne présente pas d'intérêt économique »*, selon le même rapport, et qui n'a quasiment pas été habitée – seuls quelques esclaves naufragés d'un bateau négrier y vécurent pendant quinze ans au XVIIIe siècle, avant d'être secourus. Elle abrite, depuis 1954, une station météorologique, dont le fonctionnement a été automatisé ces dernières années.

Et pourtant, l'île Tromelin, possession française au large de Madagascar, est âprement revendiquée par la République de Maurice.

L'enjeu de la « zone économique exclusive »

Car c'est surtout l'espace autour de l'île qui intéresse les deux Etats. L'îlot permet de revendiquer le contrôle de 280 000 km² de zone économique exclusive (ZEE), ce qui fait de la France l'État contrôlant le plus vaste espace maritime au monde avec, au total, 11,7 millions de kilomètres carrés de ZEE. Concrètement, la ZEE permet notamment le contrôle des droits de pêche et d'exploitation d'éventuelles autres ressources. Un enjeu de taille pour une telle surface.

La République de Maurice estime que ce contrôle lui revient de droit et accorde déjà des permis de pêche dans les eaux entourant Tromelin à des bateaux asiatiques. Il leur est cependant fortement déconseillé d'aller y pêcher, depuis qu'un navire japonais a été arraisonné par des militaires français chargés du contrôle de la zone en octobre 2004. L'incident avait provoqué de *« vives tensions »*, selon le rapport sénatorial.

Un problème de traduction aléatoire

Maurice a pris son indépendance du Royaume-Uni en 1968. Avant cela, l'île avait été cédée par la France en 1814 à la Couronne britannique. C'est justement sur le traité de cette cession que se fonde l'État mauricien pour revendiquer son autorité sur Tromelin. Le texte en français prévoit que *« l'île de France [nom de l'île Maurice à l'époque] et ses dépendances, nommément Rodrigue et les Séchelles [sic] »* soient cédées à la Grande-Bretagne. La France considère cette liste des îles appartenant à Maurice comme exhaustive, mais les Mauriciens, qui se réfèrent à la version anglaise du traité, considèrent qu'il s'agit là d'exemples sont cités. Aux yeux de la petite république, Tromelin aurait donc dû être aux mains des Britanniques avant d'appartenir à Maurice à l'indépendance.

En 2010, un accord a été signé entre la France et l'île Maurice pour assurer une *« cogestion économique, scientifique et environnementale relative à l'île Tromelin et à ses espaces maritimes environnants »*. Ce dernier a par exemple permis que des recherches archéologiques se fassent de manière conjointe pour étudier l'histoire de l'îlot.

L'accord, « un dangereux précédent » pour ses opposants

Bien que signé, l'accord ne peut pas entrer en vigueur sans accord de l'Assemblée nationale, qui rechigne à le valider. Déjà refusé en 2013, le texte devait être à nouveau débattu dans l'hémicycle le 18 janvier. La séance a finalement été reportée. Plusieurs députés sont dressés contre un projet de loi qui créerait *« un dangereux précédent »*, selon le député centriste du Tarn Philippe Folliot (UDI).

L'opposition est avant tout symbolique. Le député centriste estime que cette cogestion pourrait servir *« de fondement pour justifier, légitimer et accroître les revendications de Madagascar sur les îles Éparses, du Mexique sur la Passion – Clipperton – voire, à terme, de l'Afrique du Sud ou de l'Australie sur les Terres australes... »*

Le numéro deux du Front national, Florian Philippot, y ajoute un argument économique. M. Philippot, qui considère *« indécente »* et *« inimaginable »* l'idée de pouvoir partager la souveraineté française sur ses territoires d'outre-mer, ajoute qu'une telle ZEE est une *« promesse [...] énergétique, économique »*. Le député européen évoque de possibles ressources énergétiques dans le sous-sol, qu'il ne veut visiblement pas partager avec l'île Maurice.

Guilhem Dubernet, *Le Monde* daté du 18 janvier 2017

NOTIONS CLÉS

DROM

La France en compte cinq départements et régions d'outre-mer : la Guadeloupe, la Martinique, La Réunion, la Guyane et Mayotte. Les lois et les règlements français s'y appliquent de plein droit. La Guadeloupe et la Réunion sont à la fois un département et une région. La Martinique et la Guyane ont fusionné ces deux échelons pour former chacune une collectivité unique. L'île de Mayotte est un département français.

COM

La France compte six collectivités d'outre-mer, à savoir Saint-Pierre-et-Miquelon, la Polynésie française, Saint-Barthélemy, Saint-Martin, Wallis-et-Futuna et la Nouvelle-Calédonie. Ces territoires disposent d'un degré plus grand d'autonomie vis-à-vis de l'État français. La Nouvelle-Calédonie possède ainsi son propre gouvernement et une assemblée législative.

TAAF

Les Terres australes et antarctiques françaises se divisent en cinq districts : Kerguelen, Crozet, Saint-Paul-et-Amsterdam, les îles Éparses (Europa, Bassas da India, Juan de Nova, îles Glorieuses, Tromelin) et la terre Adélie. Ces territoires sont inhabités et accueillent parfois des missions scientifiques.

ZOOM SUR...

LA PRÉSERVATION DES MERS ET DES OCÉANS

En juillet 2018, les députés français ont intégré la préservation des mers et des océans dans l'article 34 de la Constitution, qui fixe la liste des domaines dans lesquels la loi peut intervenir. Lors de sa visite sur les îles Glorieuses en 2019, Emmanuel Macron a annoncé que l'archipel sera classé en réserve naturelle dès 2020.

Îlot Tromelin

L'analyse du document et du sujet

Le document analysé est un extrait d'un article de presse qui souligne et explique les désaccords existant entre la France et l'île Maurice, qui revendiquent chacune la possession de l'îlot. Le sujet invite à insister sur les enjeux de sa possession, c'est-à-dire les intérêts que représente ce territoire pour l'État français.

L'introduction

Le document étudié est un article de presse intitulé « Qu'est-ce que cette île Tromelin qui fait tant réagir ? » écrit par Guilhem Dubernet et publié le 18 janvier 2017 sur le site Internet du journal *Le Monde*. Il traite des débats parlementaires qui entourent le vote d'un accord sur la gestion de l'île Tromelin, située au large des côtes de Madagascar, de l'île Maurice et de la Réunion. En quoi les débats autour de sa possession illustrent-ils l'importance des territoires ultramarins pour la puissance française ? Nous évoquerons d'abord les raisons des tensions entre la France et l'île Maurice. Nous étudierons ensuite les différents enjeux à l'œuvre pour l'État français.

LA BONNE MÉTHODE

- Après l'avoir lu attentivement, surligner les idées importantes du document, qui peuvent être une phrase ou un chiffre.
- Au brouillon, utiliser deux couleurs différentes pour mieux repérer les informations qui correspondent à chacune des parties, puis classer les informations sélectionnées dans les parties.

Le plan détaillé du développement

I. L'île Tromelin, revendiquée par deux États

1. Une île présentant de nombreuses contraintes

L'article insiste sur l'éloignement géographique de l'île Tromelin, « un banc de sable perdu dans l'océan Indien ». Le territoire a une très petite superficie : « 1,5 km de longueur sur 0,7 km de largeur. » De plus, l'île est « dépourvue d'eau potable et balayée par des alizés qui rendent toute culture impossible ». Tromelin est donc un territoire hostile où les activités humaines peuvent difficilement se développer. L'auteur rappelle d'ailleurs que cette île « n'a quasiment pas été habitée ».

2. Une île pourtant revendiquée

Comme le souligne l'article, l'île est « âprement revendiquée par la République de Maurice ». L'île Maurice s'appuie sur un traité de 1814, date à laquelle elle a été cédée par la France au Royaume-Uni.

II. Un « minuscule banc de sable » qui offre des avantages importants

1. Des arguments géopolitiques

Certains députés s'opposent à la ratification de l'accord de partage de la gestion de la ZEE. Le député Philippe Folliot (UDI) y voit « un dangereux précédent ». Selon lui, il pourrait servir « de fondement pour justifier, légitimer et accroître les revendications de Madagascar sur les îles Éparses, du Mexique sur la Passion – Clipperton – voire, à terme, de l'Afrique du Sud ou de l'Australie sur les Terres australes ». Il avance l'idée que la puissance française pourrait être affaiblie.

2. Des arguments économiques

L'État français possède la deuxième plus grande ZEE au monde, aux nombreuses ressources (pêche, hydrocarbures). Aussi, le député Florian Philippot avance un argument économique en s'inquiétant des potentiels partages de ressources entre la France et Maurice.

3. La limite de ces arguments

Il faut porter un regard critique sur les arguments de députés, puisqu'il s'agit également de discours politiques de membres de partis de l'opposition qui cherchent à s'opposer aux décisions gouvernementales.

CE QU'IL NE FAUT PAS FAIRE

- Réciter des connaissances sans se référer au document, évoquer des notions du cours qui ne sont en lien ni avec le document ni avec la consigne.
- À l'inverse, évoquer des informations, des données, des chiffres sans les expliquer avec des connaissances.

La conclusion

L'île Tromelin, minuscule territoire dans l'océan Indien, est l'objet de vives discussions à l'Assemblée nationale. Bien que possession française, l'île est revendiquée par l'État mauricien. Certains s'opposent au projet de cogestion de la ZEE de l'île, craignant une perte d'influence pour l'État français.

Iles Eparses
Confettis français en contentieux

Antananarivo et Paris se disent prêts à régler leur litige sur la souveraineté de l'archipel proche des côtes malgaches. Pour le président Rajoelina, le temps de la réintégration est venu, mais la France ne veut pas « brader » sa suprématie sur son ancienne colonie. Troisième épisode de notre série sur les îles

Antananarivo – *envoyée spéciale*

Ces derniers temps, le téléphone du président de l'Académie nationale malgache, Raymond Ranjeva, ne cesse de sonner. C'est vers lui que chacun se tourne pour convoquer l'histoire et le droit, depuis que le chef d'Etat malgache, Andry Rajoelina, a officiellement rouvert le vieux contentieux avec la France sur l'appartenance des îles Eparses, ces petits bouts de terre disséminés le long du canal du Mozambique.

Fin lettré, juriste de renommée internationale, juge (de 1991 à 2009) et vice-président (2003-2006) de la Cour internationale de justice, M. Ranjeva fut l'un des artisans d'une victoire remportée contre la France, le 12 décembre 1979. Ce jour-là, une résolution avait été adoptée par les Nations unies, enjoignant au *« gouvernement français d'entamer sans plus tarder des négociations en vue de la réintégration des îles Glorieuses, Juan de Nova, Europa et Bassas da India, qui ont été séparées arbitrairement de Madagascar »*. Ces îles forment l'archipel des Eparses, auquel il faudrait ajouter celle de Tromelin. Située au large des côtes orientales de Madagascar, celle-ci fait l'objet d'un autre contentieux opposant cette fois la France à Maurice, qui la revendique.

En 1979, l'ONU avait invoqué, en faveur de Madagascar, *« la nécessité de respecter scrupuleusement l'unité nationale et l'intégrité territoriale d'un territoire colonial au moment de son accession à l'indépendance »*, à la suite d'un vote similaire de l'Union africaine et de la conférence des pays non alignés, quelques mois plus tôt. Pour Raymond Ranjeva, alors jeune agrégé de droit, cette résolution couronnait six années de travail. Il était parvenu à faire triompher sur la scène internationale la demande adressée par le président Didier Ratsiraka (en fonction de 1975 à 1993, puis de 1997 à 2002) à l'ancienne tutelle coloniale.

« Territoires résiduels »

Cette victoire est restée sans lendemain. Paris n'a accordé aucun crédit à cette résolution non contraignante, jugeant inattaquable sa souveraineté sur ces récifs coralliens longtemps affublés du singulier statut de « Territoires résiduels de la République ». Au prix d'arrangements discrets, le sujet n'est jamais revenu à l'ordre du jour des Nations unies. Il aura fallu quarante ans pour qu'il s'impose à nouveau, au palais de l'Elysée, à Paris. *« Aujourd'hui, il y a encore une réalité qui nous fait mal*, a lancé le président Rajoelina à son homologue Emmanuel Macron, le 29 mai. *L'appartenance des îles Eparses est une question d'identité nationale. Je vous demande de trouver une solution pour la gestion ou la restitution des îles Eparses à Madagascar. »*

La discussion peut-elle aller au-delà d'une éternelle fin de non-recevoir ? La tentative précédente, à l'initiative, en 2016, du prédécesseur de M. Rajoelina, Hery Rajaonarimampianina (2014-2018), avait tourné court. Cette fois, cependant, la France et Madagascar se sont fixé une échéance pour parvenir à *« une solution commune »* : le 26 juin 2020, date du soixantième anniversaire de l'indépendance de la Grande Ile, une commémoration hautement symbolique auquel le président Macron a été officiellement convié. Entre-temps, une commission mixte doit être créée et commencer ses travaux dans la capitale malgache, à une date qui reste à déterminer.

Dans son vaste bureau de l'Académie, devant les fenêtres qui laissent entrevoir les grands arbres du jardin botanique d'Antananarivo, Raymond Ranjeva reprend une à une les étapes de cette longue lutte. De l'institution de la République malgache par le pouvoir colonial (en 1958) à la déclaration d'indépendance de 1960 ; de la renégociation des accords de coopération en 1973, jusqu'à la résolution de l'ONU six ans plus tard... Chaque détail est resté gravé dans sa mémoire. Le professeur aux manières distinguées, veste pied-de-poule sur gilet de fine laine pour affronter l'hiver austral, s'applique à écarter tout affect.

POURQUOI CET ARTICLE ?

La France est riche d'un empire maritime de 11 millions de km², soit le deuxième plus grand du monde après les États-Unis. Cela est dû en large part à ses possessions ultramarines, héritées de la période coloniale. Parmi elles, les îles Éparses sont des îlots inhabités le long du canal du Mozambique : elles revêtent une importance stratégique – militaire, économique et géopolitique. Situées le long d'une route maritime majeure, elles permettent de prendre la main sur 640 000 km² de superficie maritime, assortis du droit exclusif sur l'exploitation des ressources marines et du sous-sol. La souveraineté sur l'archipel est revendiquée par Madagascar dès son indépendance en 1960 ; en 1979, dans la ligne des non-alignés et de l'Union africaine, l'ONU enjoint à la France de rendre l'archipel à Madagascar pour que l'ancienne colonie retrouve son intégrité territoriale. Après plus de quarante ans de silence sur la question, l'État français a accepté d'ouvrir les discussions mais a mis en avant la nécessaire préservation de ces espaces, qui sont classés en réserve naturelle.

Et, pourtant, *« il y a quelque chose qui nous a choqués lorsque la France, de manière unilatérale, a extrait ces îles de notre accord d'indépendance,* lâche-t-il. *En droit, la bonne foi veut que plus aucune décision ne soit prise quand les négociations sont achevées ».* Le décret rattachant les îles Eparses au ministère français des outre-mer fut signé par le général de Gaulle, le 1er avril 1960, soit quelques jours avant la signature des premiers accords de coopération entre la France et le nouvel Etat malgache, quelques semaines seulement avant la déclaration officielle d'indépendance. *« Ces îles sont l'expression du caractère tronqué de la décolonisation de Madagascar »*, insiste le professeur. Ses mots expriment tout du fond de la querelle et de ses ressorts mémoriels, même si se sont depuis greffés d'autres enjeux, liés aux ressources avérées ou supposées de ces atolls.

Absentes des cartes officielles

Ironie de la situation, l'Académie où s'exprime aujourd'hui ce représentant de la noblesse mérina, qui régna sur Madagascar avant la colonisation, aurait été fondée par le général Gallieni, premier gouverneur de la Grande Ile après son annexion en 1896. Un héritage écarté par Raymond Ranjeva. Lui préfère se référer à une autre académie, créée durant le bref règne du roi Radama II (1861-1863), *« ouverte à tous ceux désireux de prendre la parole pour éclairer le souverain sur les problèmes de l'Etat ».* Depuis sa prise de fonction, en 2017, le distingué professeur a ajouté à la devise de ces lieux – *« Sagesse, sciences, connaissance »* – un logo représentant Madagascar entourée d'un océan azur, dont émergent, non loin de la côte occidentale, quatre taches blanches. *« Ce sont les "îles Malgaches", comme nous les appelons. Elles ne figurent pas sur les cartes officielles qui, pour la plupart, reproduisent les données de l'Institut géographique national de Paris »*, dit-il avec malice. Et de conclure : *« Les paradigmes changent. S'arc-bouter sur de vieilles lunes ne peut pas servir la France. Les puissants doivent un jour refréner leur arrogance. »*

Pour le conforter, il y a les récents revers essuyés par le Royaume-Uni face à Maurice. En février, la Cour internationale de justice a en effet reconnu la souveraineté mauricienne sur l'archipel des Chagos. Ses trente-cinq atolls situés dans le nord de l'océan Indien avaient été réquisitionnés en 1965 pour y abriter une base militaire, conjointement avec les Etats-Unis, sur l'île de Diego Garcia. La décision de la Cour a été suivie d'une résolution de l'Assemblée générale de l'ONU, en mai, demandant à Londres de rétrocéder l'archipel sous six mois. Bien que non contraignante, cette résolution a convaincu le gouvernement mauricien de pousser plus loin son avantage et il a fait voter, à l'unanimité de son Assemblée nationale, le 15 juillet, la création d'une circonscription électorale pour les Chagos. L'archipel pourrait ainsi désigner son premier représentant lors du prochain scrutin législatif. Un espoir pour Madagascar et les Eparses ?

A l'entrée du canal du Mozambique, au nord, il y a d'abord les Glorieuses, chapelet d'îlots d'une superficie de 7 kilomètres carrés, s'étirant sur 35 kilomètres de plages de sable blanc et de reliefs coralliens. Puis, en descendant cette passe stratégique où circulent les plus gros pétroliers venant du golfe Persique, à 850 kilomètres au sud, affleure Juan de Nova, un croissant sablonneux et rocailleux de moins de 5 kilomètres carrés où le Club Méditerranée rêva un temps d'installer l'un de ses villages de vacances. A 600 kilomètres plus au sud, Bassas da India est un atoll circulaire englouti par les eaux à marée haute. Puis apparaît Europa, la plus grande île de l'archipel, avec ses 30 kilomètres carrés de terres, rendues inhospitalières par ses colonies de moustiques. Au niveau de Juan de Nova, la côte malgache est à moins de 150 kilomètres.

Une possession dûment établie

La contiguïté géographique, la fréquentation de ces eaux par les pêcheurs malgaches bien avant l'arrivée de navigateurs européens et, plus encore, le fait que le gouvernement colonial les a gérées à travers une seule entité administrative regroupant « Madagascar et ses dépendances » ne sont pas, aux yeux de la France, de nature à remettre en cause sa possession de l'archipel. Celle-ci a été dûment établie en vertu du droit d'occupation effective de territoires « sans maître », accepté par les grandes puissances engagées dans la conquête des océans. Tout cela a d'ailleurs été signifié de manière solennelle sur chacun de ces promontoires, entre 1892 et 1897, par la rédaction d'un procès-verbal, suivi du tir de 21 coups de canon et de la levée du pavillon tricolore.

En 1960, le général de Gaulle avait invoqué une autre raison pour justifier le maintien des Eparses dans le giron de la France. *« Ces îles et ces îlots peuvent revêtir pour nous une importance réelle, notamment en ce qui concerne nos expériences atomiques »*, peut-on lire dans ses échanges avec le ministère des affaires étrangères. L'archipel n'a pas été le théâtre d'essais nucléaires, contrairement à l'atoll de Mururoa, en Polynésie. En revanche, à l'heure où la compétition pour l'accès aux ressources naturelles est féroce et que se joue le contrôle des grandes routes du commerce mondial, l'archipel revêt un nouvel intérêt. A partir de ses 50 kilomètres carrés à peine de terres émergées, il permet de prendre la main sur une superficie maritime de 640 000 kilomètres carrés. Aucun tour de passe-passe dans ce qui pourrait ressembler à un cadeau tombé du ciel : cette délimitation découle de l'application de la convention internationale de Montego Bay de 1982 sur le droit de la mer, qui autorise tout pays à exercer sa souveraineté sur une bande comprise entre ses côtes et la ligne des 200 milles nautiques (370 kilomètres). C'est ainsi que les propriétaires de cailloux minuscules ont pu s'octroyer des étendues considérables de zones économiques exclusives (ZEE), assorties du droit exclusif d'en exploiter les ressources marines et du sous-sol.

Riche d'un empire maritime de 11 millions de kilomètres carrés, soit le deuxième plus grand au monde après les Etats-Unis, la France est une bénéficiaire privilégiée de ce droit de la mer. Les Eparses et le département de Mayotte lui offrent *« un territoire couvrant les deux tiers du canal du Mozambique, ce qui fait de ce dernier quasiment une possession de la France »*, remarque Patrick Rakotomalala dans *Madagascar, le coup d'Etat de mars 2009* (Karthala, 2012), qui étudie les raisons qui ont conduit la France à se montrer si complaisante à l'égard du jeune putschiste Andry Rajoelina, aujourd'hui revenu au sommet de l'Etat. Autant dire que derrière leur apparence d'îlots minuscules, les Eparses ne sont pas un détail pour l'Hexagone, qui se veut un acteur régional de premier plan dans l'océan Indien, où vivent un million de ses ressortissants.

« Jusqu'à présent, la question des ressources a été peu abordée, mais elle est implicite. L'enjeu économique devra être discuté », ne cache pas Naina Andriantsitohaina, le ministre des affaires

étrangères, qui reconnaît par ailleurs que son pays n'a pas la capacité de sécuriser l'immensité de cet espace, d'autant plus stratégique qu'un tiers des échanges pétroliers en provenance du Moyen-Orient emprunte le canal du Mozambique. *« Les Eparses est le dossier le plus difficile dont j'ai hérité,* poursuit le ministre. *Il est comme une épine dans ma chaussure, mais Emmanuel Macron défend une autre vision des relations* [de la France] *avec l'Afrique, et nous avons besoin d'un nouveau langage pour trouver une solution. »* Le gouvernement malgache qui, comme ses prédécesseurs, a promis de sortir le pays de la pauvreté, considère l'accès aux ressources halieutiques du canal du Mozambique comme une revendication légitime. La question de la délimitation des frontières entre les ZEE qui, en suivant la règle des 200 milles nautiques, se chevauchent n'a jamais été tranchée.

Si elle a accepté d'ouvrir les discussions, la France a d'emblée mis en avant la nécessaire préservation de ces espaces, souvent décrits comme des *« sanctuaires d'une nature quasi primitive »* de la zone tropicale. Les Eparses, rattachées depuis 2007 aux Terres australes et antarctiques françaises (TAAF), sont gérées par la préfète Evelyne Decorps, basée à La Réunion. Elle est la seule à pouvoir délivrer une autorisation d'accès aux îles, classées en réserve naturelle depuis plus de quarante ans. Excepté les équipes de quatorze militaires rattachées aux Forces armées de la zone sud de l'océan Indien (Fazsoi), qui se relaient par rotation de 45 à 60 jours sur Juan de Nova, Europa et les Glorieuses pour y *« garantir la souveraineté française »*, entretenir les quelques infrastructures présentes, effectuer des *« exercices en milieu chaud et humide »* et, le plus souvent, pour participer à des opérations de protection de la biodiversité, les Eparses sont devenues le royaume des scientifiques.

Depuis 2011, un consortium réunissant plusieurs instituts de recherche mène – avec l'appui de financements européens – de nombreux programmes d'observation de la faune terrestre et marine, étudie la transformation des récifs coralliens, ainsi que l'évolution des températures et des niveaux marins. *« Il n'y a plus beaucoup d'endroits si peu touchés par l'homme. Ils sont importants pour comprendre les effets du changement climatique et pour préserver des zones de quiétude indispensables à la reproduction d'espèces ailleurs menacées »*, insiste Cédric Marteau, directeur de l'environnement des TAAF. C'est ici que les tortues vertes ont trouvé leur principal site de ponte de l'océan Indien.

Cette image d'un paradis bleu, où les quotas de pêche respectent les avis scientifiques de la Commission des thons de l'océan Indien (CTOI) pour ne pas mettre en péril le renouvellement des stocks, comprend néanmoins quelques ombres. Les Malgaches ne l'ignorent pas. Depuis 2008, un permis exclusif d'exploration pétrolière a été accordé sur la zone Juan de Nova, dont le sous-sol contiendrait d'importantes réserves, à la société Marex Petroleum. Depuis la capitale des pétroliers américains – la métropole de Houston, au Texas –, son PDG, Robert Bertagne, suit de près l'évolution des discussions franco-malgaches. La restitution des Eparses à Madagascar réglerait vite ses affaires.

« Future mer du Nord »

Contrairement à la France, qui a voté, en décembre 2017, une loi mettant fin à la recherche ainsi qu'à l'exploitation des hydrocarbures d'ici à 2040, Madagascar n'a pas l'intention de tourner le dos aux énergies fossiles. L'Office des mines nationales et des industries stratégiques (Omnis), une organisation gouvernementale malgache, propose d'ailleurs d'allouer une quarantaine de blocs de prospection off-shore dans le canal du Mozambique, vanté par les experts du secteur comme la *« future mer du Nord »*. L'élection présidentielle, fin 2018, n'a semble-t-il que retardé une opération qui était imminente.

En attendant, c'est à la décision du gouvernement français que Robert Bertagne est suspendu pour l'avenir de ses investissements sur Juan de Nova. La demande de renouvellement de son permis d'exploration, qui arrivait à échéance fin 2018, a été déposée il y a près d'un an. Selon l'usage, le préfet des TAAF doit fournir un avis aux ministres de la transition écologique et de l'économie. La loi, si elle interdit l'attribution de tout nouveau permis d'exploration, ne remet pas en cause le droit de suite attaché aux licences déjà attribuées. En fait, ce droit garantit à l'exploitant le renouvellement de son permis, dès lors qu'il a respecté les clauses de son contrat.

Paris peut-il donner aujourd'hui son feu vert à des forages, comme le demande la société de prospection pétrolière, au moment où il veut incarner le rôle de champion de l'environnement ? Les écologistes ne manqueront pas de relever la contradiction. Ils ne seront pas les seuls. David Lorion, député (LR) de La Réunion, s'est inquiété, lors des débats précédant la loi de 2017, de ce droit de suite qui risque de porter atteinte à la biodiversité et de raviver les tensions diplomatiques. Il avait demandé son abrogation.

Alors que les négociations avec le gouvernement malgache n'ont pas encore débuté, des élus français se sont déjà mis en ordre de bataille. C'est au sein du parti présidentiel, La République en marche (LRM), que les objections sont les plus fortes. Philippe Folliot, député du Tarn, est ainsi prêt à avancer sabre au clair pour faire échouer tout ce qui pourrait conduire à *« brader la souveraineté de la France »* sur ses territoires ultramarins. *« Toute évolution de leur statut devra être validée par le Parlement, et le gouvernement devra faire face à une opposition qui dépasse les clivages partisans »*, assure l'élu, qui siège au conseil consultatif du territoire des Terres australes et antarctiques françaises (TAAF). A ceux qui en douteraient, M. Folliot rappelle qu'il a, par deux fois, mené avec succès la fronde contre l'accord signé avec Maurice pour cogérer l'exploitation des ressources de l'île de Tromelin.

Onze mois suffiront-ils à trouver une *« solution commune »* ? *« Emmanuel Macron est sous pression. Nous le sommes aussi »*, observe Naina Andriantsitohaina, le ministre des affaires étrangères. Lui souhaite ouvrir un processus de dialogue pour que les Malgaches s'expriment sur cette *« cause nationale »*. En réalité, l'affaire des Eparses, au nom desquelles le président Rajoelina se veut rassembleur, intéresse surtout les élites éduquées des villes. La population, dont 50 % a moins de 15 ans, vit en grande majorité dans les zones rurales où l'obsession quotidienne est de manger à sa faim.

Pour autant, être le président qui, soixante ans après l'indépendance, solderait le contentieux des Eparses donnerait à M. Rajoelina une image plus positive que celle de l'ancien putschiste qui a multiplié dépenses et promesses pour se hisser au pouvoir. Selon les mots du politologue Andry Raodina, *« il démontrerait alors que Madagascar est enfin capable de défendre ses intérêts »*.

Laurence Caramel, *Le Monde* daté du 05.08.2019

DYNAMIQUES TERRITORIALES, COOPÉRATIONS ET TENSIONS DANS LA MONDIALISATION

Des territoires inégalement intégrés dans la mondialisation

La mondialisation est un phénomène d'accélération des flux à l'échelle mondiale mais aussi de sélection des territoires. Le modèle géographique des centres et des périphéries permet d'envisager ce processus massif, entre territoires moteurs polarisant les flux et périphéries sous domination. Ce modèle peut être utilisé à différentes échelles, à la fois mondiale mais aussi étatique. Quelle hiérarchie des territoires est née de la phase récente de la mondialisation ?

Stade olympique de Pékin.

Les centres d'impulsion (ou pôles) de la mondialisation

Aux XIXe et XXe siècles, le monde connaît la domination d'une puissance, principalement britannique puis américaine, avant qu'une accélération de la mondialisation à la fin du XXe et au XXIe siècle ne donne naissance à un monde multipolaire. Les aires de puissance que sont **l'Amérique du Nord, l'Europe de l'Ouest et l'Asie de l'Est** (Japon, Chine littorale, Corée du Sud) restent les centres dominants et les piliers de la mondialisation. Sur le plan économique, le modèle libéral et capitaliste s'y est largement développé. Ces aires représentent trois quarts des investissements directs étrangers (IDE) dans le monde, tandis que leurs firmes transnationales (FTN) sont au sommet de la hiérarchie mondiale. Les pratiques culturelles mondialisées en sont largement originaires : ainsi, la pratique du football est un des exemples de la mondialisation sportive au profit de l'Europe. Enfin, sur le plan institutionnel, ces pays sont au cœur des grandes décisions mondiales. Les sièges des institutions y sont situés (l'ONU à New York, l'OMC à Genève), et leur poids politique y est prépondérant (droit de veto au Conseil de sécurité de l'ONU pour la Chine, les États-Unis, la France, la Grande-Bretagne et la Russie, qui y siègent de façon permanente).

Les pays émergents (Brésil, Russie, Inde, Chine, Afrique du Sud) s'affirment sur la scène internationale et bouleversent les hiérarchies issues du XXe siècle. Ils partagent des démographies jeunes et nombreuses (Chine : 1,3 milliard d'habitants) et une croissance économique rapide s'appuyant sur plusieurs secteurs forts (l'agriculture brésilienne, les services informatiques indiens, l'industrie chinoise). Ils tendent à diversifier leur économie. Si le niveau de développement leur permet d'atteindre un IDH (indice de développement humain) équivalent à l'Europe

NOTION CLÉ

LA MONDIALISATION

La mondialisation constitue un ensemble de processus qui mettent en relation les sociétés à l'échelle mondiale. Les géographes et historiens réfléchissent à cette notion depuis les années 1980. C. Grataloup inscrit le processus dans un temps long, incluant la période dite des Grandes Découvertes comme l'une de ses étapes majeures. Avec l'intensification des échanges, permise par le développement des transports tant en rapidité qu'en capacité, mais aussi par une plus grande mobilité des sociétés, l'espace mondial connaît une homogénéisation.

Pour autant, cela ne gomme pas tous les particularismes, et la mondialisation est porteuse en parallèle de contestations locales, d'actions communautaristes ou régionalistes, envisagées à l'échelle mondiale. Ainsi, les extensions du port de Rotterdam au prix de la destruction de quartiers d'habitations font naître des contestations et des résistances qui font écho avec d'autres mobilisations contre la construction d'infrastructures de transport, par exemple la ZAD (zone à défendre) de Notre-Dame-des-Landes en France à propos d'un projet d'aéroport.

La mondialisation suppose des capacités d'action à l'échelle mondiale, sous différentes formes : coopérations, régulations ou accommodements. Elle a lieu au prix d'une dégradation de l'environnement de plus en plus prégnante. Les différents rapports scientifiques montrent en effet la responsabilité de notre modèle économique de consommation dans le changement climatique.

British Museum à Londres.

de l'Est (autour de 0,8), **les inégalités y sont prégnantes** : la Chine littorale contraste par exemple avec la Chine intérieure. Enfin, l'influence culturelle croissante de ces pays se remarque à l'organisation des grandes manifestations sportives : Pékin a organisé les jeux Olympiques de 2008 et se prépare à ceux de 2022, tandis que Bollywood constitue un centre mondial du cinéma. Ces pays participent aux décisions mondiales, notamment avec leur participation au G20, mais cette intégration n'efface pas leurs divergences.

Quelques espaces favorisés

Les grandes métropoles, en premier lieu **les villes mondiales,** cumulent **les fonctions de commandement**. Londres, par exemple, dont l'agglomération compte 12 millions d'habitants, est un centre de **commandement économique** (quartier de la *City*), **politique** (Parlement britannique, Premier ministre) et **culturel** (British Museum, London School of Economics). Il s'agit d'un **carrefour de communication** (Heathrow, premier aéroport européen, Eurostar...), possédant **une architecture mondialisée** (verticalisation). Les dix premières métropoles sont concentrées dans les aires de puissance. L'ensemble des villes mondiales forme un **archipel métropolitain mondial**, connecté en réseau, de centres d'impulsion de la mondialisation.

Les **façades maritimes** ouvrent aux échanges de vastes territoires. La **littoralisation des sociétés** conduit à la concentration des populations et des activités faisant de ces régions des centres de la mondialisation. Les grandes façades sont la façade pacifique de l'Asie (constituée de plus de la moitié des 20 premiers ports mondiaux dont Shanghai), la Northern Range (du Havre à Hambourg), la façade atlantique de la Mégalopolis américaine et, enfin, le pourtour méditerranéen pour sa centralité touristique.

Certaines **régions transfrontalières** profitent enfin des différences entre les espaces nationaux, notamment des variations fiscales ou des écarts de développement. Ainsi, l'interface de la frontière américano-mexicaine est riche en échanges (capitaux, hommes, marchandises) légaux ou non. De nombreuses entreprises américaines ont installé des ateliers de fabrication du côté mexicain dans **des zones franches** : les salaires y sont plus faibles qu'aux États-Unis et la fiscalité avantageuse. Le film de D. Villeneuve *Sicario* (2015) présente une vision sombre et tragique d'une autre réalité de la frontière, celle du trafic de drogues et des populations qui s'y trouvent mêlées.

Les périphéries de la mondialisation

Les profils des périphéries sont très nombreux, il existe en effet un gradient d'intégration. **Les pays pétroliers** se sont largement intégrés à l'économie mondiale mais doivent dorénavant se diversifier pour maintenir leur place, comme le fait l'Arabie Saoudite avec l'ouverture au tourisme. **Les pays ateliers** ont un développement lent, dépendant des investissements des pays du Nord, qui profitent de leur main-d'œuvre peu chère. **Les pays les moins avancés (PMA)** sont à la marge de la mondialisation, avec des économies peu diversifiées, des exportations limitées à des matières premières et souvent une instabilité politique. Ils sont, de plus, à l'écart des grandes voies de communication par manque d'infrastructures. Pour des raisons idéologiques, la Corée du Nord reste fermée à la mondialisation en théorie, même si des échanges économiques ont lieu notamment avec la Chine, mais aussi avec la France (production de dessins animés).

Il existe également **des marginalités au sein des États**. Le phénomène de marginalisation d'une partie de la population est particulièrement visible dans les grandes puissances émergentes. Au Brésil, la région du Nordeste apparaît comme particulièrement périphérique dans la mondialisation, avec peu de perspectives économiques et un indice de développement (IDH) de 0,66, quand le Brésil est à 0,76. Dans le cas indien, les régions rurales du centre du pays restent très pauvres, tandis que des villes mondialisées comme Mumbai concentrent de très nombreux bidonvilles. Ces différences peuvent aussi exister dans les pays du Nord, par exemple en Italie, où le sud du pays reste à la marge, même si certains investissements comme le port de Gioia Tauro le situent sur la carte de la mondialisation.

DEUX ARTICLES DU *MONDE* À CONSULTER

- Le coronavirus et la démondialisation p. 34 (Jean-Michel Bezat, *Le Monde* daté du 03.03.2020)
- Les pays pauvres et émergents victimes de la baisse des échanges p. 35 (Julien Bouissou, *Le Monde* daté du 08.06.2020)

ZOOM SUR...

UNE ALTERMONDIALISATION ?

Face au développement de la mondialisation libérale, des mouvements d'opposition se sont développés sous différentes formes. Un mouvement minoritaire, l'« antimondialisme », s'oppose à toute forme de mondialisation par le biais du nationalisme ou du communautarisme virulent. Mais la majorité des opposants se retrouvent dans le concept d'altermondialisation, une mondialisation aux valeurs différentes. À l'image des sommets regroupant les leaders des pays les plus puissants, des contre-sommets sont organisés, comme le Forum social mondial à Porto Alegre en 2001 ou celui de Montréal en 2016, organisés en réponse au Forum économique mondial de Davos, en Suisse. Regroupant des organisations citoyennes, syndicales ou environnementales, ils s'affirment comme des espaces de débats et de présentation de projets pour un « autre monde ». Ils s'opposent par exemple aux délocalisations et aux atteintes à l'environnement. L'altermondialisme connaît une médiatisation forte avec des actions et une répression parfois violentes à la marge des sommets internationaux, comme à Gênes en 2001 contre le G8 ou à Hambourg en 2017 contre le G20. La crise économique de 2008, liée aux pratiques financières de grandes banques, a renouvelé la médiatisation de ces mouvements avec des variantes locales : Occupy Wall Street à New York ou les Indignados en Espagne.

Analyse de document

Après avoir analysé le document, relevez les facteurs et les aspects de la faible intégration dans la mondialisation des îles Kiribati. Montrez qu'ils sont caractéristiques des territoires en marge de la mondialisation.

Données et indicateurs de l'archipel des Kiribati

	Îles Kiribati	Rang mondial (sur 245 États)
Population en 2018	114 698	205
IDH en 2015	0,588	182
PIB en 2018	0,188 milliard $USD	227
Zone économique exclusive, en millions de km²	3,5	12
Nombre d'internautes en 2011 en milliers en % de la population	10 109 10 %	176 (sur 195) 137 (sur 195)
Nombre d'abonnés de téléphonie mobile, en 2014	17 410	190
Importations de marchandises, en millions de dollars, en 2014	95	185 (sur 210)
Exportations de marchandises, en millions de dollars, en 2014	10	199 (sur 210)

Source : Banque mondiale, Populationdata

L'analyse du sujet et du document

Le sujet incite à prélever des informations illustrant la faible intégration d'un territoire dans la mondialisation, ici les îles Kiribati. Cet exemple doit permettre de généraliser le propos et donc de dégager les principaux facteurs de la difficile intégration de certains États dans la mondialisation. Il est intéressant de regrouper les différentes données du tableau selon des critères précis : développement économique, critères sociaux, connexions aux réseaux de communication. Ils doivent être reliés à la notion de faible insertion qui signifie une mise à l'écart des îles Kiribati dans la mondialisation.

L'introduction

Les îles Kiribati forment un archipel qui se situe dans l'océan Pacifique. Ce territoire est très étendu. Le tableau étudié recense plusieurs indicateurs de développement à la fois économique et social permettant de saisir la place de cet archipel dans la mondialisation. Les données proviennent d'organismes internationaux comme l'ONU et le FMI.

En quoi les îles Kiribati reflètent-elles la situation des territoires en marge de la mondialisation ? Nous étudierons dans un premier temps les caractéristiques de la faible intégration des îles Kiribati dans la

NOTIONS CLÉS

INTÉGRATION DANS LA MONDIALISATION

C'est le degré d'appartenance à la mondialisation. Elle se mesure par les flux qui relient un territoire au système global.

PMA

Pays moins avancés : cette catégorie est créée en 1971 par l'ONU à partir de trois critères : le RNB (revenu national brut) par habitant, l'importance de la production industrielle dans le RNB et le taux d'alphabétisation. Ces pays cumulent les blocages économiques et sociaux les plus importants, ils sont marqués par le faible développement.

IDH

Indice de développement humain : créé par le Programme des Nations unies pour le développement (PNUD) dans les années 1990, il permet de mieux mesurer les inégalités mondiales. Il est calculé à partir de plusieurs données : le RNB/habitant, l'espérance de vie, le taux d'alphabétisation et le taux de scolarisation des plus de 15 ans. Il n'a pas d'unité et sa valeur est comprise entre 0 et 1.

PUISSANCES ÉMERGENTES

Cette dénomination désigne les États qui ont connu une croissance économique rapide dans les années 2000. Les plus connus sont les BRICS (Brésil, Russie, Inde, Chine, Afrique du Sud) auxquels on peut ajouter d'autres pays comme l'Argentine, le Chili, la Turquie ou l'Arabie Saoudite.

CBD

Central business districts ou « quartiers d'affaires », ils sont le plus souvent situés dans les villes mondiales. Les sièges sociaux des plus puissantes FTN (firmes transnationales) s'y concentrent. Le plus emblématique est celui de Manhattan à New York.

mondialisation, illustrant la situation des pays en marge des échanges planétaires. Puis nous verrons que cette situation des territoires n'est pas immuable, en portant un regard critique sur le document.

Le plan détaillé du développement

I. Les îles Kiribati, un territoire en marge de la mondialisation

1. Un territoire faiblement développé

Les îles Kiribati comptent peu d'habitants car de nombreux îlots sont inhabités, ce qui peut constituer un frein pour le développement économique car la main-d'œuvre est limitée. L'IDH est faible, le pays est classé 182e au niveau mondial. C'est une caractéristique des pays les moins intégrés dans la mondialisation. Les îles Kiribati font partie des PMA qui sont les pays les plus pauvres de la planète. Ces pays cumulent des obstacles économiques et sociaux pour s'insérer dans les échanges : conditions de vie difficiles, faiblesse de l'économie, peu diversifiée, faible scolarisation des jeunes.

Autre exemple : la situation des PMA comme le Niger ou Haïti.

2. Un territoire à l'écart des réseaux de communication

Les informations sur le nombre d'internautes (très faible) illustrent l'isolement des îles Kiribati. L'État est très mal connecté aux réseaux de communication et en particulier aux nouvelles technologies (NTIC). Ces réseaux sont essentiels dans le cadre de la mondialisation, puisqu'un territoire est bien intégré dans la mesure où il peut générer et capter des flux divers, notamment les flux immatériels tels que les IDE. Les îles Kiribati sont dans une situation d'enclavement, le territoire n'est pas bien relié au reste du monde. L'archipel est en effet difficile d'accès car il est mal desservi par les moyens de communication. Les autres données concernant les importations et les exportations renforcent cette idée. Le pays, à l'image des PMA, ne participe que peu au commerce mondial. Il est en marge des échanges commerciaux.

II. Les atouts des îles Kiribati pour s'intégrer dans les échanges

1. Les ressources naturelles

Un autre indicateur est mentionné, la ZEE, c'est-à-dire l'espace maritime sur lequel l'État côtier exerce sa souveraineté. Cet espace est un atout pour les îles Kiribati en raison des ressources naturelles qui s'y trouvent, notamment les ressources halieutiques ou les potentiels gisements d'hydrocarbures. Cet indicateur permet de nuancer la situation des PMA, puisqu'un État est libre de céder une partie de sa ZEE à d'autres États contre des indemnités financières. Dans le cas des îles Kiribati, des droits de pêche sont octroyés.

Autre exemple : le Niger et son uranium.

Cependant, ces ressources sont le plus souvent exploitées par des FTN étrangères car les PMA ne disposent pas des moyens et des techniques pour les exploiter.

2. Les limites du document

Certes, le document permet de saisir les principales caractéristiques et facteurs de la faible intégration des PMA, mais il met de côté d'autres aspects, en insistant sur les freins et les faiblesses des îles Kiribati. Or, l'activité touristique de l'archipel peut être un levier économique. Un changement d'échelle permet également de montrer que certains territoires locaux sont mieux insérés dans les échanges. En effet, la capitale de l'archipel est moins enclavée car elle dispose d'infrastructures de transports et concentre davantage d'activités.

Autre exemple : la ville de Dakar, plaque tournante de flux alors que le Sénégal est en marge de la mondialisation.

La conclusion

Les îles Kiribati sont un territoire en marge de la mondialisation. À l'image des PMA, elles sont caractérisées par un faible développement et la faiblesse des infrastructures de transports. Son enclavement freine son insertion. Cependant, la situation de ces territoires en marge n'est pas immuable.

LA BONNE MÉTHODE

- Questionner les nombreuses informations du tableau : quel renseignement apporte chaque donnée ? Quel est le lien avec les échanges planétaires ? En quoi est-ce révélateur de la faible intégration des îles Kiribati ?
- Porter un regard critique sur le document, c'est-à-dire souligner les faiblesses du tableau. Un tableau ne peut tout dire, les informations ont été sélectionnées. Il donne une vision partielle de la situation des îles Kiribati. Mentionner d'autres indicateurs qui manquent dans le tableau sera donc valorisé.

CE QU'IL NE FAUT PAS FAIRE

- Évoquer les territoires les mieux intégrés ou ceux en cours d'intégration. Il s'agit de caractériser les territoires en marge des échanges planétaires.

ZOOM SUR...

L'INDICE DE PAUVRETÉ HUMAINE (IPH)

L'indice de pauvreté humaine, introduit en 1997 dans le *Rapport sur le développement humain*, se veut plus complet que l'IDH car il doit permettre une mesure plus fine des inégalités. Il utilise les indicateurs concernant les dimensions les plus fondamentales de la privation : l'espérance de vie faible, la carence d'instruction de base et le manque d'accès aux ressources publiques et privées. L'IPH est calculé séparément pour les pays en voie de développement et en transition (IPH-1) et pour un groupe choisi de pays à hauts revenus de l'OCDE (IPH-2), afin de mieux refléter les différences socioéconomiques ainsi que les mesures très différentes de la privation dans les deux groupes. Par exemple, la première privation porte sur la survie, c'est-à-dire le risque de décéder à un âge relativement précoce, exprimé par la probabilité à la naissance de ne pas atteindre respectivement 40 et 60 ans pour l'IPH-1 et l'IPH-2. Outre les trois indicateurs mentionnés ci-dessus, l'IPH-2 comprend également l'exclusion sociale, qui est sa quatrième dimension. Il est exprimé par le pourcentage de personnes en chômage de longue durée.

CHIFFRES CLÉS

- Il existe 48 PMA dans le monde dont 34 sont situés en Afrique, neuf en Asie, quatre en Océanie et un en Amérique. Ils étaient 25 lors de la création de la catégorie en 1971.
- Cinq pays ont quitté le groupe des PMA en raison de leur croissance économique : le Botswana en 1994, le Cap-Vert en 2007, les Maldives en 2011, les Samoa en 2014 et la Guinée équatoriale en 2017.

Le coronavirus et la démondialisation

Les adversaires de l'« idéologie mondialiste » et de sa traduction économique attendaient obscurément la manifestation du cygne noir. L'événement brutal aux effets destructeurs que l'on range au rayon des histoires improbables par incapacité à envisager le pire est survenu, tranchent-ils, sûrs de leur fait : le Covid-19 signe l'arrêt de mort de la mondialisation. Vraiment ? L'épidémie due au coronavirus, qui se répand à travers le monde, a au moins eu l'effet bénéfique de démontrer l'inquiétante dépendance des économies occidentales à la Chine. L'« usine du monde » fabrique produits et composants d'une importance vitale ou stratégique.

Le géant n'a jamais aussi bien porté son nom d'« empire du Milieu ». Il occupe désormais une place centrale dans les chaînes de valeur mondiales, place qu'on la lui a donnée sans être trop regardant en l'admettant, en 2001, au sein de l'Organisation mondiale du commerce (OMC). Son irrésistible ascension, jusqu'à produire près de 30 % des biens manufacturés, s'est en partie faite, on le sait, au mépris de règles suivies par ses concurrents (pillage technologique, fermeture de marchés locaux, aides d'Etat massives, soutiens anticoncurrentiels aux exportations...). Au nom d'un « made in World » que l'OMC, l'OCDE et la Cnuced (Conférence des Nations unies sur le commerce et le développement) jugeaient gagnant-gagnant pour tout le monde.

La logique des avantages comparatifs de chaque nation a été poussée à l'extrême. « Les chaînes de valeur comptent pour 75 % de la croissance du commerce total, et la Chine représente la source la plus importante de cette expansion », rappelle Stephen S. Roach, économiste et ex-président de Morgan Stanley Asie, dans Les Echos. La fragilité de la division internationale du travail, qui fait qu'un Airbus ou un iPhone est un assemblage de sous-produits fabriqués dans le monde entier, était apparue, en mode mineur, lors de l'épidémie de SRAS (2003) et du tsunami au Japon (2011), qui avait bloqué les industries automobiles nipponne, chinoise, américaine et européenne. Tout était vite rentré dans l'ordre économique global.

Rien de tel avec le coronavirus. « L'épidémie change la donne de la mondialisation et montre que, dans certaines filières, les difficultés d'approvisionnement peuvent poser un problème stratégique », a reconnu le ministre de l'économie, Bruno Le Maire, en citant les batteries électriques (à 95 % asiatiques) ou les principes actifs à la base des médicaments (80 %). S'y ajoutent terres rares indispensables aux produits high-tech, panneaux solaires, matériels électriques, composants électroniques... Alerte à Bercy ! Tous les secteurs de l'industrie seront passés au crible pour identifier les « vulnérabilités stratégiques d'approvisionnement » ; il est « impératif de relocaliser un certain nombre d'activités ».

Même ses thuriféraires du FMI et de l'OCDE sont revenus depuis dix ans de leur vision irénique de la mondialisation. D'autres facteurs que le « choc viral » favorisent une régionalisation accrue des productions et des échanges : le réveil (tardif) des Européens sur quelques secteurs industriels clés, la robotisation qui permet de relocaliser à moindre coût, la lutte contre le réchauffement climatique, qui appelle moins de transports, le conflit sino-américain. « Ce choc peut se combiner à la guerre commerciale pour faire évoluer les stratégies des multinationales vers plus de diversification et, souvent, une priorité donnée à l'approvisionnement régional », analyse sur son blog le directeur du Centre d'études prospectives et d'informations internationales (Cepii), Sébastien Jean.

Fin de cycle

Beaucoup se félicitent à grands cris de chaque coup de boutoir donné au « mondialisme ». Un peu vite, car les raisons de cette segmentation des productions ne disparaîtront pas du jour au lendemain. Les pays émergents offrent encore bien des avantages à leurs donneurs d'ordres des nations riches. Et d'abord une main-d'œuvre abondante, souvent bien formée et toujours meilleur marché dans de nombreux secteurs, des ouvrières du textile au Bangladesh aux ingénieurs informatiques en Inde.

Cette épidémie, fût-elle très sévère, n'entraînera donc pas de retour en arrière brutal et définitif d'un phénomène en expansion continue depuis la fin du Moyen Age, tout juste freiné par quelques périodes de replis autarciques. La Grande Peste, qui tua un tiers des Européens autour de 1350, n'empêcha pas, quelques décennies plus tard, la naissance d'une économie plus globale où chaque pays a apporté ses produits et ses services. C'est même à partir du XVe siècle que se constituèrent en Europe les « économies-monde », selon le terme forgé par Fernand Braudel.

Le grand historien français, mort en 1985, n'eut pas le loisir d'inscrire les « trente glorieuses » chinoises dans la longue histoire de ces « économies-monde », qu'il définit ainsi dans La Dynamique du capitalisme (Flammarion, Champs, 2018) : « l'économie d'une portion de notre planète, dans la mesure où elle forme un tout économique », avec une ville-centre aux multiples richesses, sa périphérie et ses marges lointaines qui, « dans la division du travail qui caractérise l'économie-monde, se trouvent subordonnées et dépendantes ».

Ainsi se succédèrent la domination de quatre cités-Etats de Venise, Anvers, Gênes et Amsterdam, puis celle de Londres et de l'Angleterre à la fin du XVIIIe siècle, enfin de New York et des Etats-Unis au XXe. Avant l'émergence, il y a trente ans, d'un système global, unique dans l'histoire, dont la circonférence est partout et le centre nulle part. Ce cycle s'achève. La volonté du président américain de découpler les Etats-Unis de la Chine et même de la vieille Europe annonce un probable retour à plusieurs « économies-monde ». Le meilleur agent de la démondialisation, ce n'est pas le Covid-19, mais le Trump-20.

Jean-Michel Bezat,
Le Monde daté du 03.03.2020

Les pays pauvres et émergents victimes de la baisse des échanges

Ces Etats, dont l'économie dépend des exportations de matières premières ou de produits manufacturés, sont parmi les plus touchés par la crise

« C'est l'apocalypse. » Chaque jour qui passe, Rubana Huq, la présidente de l'Association des fabricants et exportateurs de textile du Bangladesh (BGMEA), recense les usines qui ferment en raison de la crise économique et sanitaire liée au Covid-19. Au total, 400 ateliers textiles auraient déjà fait faillite et 500 000 emplois auraient été perdus.

Les fabricants du pays chiffrent à près de 3 milliards de dollars (2,6 milliards d'euros) les annulations de commandes des marques d'habillement du monde entier, soit 10 % de leurs ventes annuelles à l'étranger. L'économie du Bangladesh, deuxième exportateur mondial de textile après la Chine, vacille. Sa croissance devrait être divisée par deux en 2020, selon le Fonds monétaire international (FMI), qui a annoncé, mercredi 3 juin, avoir débloqué une ligne de crédit pour lui venir en aide.

Les pays pauvres et émergents, dont l'économie dépend étroitement des exportations de matières premières ou de produits manufacturés, sont parmi les plus touchés par la crise. Celle-ci devrait, d'après l'Organisation mondiale du commerce (OMC), entraîner une chute de 13 % à 32 % du volume des échanges de marchandises, soit davantage que pendant la crise financière de 2008-2009.

Or contrairement à l'Europe ou aux Etats-Unis, qui ont les moyens de s'endetter, les pays à bas revenu ne disposent pas de la même marge de manœuvre financière pour sauver leurs économies. Avant même la crise, le FMI considérait que la moitié d'entre eux étaient en risque de surendettement. Depuis le début de la pandémie, ils n'ont pu consacrer que 1,4 % de leur produit intérieur brut (PIB) à des plans d'aide économique, contre 8,6 % du PIB chez les riches.

« Effets de distorsion »

La montée du protectionnisme dans le monde et les tensions commerciales entre la Chine et les Etats-Unis risquent d'accentuer la crise et de stopper l'ascension des pays à bas et moyen revenu. Certains d'entre eux, en effet, tiraient profit de l'ouverture des frontières pour s'insérer dans les chaînes d'approvisionnement des multinationales. Les relocalisations prônées par la France ou les Etats-Unis au nom de la « souveraineté économique » pourraient provoquer des suppressions d'emplois.

« L'essor des chaînes de valeur mondiales a été un facteur-clé de la croissance, qui a permis aux économies en développement de rattraper rapidement leur retard », affirmait le directeur général de l'OMC, Roberto Azevêdo, en janvier 2020. L'institution attribue le recul de la pauvreté sur la planète au quadruplement du commerce mondial. Une personne sur dix dans le monde vit aujourd'hui au-dessous du seuil de pauvreté, contre une sur trois en 1995. Un succès qu'il convient toutefois de relativiser. « Le danger existe que certains restent coincés dans les maillons à faible valeur ajoutée de la chaîne d'approvisionnement, et que la répartition des bénéfices soit donc inégale », reconnaissent les économistes Santiago Fernandez de Cordoba et Rubiah Lambert, dans un article publié fin mai par la Conférence des Nations unies sur le commerce et le développement (Cnuced).

Cependant, le commerce extérieur est crucial pour leur croissance. La Cnuced a calculé qu'il contribuait à hauteur de 30 % au PIB des pays en voie de développement, contre 18 % dans les pays développés. « Grâce à une meilleure intégration au reste du monde, des pays comme l'Inde, les Philippines ou l'Afrique du Sud ont réussi à faire reculer la pauvreté, explique Kaushik Basu, ancien chef économiste à la Banque mondiale. Donc la vague protectionniste m'inquiète. »

« Les subventions massives distribuées par les pays du Nord pour soutenir leurs entreprises pendant la pandémie engendreront des effets de distorsion dans le système du commerce mondial », ajoute Richard Kozul-Wright, directeur de la division de la mondialisation et des stratégies de développement de la Cnuced. L'agence onusienne plaide pour un renforcement de la coopération entre pays du Sud, sur le plan commercial ou financier, afin de surmonter la crise.

Julien Bouissou,
Le Monde daté du 08.06.2020

POURQUOI CES ARTICLES ?

Ces deux articles portent sur l'impact mondial de la pandémie de Covid-19, en particulier pour les pays émergents. Le premier pose une question majeure : cette crise sanitaire signe-t-elle l'arrêt de mort de la mondialisation ? Elle permet en effet de prendre conscience de la dépendance des économies occidentales à la Chine pour de nombreux secteurs vitaux ou stratégiques, et accélère donc la relocalisation de certaines activités. Cela dit, malgré de nombreuses crises, le phénomène de mondialisation est en expansion continue depuis le Moyen Âge. Par ailleurs, les pays émergents offrent encore beaucoup d'avantages aux entreprises, parmi lesquels une main d'œuvre abondante et bon marché. Pour autant, les pays pauvres et émergents, dont l'économie dépend largement des exportations de matières premières et de produits manufacturés, sont touchés de plein fouet par la crise économique et sanitaire liée à la pandémie. La vague protectionniste dans les pays du Nord pourrait constituer un réel frein à leur intégration dans la mondialisation.

Coopérations, tensions et régulations aux échelles mondiale, régionale et locale

La mondialisation peut être analysée par ses conséquences sur les territoires et par les relations qui lient ceux-ci. Il existe une tension inhérente au phénomène qui consiste à mettre en concurrence des territoires (attirer des activités économiques, des populations au fort niveau de formation) tout en affirmant la possible convergence des développements économiques et sociaux de toutes les parties du monde. Il importe de s'intéresser aux tensions qui voient le jour, mais aussi aux dynamiques des acteurs qui cherchent à les limiter et à conjuguer des intérêts parfois divergents.

Campus d'Apple à Cupertino.

Un phénomène de mise en concurrence à l'échelle mondiale

La mondialisation, comprise comme un processus économique mondial, conduit à envisager une mise en concurrence des territoires à l'échelle internationale. La géographie économique a ainsi décrit la naissance d'une **nouvelle division internationale du travail (NDIT)** liée à la mondialisation. Les économies se spécialisent dans des domaines particuliers où les pays peuvent faire jouer leurs avantages comparatifs. Ainsi, les pays développés où la population active possède de forts niveaux de qualification apparaissent comme les lieux de l'innovation, de la création industrielle, où les têtes pensantes conçoivent les produits. L'exemple le plus frappant est sans doute l'existence de **grands technopôles** regroupant les industries à la pointe de l'économie numérique, comme la Silicon Valley.

D'autres pays se spécialisent dans la production à moindre coût des pièces détachées, comme la Chine dans ses grandes usines du littoral, ou bien encore dans la production de matières premières. Les plus grands profits reviennent aux pays développés grâce à la valeur ajoutée de leurs produits. Si la Chine et l'Inde peuvent apparaître comme des puissances innovantes, les autres pays émergents peinent à suivre la course à la rentabilité.

La mise en place d'économies intégrées à l'échelle régionale

Devant la difficulté d'établir des règles à l'échelle planétaire et de gérer les flux induits par la mondialisation, l'échelle régionale a souvent été retenue par les acteurs politiques. La décennie 1990 apparaît comme riche en expérimentations. En 1992 sont signés **le traité de Maastricht** qui institue l'Union européenne (UE) mais aussi **l'Accord de libre-échange nord-américain (Alena)**. Ce dernier entre en vigueur en 1994, l'année de la création du **Mercosur**, communauté économique de cinq pays d'Amérique du Sud : l'Argentine, le Brésil, le Paraguay, l'Uruguay et le Venezuela (membres permanents).

Ces projets conjuguent à différents niveaux d'approfondissement les mêmes réflexions. Si l'Alena s'y refuse, l'UE et le Mercosur veulent apparaître comme des entités politiques possédant une part de la souveraineté régionale. Seule l'UE concrétise en 2002 la mise en place **d'une monnaie commune**, l'euro, dans douze pays tout d'abord, même si le Mercosur avait également émis ce type de projet en 1992. L'Alena apparaît comme un espace de libre-échange largement bénéficiaire à la balance commerciale des États-Unis, responsable de la

ZOOM SUR...

LES INSTITUTIONS INTERNATIONALES

Pour assurer des règles communes et offrir des lieux de discussions afin d'apaiser les tensions, des institutions internationales se sont formées depuis la fin de la Seconde Guerre mondiale. L'Accord général sur les tarifs douaniers et le commerce (GATT) en 1947 veille à limiter les taxes et les droits de douane sur les échanges de produits industriels, au profit de l'économie américaine alors largement exportatrice. En 1995 lui succède l'Organisation mondiale du commerce (OMC), qui continue son œuvre de libéralisation des échanges. Le nombre de pays adhérant à cet organisme a largement progressé, pour atteindre 164 aujourd'hui. Les pays émergents, au premier rang desquels la Chine, y ont pris une place nouvelle comme dans l'ensemble des institutions internationales. Celles-ci font l'objet de tensions et de luttes d'influence pour le contrôle et l'édiction des normes, jusqu'au cœur de l'ONU avec la FAO (Organisation des Nations unies pour l'alimentation et l'agriculture). Pour la première fois, un représentant chinois a été élu à sa tête en 2019, après une élection contestée, certains pays ayant profité d'un « rabais » sur leur dette envers la Chine juste avant le vote pour désigner la présidence... Les institutions qui agissent à l'international constituent en effet des enjeux majeurs dans le cadre des rivalités internationales.

modification des territoires à l'échelle locale. Des *maquiladoras* émergent par exemple à la frontière américano-mexicaine, usines de montages dont les propriétaires profitent des exemptions douanières et du faible coût de la main-d'œuvre.

Lieux de négociations, ces organisations régionales sont aussi des lieux de tensions. Aux réflexions sur la part de souveraineté qu'il convient pour chaque pays de laisser dans les mains d'une entité supranationale s'ajoutent des questions liées aux **flux humains**. Si l'Alena ne les encourage pas, l'UE a pu mettre en place des programmes dédiés : Erasmus encourage la circulation des populations dans le but d'atteindre des niveaux de formation permettant d'être concurrentiels dans l'économie mondialisée, tandis que l'agence Frontex conseille et aide les pays aux frontières extérieures à limiter les flux de populations entrant dans l'espace communautaire.

Ces constructions politiques originales à des échelles continentales ont aujourd'hui **des succès relatifs**. Le commerce intracommunautaire a connu une forte hausse, les tensions ont été régulées et un espace de discussion a été créé lors de crises comme celle de l'anchois (concurrence entre pêcheurs français et espagnols sur un stock de ressources halieutiques en danger).

Pourtant, l'UE n'a pas entièrement réussi à s'imposer aux yeux des citoyens qui la composent. En témoigne l'arrivée au pouvoir de **coalitions « europhobes »** dans plusieurs pays comme la Hongrie de V. Orban et le processus de sortie de l'UE engagé par le Royaume-Uni. L'Alena, quant à elle, n'a pu résister au renouveau d'une vision isolationniste américaine incarnée par D. Trump, qui préfère aux grandes organisations multilatérales le dialogue bilatéral. Enfin, le Mercosur a subi plusieurs crises économiques violentes depuis sa création, touchant notamment

Barrière délimitant la frontière entre Mexique et États-Unis.

l'un de ses piliers économiques, l'Argentine. La rivalité que celle-ci entretient avec le Brésil explique en partie les timides avancées d'intégration du sous-continent. Les crises politiques ont aussi mis à mal l'unité de cet ensemble, avec la constitution d'une Alliance bolivarienne (ALBA) entre les gouvernements dits de la « gauche sud-américaine », du Venezuela de H. Chavez au Cuba de R. Castro en passant par la Bolivie de J. Añez.

La mondialisation à l'échelle locale

Il peut être curieux de considérer l'étude des métropoles comme une échelle locale, tant leur fonctionnement dépend des liens qu'elles tissent entre elles aux échelles régionales et mondiales. Les géographes ont même décrit la naissance **d'un archipel mégalopolitain mondial** comprenant les métropoles de rang supérieur.

La métropolisation conduit à un renouveau des villes, tant dans l'urbanisme que dans leur composition sociale, notamment parce qu'elles accueillent les services tertiaires supérieurs, si convoités. La mutation commune des métropoles n'est pas sans provoquer **des tensions**. En effet, la volonté d'apparaître sur la carte mondiale conduit à disposer des systèmes de transports les plus modernes et performants. Cependant, l'aménagement de nouveaux aéroports peut entrer en contradiction avec la volonté des habitants qui voient remettre en question leur usage du territoire, comme à Notre-Dame-des-Landes, où des collectifs se sont mobilisés dans le cadre d'une ZAD contre l'aménagement d'un nouvel aéroport pour Nantes. Au-delà des grandes opérations liées au transport, la modification de la composition sociale des villes est au centre des tensions. Ainsi, Paris comme les autres grandes métropoles mondiales se trouve confrontée à une gentrification rapide, et donc, à l'éviction de sa population moins aisée.

DEUX ARTICLES DU *MONDE* À CONSULTER

- La guerre commerciale Chine – Etats-Unis profite à l'Asie du Sud-Est p. 40-41 (Bruno Philip, *Le Monde* daté du 06.11.2019)
- Le devoir de vigilance des patrons p. 41 (Éditorial, *Le Monde* daté du 26.04.2018)

ZOOM SUR...

LES RÉACTIONS À LA MONDIALISATION

La mondialisation surgit dans la vie des citoyens sous des formes variées. Si le nombre de touristes n'a cessé de croître, dépassant le milliard chaque année, avant l'épidémie liée à la Covid-19, la mondialisation a également d'autres incidences sur le quotidien des populations.

Dans les pays développés, des régions d'industrie ancienne ne peuvent rivaliser avec la concurrence des pays en développement. Sans impulsion politique forte, les délocalisations se multiplient, faisant d'une transformation économique majeure une crise sociale (hausse du taux de chômage, perte de statut social). Les logiques protectionnistes n'ont pas disparu et sont parfois mises en avant, par exemple, lorsque D. Trump fait pression sur les grands groupes de l'industrie automobile américaine pour relocaliser les usines Chrysler ou Ford dans leurs bassins d'origine de l'Ohio ou du Michigan. Un autre outil protectionniste est l'imposition de tarifs douaniers, en particulier sur l'acier aux États-Unis.

À une autre échelle, les acteurs de l'économie tentent de repenser les flux et leur incidence sur le développement. Pour l'alimentation, l'option du circuit court apparaît comme une solution dans un contexte de montée des préoccupations écologiques. Limiter les déplacements des produits alimentaires, en consommant de préférence des productions locales apparaît comme un geste simple pour les consommateurs mais qui n'est pas sans coût. Certains acteurs, des ONG en particulier, appellent à repenser la rentabilité économique à l'heure de la crise écologique, en mesurant par exemple l'empreinte carbone de nos pratiques quotidiennes.

Réponse à une question problématisée

En quoi la mondialisation génère-t-elle des tensions et des politiques de coopération entre les territoires à toutes les échelles ?

L'analyse du sujet

Les mots-clés du sujet sont : « territoires », « mondialisation », « tensions », « coopération ». Ici, la seule notion qui nécessite de proposer une définition est celle de « mondialisation ». Pour tous les autres mots-clés, il faut réfléchir à leurs implications et les mettre en rapport avec vos connaissances en construisant une liste d'exemples.

L'intérêt du sujet est de réfléchir à la mise en concurrence des territoires induite par la mondialisation : cela entraîne des tensions entre acteurs, qui cherchent à les réguler par la mise en place de politiques de coopération.

L'introduction

L'émergence du mouvement des « gilets jaunes » en novembre 2018 est révélatrice des tensions sociales qui divisent la France, pourtant 6e puissance mondiale. Ce mouvement populaire, d'origine périurbaine, rassemble les Français qui estiment être les perdants de la mondialisation. *[L'accroche aurait également pu porter sur le* Brexit *ou sur un exemple de tension internationale liée à la mondialisation (guerre commerciale Chine/États-Unis, sanctions américaines en Iran, compétition pour les ressources en Arctique, etc.).]*

Celle-ci désigne un processus de mise en relation des différentes parties du monde par l'intensification des flux de toute nature et par la diffusion mondiale de l'économie de marché. Le libre-échange, fondement économique de la mondialisation, entraîne une mise en concurrence et une hiérarchisation des territoires. Ainsi, en quoi la mise en relation des territoires induite par la mondialisation génère-t-elle des tensions à toutes les échelles, mais aussi des politiques de coopération entre différents acteurs ?

La mise en concurrence des territoires engendre des tensions qui peuvent dégénérer en conflits. Cela dit, des tentatives de régulation existent à toutes les échelles : des politiques de coopération, d'intégration et de cohésion sont mises en place par différents acteurs pour s'inscrire dans la compétition mondiale en luttant contre les inégalités.

Le plan détaillé du développement

I. Une mise en concurrence des territoires qui génère des tensions

1. Un phénomène de mise en concurrence qui favorise certains territoires

L'intégration différenciée des territoires à la mondialisation a plusieurs causes. À l'échelle mondiale, la NDIT (nouvelle division internationale du travail) entraîne une spécialisation des territoires dans des domaines particuliers, qui avantage les pays du Nord et les grandes métropoles du fait de la valeur ajoutée.

Exemple : le cas d'une grande ville mondiale, comme Londres ou New York.

Les territoires sont également en compétition pour attirer les FTN (firmes transnationales), afin d'accueillir des investissements (IDE) et de l'emploi. Cette compétition mondiale a un caractère multiscalaire.

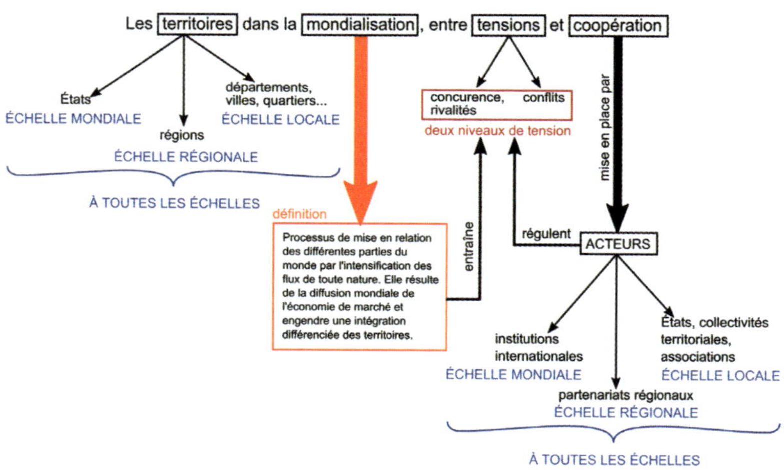

NOTIONS CLÉS

VILLE MONDIALE
Grande métropole qui concentre des fonctions de commandement et qui exerce une influence à l'échelle mondiale dans les domaines économique, financier, politique et culturel. Pour mesurer l'intégration des métropoles à la mondialisation, le *Global Power City Index* repose sur 70 indicateurs répartis en cinq domaines : économie, recherche et développement, interaction culturelle, « vivabilité », environnement et accessibilité. Voici les dix premières villes figurant dans le classement en 2017 : Londres, New York, Tokyo, Paris, Singapour, Séoul, Amsterdam, Berlin, Hong Kong, Sidney. Les trois villes mondiales les plus importantes, Londres, New York et Tokyo, sont au cœur de vastes mégalopoles.

MÉGALOPOLE
Espace urbanisé caractérisé par une forte concentration de métropoles reliées entre elles par des voies de communication. Ces espaces sont les moteurs de la mondialisation qui favorisent la métropolisation.

MÉTROPOLISATION
Concentration progressive de populations et d'activités dans des ensembles urbains de plus en plus vastes. Cette dynamique s'observe particulièrement dans les pays du Sud et notamment sur la façade maritime asiatique. On y observe la multiplication de villes gigantesques (Shanghai, Jakarta, New Delhi, Séoul). Les métropoles concentrent les fonctions économiques supérieures et présentent un modèle économique performant mais elles sont également une source de fracture territoriale : la métropolisation se traduit par le creusement des inégalités entre la métropole et ses périphéries éloignées, mais également au sein de la ville elle-même.

2. Des territoires en voie d'intégration, d'autres en marge de la mondialisation

Les pays émergents s'intègrent de manière accélérée à la mondialisation, et deviennent, à leur tour, des centres d'impulsion.

Exemple : les FTN chinoises investissent aujourd'hui en Afrique.

En revanche, les territoires les moins intégrés à la mondialisation sont également les plus pauvres : il s'agit des pays les moins avancés (PMA), situés notamment en Afrique subsaharienne, ou des zones rurales à l'échelle infranationale. En effet, si la mondialisation produit un enrichissement global, elle entraîne également une augmentation des inégalités sociales.

3. Des tensions qui peuvent dégénérer en conflits

Cette intégration différenciée des territoires est génératrice de tensions.

Exemple : la guerre commerciale entre les États-Unis et la Chine ou la course aux ressources en Arctique.

Ces tensions peuvent dégénérer en conflits : conflits armés (guerres diamantaires en Afrique) ou conflit d'usage sur un même territoire.

Exemple : la ZAD de Notre-Dame-des-Landes.

II. Des tentatives de régulation à toutes les échelles

1. Le multilatéralisme, une politique de coopération à l'échelle mondiale

Cela dit, la mondialisation permet également la régulation des tensions par la mise en place de politiques de coopération à l'échelle mondiale. Des institutions internationales comme l'Organisation mondiale du commerce (OMC) ont pour but d'assurer des règles communes et de prévenir les conflits. Ce multilatéralisme trouve toutefois des limites : ces institutions sont également traversées par des tensions.

Exemple : le président américain D. Trump menace de quitter l'OMC en 2019 car il juge que l'organisation accorde un traitement de faveur à la Chine.

2. Des économies intégrées à l'échelle régionale

Face à ces limites, de nombreuses organisations régionales de coopération sont mises en place dans les années 1990 : l'Union européenne, l'Accord de libre-échange nord-américain (Alena) ou encore le Mercosur. Elles mettent en place un marché commun et un espace de libre-échange, ainsi qu'une politique d'aide aux périphéries marginalisées dans le cas de l'UE. Cela dit, ces organisations sont confrontées elles aussi à des tensions, qui portent notamment sur la question des souverainetés nationales.

Exemple : le *Brexit*.

3. Des politiques de cohésion à l'échelle infranationale

Enfin, des politiques de cohésion et de redistribution sont mises en place à l'échelle infranationale pour lutter contre les inégalités.

Exemple : les politiques de décentralisation en France (lois Deferre 1982) ou le rôle accru accordé aux collectivités territoriales (2003-2004).

LA BONNE MÉTHODE

- Soigner particulièrement l'introduction, en écrivant certaines parties au brouillon. Les étapes de l'introduction : une accroche (idée générale, citation ou événement important) ; la définition du sujet (termes importants, enjeux du sujet) ; la problématique ; l'annonce du plan.
- Si un croquis est réalisé, s'appuyer dessus lors de la rédaction.

Les centres d'impulsion de la mondialisation

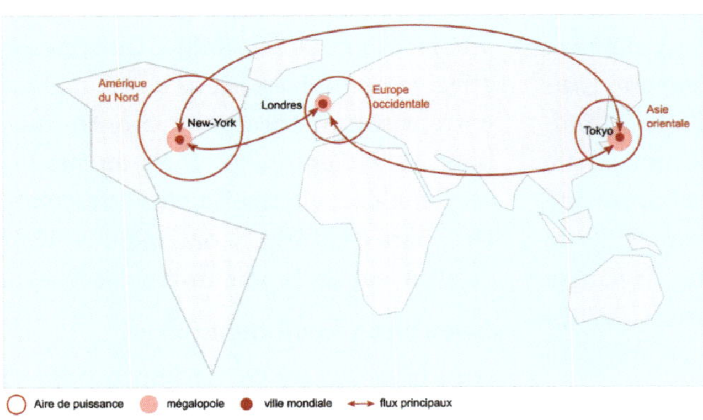

CE QU'IL NE FAUT PAS FAIRE

- Ne penser qu'aux États comme acteurs de la mondialisation, et axer votre réponse uniquement sur les tensions et les politiques de coopération entre les puissances internationales, en oubliant de traiter les échelles régionale et locale. C'est le travail préparatoire d'analyse du sujet qui vous permet d'éviter les impensés.
- Se contenter de définir les mots-clés du sujet en introduction : vous devez aussi présenter les enjeux majeurs qui s'en dégagent.
- Développer un exemple dès l'introduction.

ZOOM SUR...

LES INSTITUTIONS INTERNATIONALES CHARGÉES DE RÉGULER L'ÉCONOMIE MONDIALE

En juillet 1944, la conférence internationale de Bretton Woods (États-Unis) aboutit à la création du FMI et de la Banque mondiale. Depuis les années 2000, le fonctionnement de ces institutions est critiqué pour le manque de reconnaissance politique des pays émergents ainsi que pour leur inefficacité à faire reculer la pauvreté et les inégalités. Certains acteurs cherchent à mettre en place des alternatives : en 2015, les BRICS (puissances émergentes) inaugurent la Nouvelle Banque de développement, un organisme de crédit entre nations émergentes, indépendantes des établissements de crédit occidentaux.

FMI : FONDS MONÉTAIRE INTERNATIONAL (WASHINGTON)

Il veille à la stabilité financière et monétaire internationale. Il exerce une mission de surveillance et de conseil de ses 189 pays membres. Par ailleurs, il fournit une aide financière sous forme de prêts aux pays en difficulté en échange de leur engagement à réaliser un programme économique sous l'égide de l'institution.

BM : BANQUE MONDIALE (WASHINGTON)

Elle fonctionne comme un établissement de crédit en prêtant notamment des fonds aux pays en difficulté. Dans les années 1980-1990, elle coordonne ses actions avec celles du FMI dans la mise en œuvre de programmes d'ajustement structurel d'inspiration libérale.

OMC : ORGANISATION MONDIALE DU COMMERCE (GENÈVE)

À partir de 1995, elle remplace l'Accord général sur les tarifs et le commerce (GATT), signé en 1947. Il s'agit de la seule organisation qui fixe les règles du commerce international et veille à leur application.

La guerre commerciale Chine - Etats-Unis profite à l'Asie du Sud-Est

Après avoir été dépassés par la montée en puissance globale de la Chine suite à la sortie du long isolement de cette dernière, les pays de l'Asean (Association des nations de l'Asie du Sud-Est) apparaissent en mesure de tirer des avantages de la guerre commerciale entre les Etats-Unis et l'empire du Milieu : ces pays, aux niveaux de développement fort contrastés, se situent dans l'orbite géo-économique de la Chine et certains d'entre eux ont, de longue date, d'étroites relations commerciales ou stratégiques avec les Etats-Unis. Ils se retrouvent dans une position propice, tant géographiquement qu'économiquement, pour profiter d'une situation grosse d'incertitudes. Y compris pour eux-mêmes...

Alors que vient de se conclure à Bangkok, lundi 4 novembre, le sommet de l'Asean auquel ont participé les premiers ministres chinois, indien et japonais ainsi que le secrétaire au commerce américain, Wilbur Ross, l'incertitude reste de mise pour l'économie de l'Asie-Pacifique. Les dix membres de l'Asean ont beau s'être « engagés » à signer prochainement le « Partenariat économique régional global » (RCEP) – qui associera six autres pays, dont la Chine, le Japon et l'Inde –, ce traité est loin d'être acquis : la Chine est favorable à la constitution de ce qui pourrait devenir la plus grande zone de libre échange de la planète mais l'Inde a refusé d'en faire partie, lundi, au dernier jour du sommet de Bangkok.

Pour l'heure, ce serait donc plutôt vers l'Asean que les têtes se tournent : les dix nations qui la composent – Birmanie, Thaïlande, Laos, Cambodge, Vietnam, Philippines, sultanat de Brunei, Malaisie, Singapour, Indonésie – forment un ensemble régional de poids : 650 millions d'habitants pour un PIB régional approchant les 3 000 milliards de dollars. Ces dix pays représentent une force de frappe qui fait de leur association la quatrième région exportatrice de la planète : des biens de consommation à la chaussure, en passant par les disques durs et les semi-conducteurs.

« *La guerre commerciale sino-américaine, ainsi que l'augmentation des coûts* [de travail et de production] *en Chine et l'orientation croissante de cette dernière vers son propre marché intérieur ont remis en lumière l'importance de l'Asie du Sud-Est* », estime Pavida Pananond, professeure de commerce international à l'université Thammasat de Bangkok. La raison de ce coup de projecteur est connue : la hausse des tarifs douaniers américains sur les exportations chinoises est en train de forcer certaines entreprises étrangères basées en Chine à se délocaliser. Le Sud-Est asiatique est prêt à les accueillir à bras ouverts.

« *La région est une alternative séduisante en raison de sa proximité avec la Chine, ses coûts de production raisonnables et sa croissance économique* », affirme encore Mme Pananond. Qui complète son argumentation en avançant qu'après être devenue une « *usine de l'Asie* », l'Asean est en passe d'accéder à un statut supérieur, en raison de la montée en gamme de ses productions à plus haute valeur ajoutée : celui de « *marché de l'Asie* ».

Déjà, les signes se multiplient qui confirment que l'Asean pourrait bientôt tirer les marrons du feu : la chambre de commerce américaine en Chine a révélé cette année que 40 % de ses membres ont délocalisé leurs usines manufacturières hors de la République populaire – ou en envisageaient la possibilité. Un sondage effectué parmi les patrons de ces mêmes entreprises américaines a montré que, pour 40 % d'entre eux, l'Asie du Sud-Est est l'une des options les plus attractives. Un quart d'entre eux ont indiqué avoir déjà fait leur choix pour un pays de l'Asean.

Investir en Thaïlande

Dans la région, les Etats n'ont pas tardé à réagir à cette bataille à fleurets de moins en moins mouchetés entre Donald Trump et son homologue chinois Xi Jinping : le gouvernement thaïlandais vient de proposer un ensemble de mesures aux entreprises étrangères désireuses de relocaliser leurs productions dans le royaume. Ces dernières pourront bénéficier d'une réduction de 50 % de l'impôt sur les sociétés pour une période de cinq ans. Seule précondition pour bénéficier de ces avantages : investir au moins 1 milliard de bahts thaïlandais (environ 30 millions d'euros) et procéder à cet investissement d'ici à 2021.

POURQUOI CES ARTICLES ?

Ces articles proposent des exemples de coopérations, tensions et régulations dans le contexte de la mondialisation en Asie. Le premier traite de l'ASEAN (Association des nations de l'Asie du Sud-Est). Il analyse en quelle mesure cet ensemble régional bénéficie à la fois de la coopération entre ses pays membres et de la guerre commerciale qui oppose les États-Unis et la Chine. En effet, d'une part la Chine s'oriente de plus en plus vers son propre marché intérieur, d'autre part de nombreuses entreprises étrangères basées en Chine cherchent à se délocaliser. Le deuxième texte traite des conséquences à l'échelle locale de la nouvelle division internationale du travail (NDIT). Le Bangladesh offre aux multinationales du prêt-à-porter une main-d'œuvre bon marché, qui travaille dans des conditions indignes et risquées. L'effondrement du Rana Plaza à Dacca en 2013, qui a causé 1 135 morts, a entraîné la signature d'un accord sur la sécurité des ateliers. Cependant, de nombreux problèmes subsistent, comme le travail des enfants ou les conditions salariales : au-delà des tentatives de régulation, c'est le modèle économique lui-même qui est à reconsidérer.

Selon Kanit Sangsubhan, secrétaire général du projet Corridor économique oriental (EEC) de Thaïlande, qui pourrait devenir un centre de développement industriel important dans l'est du royaume, la guerre commerciale sino-américaine a certes des conséquences négatives pour son pays en ce moment, mais, *« à moyen terme, la Thaïlande va probablement bénéficier de cette situation »*. Qui, selon lui, pourrait aussi pousser les membres de l'Asean à s'unir, l'Association étant notoirement désunie...

Les promesses de gains à moyen ou court terme pour l'Asie du Sud-Est dans le climat commercialement délétère qui prévaut entre les deux géants de la planète doivent cependant être assorties de quelques bémols : si des pays comme le Vietnam ou le Cambodge sont les premiers à en profiter, ils pourraient eux aussi, à plus ou moins brève échéance, être victimes à leur tour de la hausse de leurs propres coûts de production. Alors qu'ils sont loin de posséder la qualité des infrastructures chinoises.

En outre, comme l'analyse le Singapourien Manu Bhaskaran, directeur de Centenial, firme de conseil sur les questions économiques et stratégiques en Asie, *« la question n'est pas tant de tirer avantage de cette situation que de tirer le meilleur parti possible d'une mauvaise situation : les guerres commerciales sont mauvaises pour nous, car elles réduisent la part du gâteau. Certes, on va peut-être réussir à obtenir une partie de ce même gâteau grâce aux relocalisations industrielles dans notre région. Mais cela ne sera qu'un prix de consolation »*.

Bruno Philip (Bangkok, correspondant), *Le Monde* daté du 06.11.2019

Le devoir de vigilance des patrons

Il y a cinq ans, le 24 avril 2013, un immeuble de Dacca, capitale du Bangladesh, s'effondrait sur les 5 000 employés du textile qui y travaillaient dans des conditions indignes et sans aucune sécurité. Lorsque les sauveteurs finirent enfin de trier les décombres du Rana Plaza, le bilan s'élevait à 1 135 morts. Passé à la postérité comme l'un des plus grands désastres industriels de l'histoire moderne, le Rana Plaza est aussi devenu le symbole de l'exploitation d'une main-d'œuvre bon marché, dans cette partie du monde, employée par des sous-traitants eux-mêmes contractés par de grandes firmes multinationales de prêt-à-porter qui prétendaient ne rien savoir de ce qui se passait au bout de la chaîne.

La catastrophe du Rana Plaza a au moins eu un effet salutaire : celui de réveiller l'opinion publique des pays développés et de stimuler les organisations internationales, gouvernementales et non gouvernementales, veillant aux droits de cette catégorie de travailleurs. Un fonds d'indemnisation des victimes a été mis en place. Des syndicats ont émergé. Deuxième pays exportateur de vêtements de prêt-à-porter après la Chine, le Bangladesh a bénéficié de cette mobilisation, qui a abouti à la signature d'un accord sur la sécurité des ateliers sous les auspices de l'Organisation internationale du travail.

A ce jour, 222 grandes entreprises du marché international ont souscrit à l'accord, parmi lesquelles Adidas, H&M et Uniqlo. Il concerne 1 600 usines du Bangladesh, dont 767 ont achevé leur mise en conformité, et 2 millions de travailleurs, dont 70 % de femmes. L'accord a aussi permis à des syndicats de travailleurs du textile d'attaquer en justice des employeurs qui refusaient ou tardaient à prendre des mesures de sécurité dans les usines ; une grande entreprise internationale, qui a obtenu que son nom soit gardé secret, a ainsi été condamnée en janvier par un tribunal d'arbitrage à La Haye à verser 2,3 millions de dollars (1,9 million d'euros) de dommages et intérêts aux syndicats représentant les travailleurs bangladais du textile.

En France, une loi sur « le devoir de vigilance des sociétés mères et des entreprises donneuses d'ordres » est entrée en vigueur en 2017, après un long parcours législatif. Elle impose aux entreprises employant au moins 5 000 salariés en France et 10 000 dans le monde de veiller à la sécurité et au respect des droits humains des travailleurs contribuant, y compris dans le cadre de sous-traitance, à leur activité.

Voilà pour les bonnes nouvelles. Il reste, cependant, beaucoup à faire. Des milliers d'ateliers au Bangladesh ne sont toujours pas couverts par l'accord. Cet accord venant à échéance le 1er mai 2018, un texte de transition a dû être durement négocié, qui prolonge sa validité jusqu'à 2021 mais n'a pas encore recueilli la totalité des signataires. Le patronat et le gouvernement bangladais renâclent. Le travail des enfants reste un énorme problème, de même que les conditions salariales des travailleurs du textile, qui ne sont pas couvertes par l'accord de 2013 : des grèves lancées au Bangladesh pour appuyer ces revendications ont été durement réprimées.

Il reste aussi aux géants européens du prêt-à-porter à réfléchir sur leur modèle économique, qui est de vendre toujours moins cher pour vendre plus. Cela implique que les consommateurs, eux aussi, se posent la question du prix humain de ces tee-shirts si bon marché.

Editorial, *Le Monde* daté du 26.04.2018

La Russie, un pays dans la mondialisation : inégale intégration des territoires, tensions et coopérations internationales

La Russie est le plus grand pays du monde avec 17,1 millions de km², au milieu particulièrement contraignant (climat, pergélisol). L'histoire la place dans une position particulière eu égard à la mondialisation. Celle-ci se définit comme un processus libéral, capitaliste, qui a pris un essor très fort après la Seconde Guerre mondiale, au moment même où l'expérience communiste dans sa version soviétique et stalinienne touche ce qui est alors l'URSS. La Russie s'intègre dans la mondialisation libérale à la chute de l'URSS en 1991, qui représente la fin de la voie alternative qu'avait constituée le « bloc de l'Est », avec ses propres dynamiques d'échanges de produits et de personnes. Dans quelle mesure la Russie parvient-elle à s'intégrer dans la mondialisation ?

La Russie, un pays émergent ?

L'entrée dans le monde capitaliste ne s'est pas faite sans bouleversements, en particulier dans le cadre de la « thérapie de choc » menée par E. Gaïdar, ministre des Finances puis Premier ministre à partir de 1992. Ces conséquences, que l'auteure S. Aleksievitch a contées dans *La Fin de l'homme rouge*, sont encore durement ressenties par une partie de la population (diminution de l'espérance de vie dans les années 1990, pauvreté).

La géographie économique classique place la Russie dans les BRICS, les pays émergents. Sa trajectoire nationale apparaît originale en ce qu'il s'agit de **la résurgence d'une puissance**. Lors de la guerre froide, la puissance soviétique s'appuyait sur les « pays frères » du bloc de l'Est. Elle s'exprimait par sa place au sein du Conseil de sécurité de l'ONU comme membre permanent et par ses capacités militaires. L'organisation économique interne de ce bloc reposait sur un partage des tâches et des productions qui n'a pas résisté à l'entrée dans le modèle capitaliste.

La Russie peut compter sur ses matières premières pour apparaître comme un acteur important de la mondialisation. **Le pétrole et le gaz**, qui pèsent à eux deux près de 30 % du PIB national en comptant le complexe industriel et financier qui les entoure, sont essentiels à la bonne santé de l'économie russe. Ainsi, par le jeu de la taxation étatique en pourcentage du prix, lorsque le prix du baril de pétrole augmente d'un dollar, les impôts rapportent un milliard de dollars de plus au budget national. Si elles permettent un développement économique localisé, en mer de Barents ou à Sakhaline, ces activités ne procurent néanmoins qu'un million d'emplois. Pourtant, ces ressources énergétiques guident une partie de la politique russe en Arctique, dans des espaces qui s'ouvrent peu à peu à l'exploitation économique.

Autre territoire majeur de la mondialisation, **Moscou est la capitale nationale et prétend au rôle de métropole mondiale**. La centralisation de l'économie autour du clan politique de V. Poutine donne à Moscou un rôle essentiel quant à l'insertion de la Russie dans la mondialisation. Cette ville ayant pleinement acquis les usages du monde capitaliste, intégré récemment, possède

ZOOM SUR...

L'INTÉGRATION RÉGIONALE APRES L'URSS

À l'URSS succède la Communauté des États indépendants (CEI) en 1991, rassemblant la Russie et d'anciennes républiques de l'Union soviétique comme l'Azerbaïdjan ou le Kirghizistan. Cette alliance originale ne fonctionne que partiellement, ne produisant que peu de normes réellement appliquées. Elle se démarque par la prépondérance de l'entité russe en son sein. Les pays souhaitant se dégager de son influence ont d'ailleurs pris soin de sortir de la CEI, comme la Géorgie en 2009 et l'Ukraine en 2018.

Les rapports avec l'UE font régulièrement l'objet de crises diplomatiques en Europe orientale et centrale, alors que, depuis le début du XXIe siècle, l'élargissement communautaire se construit vers l'Est, avec l'entrée de nouveaux pays en 2004 puis en 2007. Les flux économiques de l'époque soviétique n'ont pas tous disparu, et « l'étranger proche », pour reprendre la dénomination officielle, garde une place importante dans les échanges russes. L'Union européenne offre aux pays de l'Est une assurance en cas de montée des tensions, néanmoins la Russie possède des leviers de pression notamment parce qu'elle livre 30 % du gaz consommé dans l'Union. L'ombre du voisin russe plane donc sur les relations dans l'Est de l'Europe mais aussi en Scandinavie. Elle est largement exploitée dans les fictions ancrées dans la réalité géopolitique comme la série norvégienne *Occupied* (2015).

DEUX ARTICLES DU *MONDE* À CONSULTER

- Poutine ou la diplomatie du gazoduc p. 44
(Stéphane Lauer, *Le Monde* daté du 17.12.2019)
- Facebook fait le ménage dans des faux comptes en Europe de l'Est p. 45
(Michaël Szadkowski, *Le Monde* daté du 19.01.2019)

Vue de Moscou.

encore des reliquats du passé communiste. Les « nouveaux riches » et autres oligarques ayant fait fortune dans les soubresauts de la libéralisation de l'économie partagent la ville avec une population paupérisée repoussée dans les périphéries tandis que l'architecture soviétique continue de marquer le paysage.

La Russie, un acteur politique et économique original

En plus des hydrocarbures qui offrent une intégration dans la mondialisation à certains territoires, la présence de **fortes ressources minières** joue un rôle important. L'exploitation en fut autrefois confiée, à l'Est, au complexe répressif du Goulag, ainsi celle de l'or, extrait dans les camps de la Kolyma. Le nickel, le platine et le cobalt sont aujourd'hui au cœur du projet économique de développement de l'Est, autour d'entreprises dominantes à l'échelle mondiale. L'entreprise Norilsk Nickel est spécialisée dans la production de nickel et de palladium et EuroChem exploite les phosphates pour sa production d'engrais.

Les grands groupes industriels, dominés par les oligarques proches du pouvoir, sont les fers de lance de l'économie russe dans la mondialisation. Elle peine néanmoins à réinvestir les liquidités obtenues dans une activité économique tertiarisée, pourtant identifiée comme vitale à l'avenir. Ces groupes, dont les ressources sont situées dans des régions périphériques du territoire russe, sont **une possible force centrifuge**. Ils peuvent mettre en difficulté le pouvoir central, notamment s'ils cherchent à échapper à l'impôt, assurant la redistribution d'une partie de la richesse vers les autres territoires de l'État. La volonté de contrôle du pouvoir politique est en effet indissociable d'un désir de contrôle des territoires. Certains oligarques ont été mis en accusation par la justice russe pour des malversations financières, comme M. Khodorkovski qui dirigeait le géant pétrolier Ioukos. D'aucuns y ont vu une manœuvre du Kremlin contre un potentiel opposant politique disposant de très fortes ressources financières.

Le pays connaît également une résurgence politique. En 1997, le G7 s'élargit à la Russie pour former le G8, consacrant son entrée dans le monde capitaliste. En 2004, la Russie entame les négociations pour adhérer à l'OMC, qui aboutissent en 2012. Le pays participe donc à **un ensemble d'institutions internationales**, de l'OSCE (Organisation pour la sécurité et la coopération en Europe) au Conseil de l'Europe, mais son intégration reste partielle. Le raidissement de la position russe face aux démocraties occidentales la conduit en effet à refuser les observateurs étrangers sur son territoire, en particulier en Tchétchénie ou sur ses frontières.

Son activité diplomatique se déploie aussi vers son voisin chinois. Les questions de sécurité priment dans les discussions, notamment au sein de l'Organisation de coopération de Shanghai (OCS), mais la croissance économique chinoise et le développement des « Nouvelles Routes de la soie » bénéficient également à la Russie, placée au cœur des enjeux économiques entre Asie et Europe. Le basculement eurasiatique des politiques russes fait écho aux sanctions occidentales dues à son activité diplomatique et militaire en Europe orientale.

ZOOM SUR...

UNE TENTATION IMPÉRIALE DANS LA MONDIALISATION ?

La Russie a pour particularité, à l'échelle de l'Europe, d'avoir construit au XIXe siècle une colonisation contiguë de son territoire vers l'Est, le *Far East* de la Sibérie ayant été progressivement conquis depuis le XVIe siècle. La géopolitique du pouvoir russe se caractérise actuellement par le durcissement des relations avec l'Occident : les États-Unis sont identifiés comme une menace, appuyée sur le continent européen par l'UE. La multiplication des exercices mobilisant plusieurs dizaines de milliers de soldats à l'Ouest et l'arsenal militaire conventionnel et nucléaire sont perçus comme des signes de défiance. La mobilisation de troupes de l'OTAN pour réaffirmer l'alliance envers les pays baltes fait notamment craindre l'émergence d'une nouvelle « guerre froide ».

L'annexion par la Russie de la péninsule ukrainienne de Crimée en 2014 et le soutien militaire apporté aux séparatistes de l'est de l'Ukraine apparaissent comme des « coups de force » contre l'ordre mondial sans que la communauté internationale ne parvienne à faire reculer la puissance russe. Le retour brutal de la celle-ci en Europe orientale fait écho aux déclarations de V. Poutine définissant la disparition de l'Union soviétique comme la « plus grande catastrophe géopolitique du XXe siècle ». Persuadé de la nécessité d'un destin impérial pour la Russie, il critique la poussée occidentale à ses portes, de l'Estonie, où l'OTAN a positionné un centre de cyberdéfense, à la Géorgie qui tente d'adhérer à cette organisation.

Poutine ou la diplomatie du gazoduc

Blagovechtchensk, sur les rives du fleuve Amour, a longtemps été un objet de dispute entre Moscou et Pékin. La capitale de l'Oblast fut notamment attaquée en 1900 par les Chinois, au moment de la révolte des Boxers, avant que les Cosaques ne reprennent le contrôle de la ville. Plus d'un siècle plus tard, Blagovechtchensk est désormais devenu le symbole du rapprochement sino-russe. La zone de libre-échange constituée avec la ville chinoise de Heihe, située sur l'autre rive de l'Amour, vient de changer de dimension avec l'achèvement d'un gazoduc gigantesque exploité par Gazprom, Power of Siberia. Le projet, inauguré le 2 décembre par le président chinois, Xi Jinping, et son homologue russe, Vladimir Poutine, doit acheminer vers le nord de la Chine 38 milliards de m^3 de gaz naturel par an à partir de 2025, l'équivalent de la consommation française.

Cette infrastructure, la plus importante jamais réalisée depuis le début de l'ère post-soviétique, constitue une prouesse, qui a nécessité 55 milliards de dollars (49,3 milliards d'euros) d'investissements. Power of Siberia prend sa source dans les champs gaziers de Chayanda et Kovykta avant de transiter par l'une des zones les plus hostiles de la planète sur près de 3 000 kilomètres jusqu'à Blagovechtchensk.

Mais le principal intérêt du projet est géopolitique. Il constitue une étape essentielle du rapprochement entre la Chine et la Russie au moment où les relations des deux pays avec l'Occident se sont passablement dégradées. La décision de lancer Power of Siberia avait été prise en 2014, quelques mois après l'annexion de la Crimée par la Russie, qui a déclenché des sanctions économiques occidentales qui pèsent sur les ventes de gaz du pays. L'achèvement du gazoduc coïncide avec la guerre commerciale lancée par les Etats-Unis contre la Chine, qui, elle, se retrouve menacée dans son approvisionnement énergétique.

Pour Pékin comme pour Moscou, l'enjeu est vital. La Chine est le premier importateur mondial de gaz. Selon l'Agence internationale de l'énergie, en 2024, le pays devrait engloutir 40 % de la demande mondiale. D'ici à 2040, sa consommation augmentera de 150 %, selon les projections de la China National Petroleum Corporation (CNPC). Cet appétit s'explique à la fois par le dynamisme économique et par la volonté du gouvernement de substituer le charbon, jugé trop polluant, par du gaz. Un programme baptisé Plan pour gagner la guerre du ciel bleu a été lancé en 2018 afin d'inciter les ménages et les entreprises à s'équiper au gaz. L'an passé, la consommation a bondi de 17 % par rapport à 2017, tandis que les importations augmentaient de plus de 30 %.

Ce basculement énergétique est actuellement mis à mal par la guerre commerciale lancée par Donald Trump. Depuis mai, les importations chinoises de gaz naturel liquéfié américain ont été stoppées. Malgré la détente enregistrée ces derniers jours avec l'amorce, le 13 décembre, d'un accord commercial aux contours encore flous entre Washington et Pékin, Power of Siberia arrive donc à point nommé pour sécuriser l'approvisionnement chinois. A partir de 2022, le gazoduc en représentera 10 % et une deuxième phase du projet est à l'étude pour desservir la côte est de la Chine.

Pour la Russie, l'enjeu est tout aussi crucial. Le pays est plus que jamais dépendant des énergies fossiles, qui représentent 65 % de ses exportations, tandis que près de la moitié des recettes du budget de l'Etat proviennent du gaz et du pétrole. Si Vladimir Poutine regarde de plus en plus vers l'est, c'est parce qu'il n'a pas le choix, car, à l'ouest, la situation se complique sérieusement. D'abord du fait des efforts de l'Union européenne (UE) en faveur de la transition énergétique pour faire baisser l'utilisation des énergies fossiles, les importations européennes de gaz ont chuté de plus de 10 % au cours de la dernière décennie.

Intense lobbying de Washington

Surtout, la crise ukrainienne a chamboulé l'approvisionnement européen. Le gazoduc Nord Stream 2, qui passe par la mer Baltique afin de contourner l'Ukraine pour atteindre ensuite les côtes allemandes, est en cours d'achèvement. Mais les Etats-Unis tentent de s'opposer au projet. Derrière les arguments diplomatiques, selon lesquels l'UE accroîtrait sa dépendance vis-à-vis de Moscou et fragiliserait l'allié ukrainien en le privant des taxes qu'il perçoit pour le transit du gaz russe sur son territoire, les motivations commerciales sont à peine voilées. Jouant sur leur peur de l'ogre russe, Washington exerce un intense lobbying

POURQUOI CES ARTICLES ?

Ces deux articles analysent les dynamiques spécifiques de l'insertion de la Russie dans la mondialisation : l'importance stratégique des exportations de gaz et la cyberpropagande. Le premier article porte sur la construction d'un gazoduc gigantesque exploité par Gazprom, Power of Siberia, à destination de la Chine. Ce projet d'envergure constitue un enjeu crucial pour les deux puissances : la Chine est en pleine transition énergétique tandis que l'économie russe est encore largement dépendante des exportations d'énergies fossiles. Ce rapprochement stratégique entre Chine et Russie intervient dans un contexte de tensions avec l'Occident. Le deuxième article porte sur la cyberpropagande russe : Facebook a récemment désactivé des centaines de comptes créés depuis la Russie et actifs en Europe de l'Est de manière coordonnée pour servir les intérêts russes. Ces procédés ressemblent aux activités menées par la Russie durant la campagne présidentielle américaine. L'IRA (Internet Research Agency), instrument de propagande en ligne lié aux autorités russes, est fortement soupçonné.

sur les pays d'Europe orientale pour qu'ils achètent du GNL américain, pourtant plus cher que son équivalent russe.

La tension est montée d'un cran avec Berlin le 12 décembre, après le vote par la Chambre des représentants américains de sanctions contre les entreprises participant à Nord Stream 2. « *La politique énergétique européenne est décidée en Europe et non aux Etats-Unis. Nous rejetons par principe les interventions et les sanctions extérieures ayant des effets extraterritoriaux* », a répliqué Heiko Maas, le ministre allemand des affaires étrangères. La réaction tranche avec le discours tenu par Berlin en février. Par crainte de rétorsions commerciales, l'Allemagne avait promis d'acheter du GNL américain.

Mais, à force de souffler le chaud et le froid sur ses partenaires commerciaux et de passer pour un interlocuteur peu fiable, Donald Trump a fini par les inciter à trouver des solutions alternatives. Carsten Schneider, l'un des responsables du SPD en Allemagne, résume ainsi la situation : « *Les Etats-Unis sont désormais de retour dans le Far West, où seule la loi du plus fort s'applique. Quiconque agit de la sorte n'aura bientôt plus d'alliés* », a-t-il affirmé au Spiegel.

Vladimir Poutine est le grand bénéficiaire de la situation. « *En se positionnant entre les marchés européens à l'ouest et les marchés chinois à forte croissance à l'est, la Russie génère non seulement de nouveaux revenus, mais renforce sa position de manière stratégique* », estime Andrew Hill, analyste chez S&P Global Platts.

Stéphane Lauer,
Le Monde daté du 17.12.2019

Facebook fait le ménage dans des faux comptes en Europe de l'Est

Les équipes de Facebook ont annoncé, jeudi 17 janvier, avoir désactivé des centaines de comptes Facebook et Instagram créés depuis la Russie mais qui étaient principalement actifs ces dernières années dans plusieurs pays limitrophes d'Europe de l'Est.

Ces fermetures de comptes ont eu lieu en raison de leurs activités « inauthentiques » réalisées de manière « coordonnée », indique Facebook dans un communiqué. Le réseau social précise avoir déjoué deux opérations distinctes, mais qui présentent des modes opératoires similaires : des pages et des comptes ont été actifs dans des pays d'Europe de l'Est ou d'Asie centrale sur des thématiques variées (météo, sport, voyage, économie, personnalités politiques...), mais ils diffusaient des messages pilotés depuis la Russie, et pouvant servir des intérêts russes. Dans les deux cas, ces réseaux de fausses pages ont diffusé des dizaines de milliers d'euros de publicité, pour promouvoir leurs messages. Ces fausses pages et ces faux comptes ont rassemblé un million d'abonnés Facebook, dans les pays concernés.

La première opération comportait 289 pages et 75 comptes Facebook. Plusieurs étaient liés, selon Facebook, à des employés de Sputnik, site lancé par l'agence de presse officielle russe Rossia Segdonia, proche du Kremlin et diffusant des contenus dans de nombreux pays dont la France.

Le second réseau de faux comptes se focalisait sur l'Ukraine. Il comprenait 107 pages, comptes ou groupes Facebook, et 41 comptes Instagram. Présentés comme originaires d'Ukraine, ils postaient des messages sur de nombreux sujets, et ont bénéficié de publicités entre janvier et décembre 2018.

« *Nous avons identifié des procédés qui recoupent les activités menées depuis la Russie dans les mois qui ont précédé les élections de mi-mandat aux Etats-Unis, ce qui inclut des comportements similaires à ceux menés par l'Internet Research Agency (IRA)* », écrit aussi Facebook dans son communiqué. L'IRA, organisme de propagande en ligne lié aux autorités russes, est à l'origine des campagnes de propagande menées aux Etats-Unis dans le cadre de la présidentielle américaine de 2016 et a promu sur les principaux réseaux sociaux utilisés par les Américains des messages favorisant Donald Trump.

Michaël Szadkowski,
Le Monde daté du 19.01.2019

La France : un rayonnement international différencié et une inégale attractivité dans la mondialisation

Le rapport de la France à la mondialisation est ambigu. L'ouverture libérale de l'économie au monde qu'elle suppose se confronte en effet à une tradition française protectionniste, au pays du colbertisme. Toutefois, la France, en tant que « grande puissance moyenne », possède de solides points d'appui pour se présenter comme un pays central de la mondialisation. Les héritages historiques et géographiques, au premier lieu desquels les empires coloniaux, lui offrent encore aujourd'hui de nombreuses opportunités de développement.

La puissance diplomatique européenne

La France se trouve dans une position de premier plan sur **l'échiquier diplomatique mondial** par sa position dans l'Union européenne, plus encore depuis le retrait du Royaume-Uni. Membre fondateur de l'UE et central dans l'équilibre de celle-ci, la France porte une voix qui compte dans l'arène diplomatique mondiale. **Le réseau diplomatique français** avec ses 162 ambassades constitue le troisième au monde, derrière les États-Unis (168) et la Chine (164). La participation en tant que membre permanent au Conseil de sécurité des Nations unies lui offre l'arme du veto dans les discussions mondiales, lui donnant par exemple en 2003 une position prépondérante dans l'opposition à la guerre en Irak contre les États-Unis.

L'activité diplomatique française est à double tranchant à l'échelle européenne : si elle fait entendre une voix à l'échelle mondiale, elle limite tout autant l'émergence d'une voix singulière et unique pour l'Union, pourtant dotée depuis 2007 d'un haut représentant de l'Union pour les Affaires étrangères et la Politique de sécurité en la personne de J. Borrell.

Une puissance militaire de premier plan

Au sein de l'Union européenne, la France apparaît comme la seule puissance militaire dotée **d'une véritable capacité de projection de forces** à l'échelle planétaire. Le Royaume-Uni, membre de l'OTAN comme elle, possède aussi l'arme nucléaire. Néanmoins, la France est seule en Europe à disposer, depuis début 2020, d'un porte-avions à propulsion nucléaire, technologie uniquement maîtrisée par ailleurs par les États-Unis. La capacité de dissuasion nucléaire autonome est assurée par des vecteurs aériens mais aussi grâce à une force océanique stratégique (SNLE, sous-marins nucléaires lanceurs d'engins) assurant une disponibilité continue. La capacité de projection de forces conventionnelles a pu être démontrée à plusieurs reprises dans la dernière décennie, en particulier au Mali depuis 2013. À l'opération française Serval a succédé l'opération Barkhane à l'échelle du Sahel, assurée par une coalition européenne (Estonie, Danemark, Pays-Bas...) mais où seul le contingent français dépasse la centaine (jusqu'à 5 100 militaires).

Ces capacités de projection sont permises par l'entretien d'un réseau de bases militaires à l'échelle mondiale, installées sur des territoires français des DROM (Nouvelle-Calédonie, Réunion) ou sur d'autres territoires en vertu d'accords bilatéraux : c'est le cas de celle de Djibouti, essentielle à la surveillance du trafic maritime du Moyen-Orient.

La mutation des territoires sous l'effet de la mondialisation

La mondialisation, au moins depuis le tournant néolibéral du début des années 1980, a renouvelé la **sélectivité des territoires**, en mettant l'accent sur leur accessibilité, et donc leur desserte par un réseau de transports efficace à toutes les échelles. La capacité d'intégrer différents acteurs pour l'innovation et la conception, nécessitant des populations ayant un niveau élevé de qualifications, est

ZOOM SUR...

UN *SOFT POWER* À LA FRANÇAISE ?

Dans le domaine culturel, la France cultive sa spécificité. Comme bien d'autres pays, elle joue la carte du protectionnisme intérieur, « l'exception culturelle française ». Un ensemble d'aides et de subventions caractérise ce système culturel français, comme la mise en place des scènes nationales dans des territoires en grande difficulté économique ou celle du prix unique du livre. À ce versant intérieur répond une politique volontariste à l'international, portée depuis 1883 par les Alliances françaises aujourd'hui au nombre de 811. Accueillant des artistes français et développant partout des activités liées à la langue et la culture françaises, elles incarnent la diplomatie culturelle dans le monde. Par ailleurs, 320 000 élèves sont scolarisés dans des établissements français à l'étranger, participant à la diffusion de la francophonie. Des médias francophones internationaux ont aussi été mis en place comme RFI et TV5 Monde.

Les mobilités humaines sont également une marque de l'influence culturelle française : 1,8 million de Français sont installés à l'étranger tandis que, chaque année, environ 350 000 étrangers effectuent un séjour d'études en France, notamment par le biais du programme Erasmus+ de l'Union européenne.

Enfin, dernièrement, les institutions culturelles métropolitaines ont développé des filières à l'étranger, en particulier au Moyen-Orient, comme l'implantation du Louvre Abu Dhabi ou de la Sorbonne Abu Dhabi, non sans provoquer quelques critiques quant à une implantation dans des espaces peu respectueux des valeurs des droits de l'homme que la France se targue de promouvoir.

devenue essentielle. La proximité frontalière peut aussi s'avérer un avantage qualitatif majeur, les entreprises cherchant à profiter des effets à courte distance (coût de la main-d'œuvre, du foncier).

L'État français participe à cette réflexion en menant **un aménagement du territoire**, partagé avec les autres acteurs. La difficulté réside dans la capacité à capter une économie globalisée qui se « déterritorialise » (*footloose* en anglais) : **la mondialisation repose sur les flux** et non sur les territoires, sur le mouvement et non les espaces. L'enjeu est alors de capter les flux, d'attirer les investisseurs, qui peuvent être ces firmes transnationales (FTN) dont la réflexion se porte à l'échelle mondiale.

Des cœurs de la mondialisation et des espaces en décrochage

Paris et l'Île-de-France apparaissent comme les centres de l'insertion française dans la mondialisation. L'aéroport Roissy–Charles-de-Gaulle (10e au rang mondial) est ainsi la principale porte d'entrée pour les flux humains sur le territoire français avec 72,2 millions de passagers par an. Autour de **la zone aéroportuaire**, près de 280 000 emplois sont concentrés, soit **1 emploi sur 100 en France. Les activités économiques de premier plan**, comme le tertiaire supérieur, sont regroupées dans le quartier de la Défense de l'Ouest parisien. **La puissance scientifique française** est représentée par la multitude des universités (Sorbonne), grandes écoles (Polytechnique) et centres de recherches (CEA-Saclay).

Les principales FTN françaises sont les fers de lance de l'économie, avec des secteurs privilégiés : l'énergie pour Total, le luxe pour LVMH ou les médias et le BTP pour le groupe Bolloré. L'économie de l'innovation permanente trouve à Paris différents acteurs pour

Magasin Louis Vuitton
sur les champs Élysées à Paris.

l'aménagement du territoire, qui ne sont pas nécessairement régaliens. Ainsi, X. Niel, à la tête du groupe de télécommunications Iliad, a lancé en 2017 un « incubateur de start-up », la station F, dans le 13e arrondissement de Paris. Les autres métropoles tentent elles aussi de faire valoir leurs avantages mais subissent souvent la macrocéphalie du territoire français. Toutefois, les ports, comme Marseille, ou les espaces frontaliers, comme l'Alsace, profitent d'un certain dynamisme économique.

Les territoires frappés par **les politiques de délocalisation** sont aujourd'hui en proie à une déprise économique majeure. Il s'agit souvent d'espaces dont l'industrialisation ancienne date de l'époque où la logique de proximité des sources d'énergie l'emportait dans la localisation des activités, comme le nord de la France. Les tentatives de rééquilibrage et les investissements peinent à faire sentir durablement leurs effets positifs. Le vieillissement de la population et le manque de formations se ressentent dans le taux d'emplois et de chômage. Cette crise économique et sociale peut se traduire par une méfiance politique et par l'adhésion à des partis portant la voix de l'opposition à la mondialisation.

Certains espaces se reconvertissent pour tenter **d'attirer les flux touristiques**, dans un pays qui a accueilli 87 millions de touristes internationaux en 2017. Les territoires investissent parfois massivement pour capter ces flux. Ainsi, le financement de Lascaux IV, reconstitution de la grotte mondialement connue pour son art pariétal, permet au département de Dordogne d'attirer 400 000 visiteurs par an en moyenne.

DEUX ARTICLES DU *MONDE* À CONSULTER

- Macron et le soft power de l'art p. 50-51
(Philippe Dagen et Cédric Pietralunga, *Le Monde* daté du 12.04.2018)
- Tourisme : une France à plusieurs vitesses p. 52
(Philippe Jacqué, *Le Monde* daté du 04.10.2018)

ZOOM SUR...

DES POINTS FAIBLES DANS LA MONDIALISATION ?

En 2017, la France a perdu sa place de 6e PIB mondial dans les classements internationaux au profit de l'Inde, ce qui illustre une dynamique majeure de la mondialisation : l'émergence de nouvelles puissances. La France, par comparaison, souffre d'un déficit commercial important, qui se renforce avec les délocalisations. La crise de la Covid-19, en 2020, a démontré la « perte stratégique » que peut constituer la délocalisation de la production dans certains secteurs, tels que la production des molécules nécessaires à la pharmacologie.

Certains espaces et territoires français apparaissent en décrochage dans la compétition internationale, tandis que d'autres revendiquent une spécificité souvent proche de l'altermondialisme. Des territoires identifiés comme des points de lutte historiques, ainsi le plateau de Millevaches, poursuivent aujourd'hui cette tradition sous la forme de logiques locales de solidarité et d'économie de circuits courts, notamment dans les zones de moyenne montagne des Cévennes. Il est toutefois possible de comprendre ces initiatives locales comme une autre facette de la mondialisation. Ces espaces présentés comme exclus de la mondialisation sont en effet enchâssés dans un réseau mondial d'expériences et de militantisme qui trouvent aussi sur Internet un lieu de coopération.

Production graphique

À partir du document, vous compléterez le croquis sur « L'organisation du territoire français dans la mondialisation » et vous l'accompagnerez d'une légende organisée.

L'organisation du territoire français dans la mondialisation

D'abord, la France est un territoire bien connecté à toutes les échelles. À l'échelle mondiale, trois façades maritimes (Manche, Atlantique, Méditerranée) lui permettent de s'intégrer aux échanges internationaux. Plusieurs zones industrialo-portuaires (ZIP de Dunkerque, Marseille, Le Havre, Saint-Nazaire) sont aménagées à partir des années 1960 pour faire face à l'accélération des flux et la maritimisation de l'économie. Plusieurs aéroports internationaux desservent les principales métropoles françaises (Roissy–Charles-de-Gaulle et Orly en Île-de-France, aéroport Saint-Exupéry à Lyon, aéroport Nice–Côte-d'Azur à Nice, aéroport Marseille-Provence) et permettent par la suite d'accéder à tout le territoire national par les voies terrestres (réseau routier, LGV). Paris se situe au cœur du réseau de transports du pays : les autoroutes et voies ferrées sont organisées en étoile autour de la capitale. Un axe européen majeur Lille-Paris-Lyon-Marseille s'est dessiné, suivi par un axe secondaire Lille-Paris-Bordeaux. Les métropoles de Lille et Strasbourg sont reliées directement à la capitale et connectent celle-ci à un espace transfrontalier très dynamique et moteur dans la mondialisation. En revanche, certains territoires restent en marge de ces réseaux et sont relativement enclavés.

La France est également un territoire attractif dans la mondialisation pour son patrimoine et la diversité de ses paysages : c'est en effet la première destination touristique mondiale. Le littoral normand et breton ainsi que la façade atlantique attirent de nombreux touristes balnéaires, tandis que la Côte d'Azur et le littoral corse bénéficient des avantages de l'héliotropisme. Les Alpes sont une destination internationale pour les sports d'hiver et attirent des touristes du monde entier. Enfin, Paris est la première métropole touristique mondiale avec 33,8 millions d'entrées hôtelières en 2017. Le tourisme est ainsi un levier majeur dans l'économie du pays.

Par ailleurs, pour s'inscrire dans la compétition mondiale, la création de pôles de compétitivité mondiaux est encouragée. Ils s'installent dans les métropoles, comme à Paris, Lyon, Grenoble et Toulouse. Pour toutes ces raisons, le territoire français bénéficie des retombées positives de la mondialisation en étant la troisième destination mondiale des investissements directs étrangers (IDE).

Ainsi, certains territoires sont les grands gagnants de la mondialisation : les plus hauts revenus se concentrent dans et autour des métropoles, où les emplois du tertiaire supérieur et de l'innovation garantissent des salaires élevés. Parmi elles, Paris a un statut à part : ville mondiale accueillant un quartier d'affaires de portée internationale (La Défense), elle concentre les hommes, les fonctions de commandement et les activités. Elle a ainsi un rôle d'impulsion sur l'Île-de-France, qui représente à elle seule 31 % du PIB français. Cette région forme avec le Centre-Val de Loire et une partie des Pays de Loire

LA BONNE MÉTHODE

L'objectif de cet exercice est d'évaluer votre capacité à prélever des informations, à les hiérarchiser et à les classer dans une légende organisée et à transposer ces informations en utilisant le langage cartographique.

- Analyser le titre et le mettre en rapport avec vos connaissances.
- Lire le texte attentivement, en repérant les phénomènes à cartographier. Vous pouvez utiliser un code couleur pour vous aider : encadrez la nomenclature à reporter sur le croquis, utilisez une couleur pour les éléments à transposer en figurés et une autre couleur pour ceux qui peuvent vous aider à organiser la légende.

ZOOM SUR...

LES PÔLES DE COMPÉTITIVITÉ MONDIALE (OU TECHNOPÔLES, CENTRES DE L'INNOVATION)

Les pôles de compétitivité rassemblent des entreprises, des établissements de recherche et de formation sur une thématique ciblée. Ce dispositif a été créé en 2004 par l'État français dans le cadre du lancement d'une nouvelle politique industrielle : les pôles de compétitivité bénéficient de subventions publiques et d'un régime fiscal particulier. Sont distingués des pôles « mondiaux » et des pôles « à vocation mondiale » en fonction de leur visibilité internationale. Il existe aujourd'hui sept pôles de compétitivité mondiaux qui contribuent au dynamisme des métropoles françaises, parmi lesquels :

- Finance Innovation (pôle spécialisé dans l'innovation en finance) et Medicen (pôle des technologies innovantes pour la santé et les nouvelles thérapies) à Paris ;
- Lyonbiopôle à Lyon, centré sur les activités pharmaceutiques ;
- Minalogic à Grenoble, centré sur les technologies du numérique ;
- Aerospace Valley à Toulouse, qui porte sur l'aéronautique civile, l'espace et les systèmes embarqués.

Ils ont pour objectif d'accroître la compétitivité de l'économie française dans la mondialisation. Il s'agit d'un label, que n'obtiennent pas tous les technopôles. Il ne faut donc pas confondre les deux notions : celle de technopôle, plus ancienne, est apparue dans les années 1970. En France, le premier exemple a été le Parc national d'activités de Sophia Antipolis. Dans les deux cas, il s'agit de désigner un lieu de concentration d'activités de recherche, d'enseignement et de production en vue de favoriser l'innovation dans les secteurs à haute valeur ajoutée, à l'initiative d'acteurs publics et privés.

et de la Normandie le centre économique du territoire français, porté par le dynamisme de Paris et une agriculture céréalière productiviste. Les autres métropoles françaises sont classées par le géographe E. Libourel selon leur insertion dans les flux de la mondialisation : on peut ainsi distinguer les métropoles d'envergure européenne (Lille, Strasbourg et Lyon), nationale (Marseille, Bordeaux et Nantes) et régionale (Toulouse, Montpellier, Nice). Ces métropoles sont le moteur de la vitalité économique française. La façade atlantique et méditerranéenne, le littoral corse, le sud-est de la France et sa frontière est sont considérés comme une périphérie dynamique bénéficiant des logiques de métropolisation et de littoralisation de l'économie.

Cela dit, malgré la croissance économique, les inégalités se creusent en France : la pauvreté augmente et concerne aussi bien les espaces industriels en reconversion (Hauts-de-France, centre de la région Grand Est), qui ont souffert de la concurrence internationale, que des régions rurales en déprise (diagonale des faibles densités, allant du nord de la région Grand Est au nord de l'Occitanie, et centre de la Corse).

L'organisation du territoire français dans la mondialisation

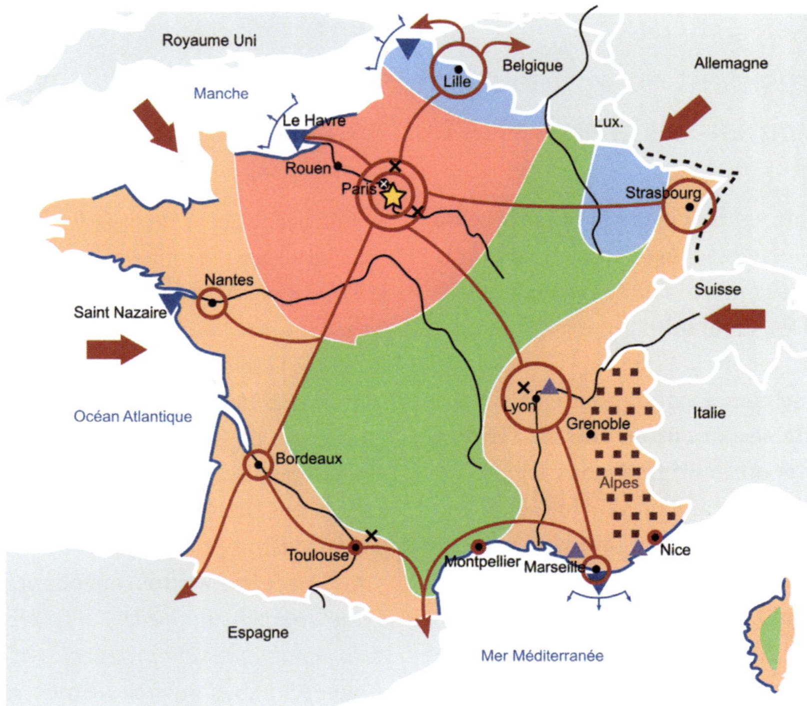

I. Une accessibilité du territoire français à toutes les échelles
- aéroport international
- zone industrialo-portuaire (ZIP)
- interface maritime majeure
- interface frontalière continentale aux dynamiques européennes marquées
- principaux axes terrestres

II. L'attractivité du territoire français dans la mondialisation

1. La France, pôle touristique de rang mondial
- espace international du tourisme balnéaire
- espace international du tourisme de sports d'hiver
- Paris, première métropole touristique mondiale (27 millions de visiteurs par an)

2. L'innovation et l'investissement, portés par des acteurs publics ou privés
- quartier d'affaires international
- investissements directs étrangers (IDE)
- pôle de compétitivité mondial

III. Une inégale intégration du territoire français dans la mondialisation

1. Les métropoles, moteurs du dynamisme
- Paris, « ville mondiale » qui concentre les hommes et les fonctions de commandement
- métropoles européennes, nationales et régionales, selon la classification d'E. Libourel

2. Des espaces privilégiés par la mondialisation
- centre économique porté par le dynamisme de Paris et une agriculture céréalière productiviste
- périphérie dynamique bénéficiant des logiques de métropolisation et de littoralisation de l'économie

3. Des espaces en marge du dynamisme économique
- région industrielle en reconversion, ayant souffert de la concurrence internationale
- espace à dominante rurale, souvent enclavé et en déprise

CE QU'IL NE FAUT PAS FAIRE

Attention ! Certains éléments ne sont pas des phénomènes qu'on peut représenter sur un croquis. C'est par exemple le cas des nombres et des pourcentages.

CHIFFRES CLÉS

LA FRANCE DANS LA MONDIALISATION

- Près de 1,8 million de Français à l'étranger.
- Le français, 5ᵉ langue mondiale.
- 3ᵉ réseau d'ambassades et de consulats au monde.
- 2ᵉ domaine maritime mondial avec une zone économique exclusive (ZEE) de 11 millions de km².
- 3ᵉ puissance nucléaire mondiale.
- 1ʳᵉ destination touristique mondiale.
- Le Louvre, musée le plus visité du monde avec 10,2 millions de visiteurs annuels (2018).
- 7ᵉ puissance économique mondiale.
- Total, 1ʳᵉ FTN française en chiffre d'affaires, 5ᵉ entreprise d'Europe et 24ᵉ entreprise mondiale.
- LVMH, groupe français chef de file mondial de l'industrie du luxe.
- 3ᵉ destination mondiale des investissements directs étrangers (IDE).
- 3 600 entreprises dans le quartier d'affaires de La Défense (Paris), dont 15 des 50 premières entreprises mondiales.
- Paris-Charles-de-Gaulle, 10ᵉ aéroport mondial avec 72,2 millions de passagers.
- 2ᵉ plus grand réseau de lignes à grande vitesse en Europe.
- Marseille, 1ᵉʳ port français, 5ᵉ port européen.

Macron et le soft power de l'art

Le président de la République multiplie les initiatives pour peser à l'étranger par l'entremise de la richesse culturelle française

Au menu, servi dans de la porcelaine de Sèvres : ravioles végétales au foie gras et croustillant de saint-jacques aux olives noires. Ce mardi 13 mars, Emmanuel Macron reçoit à l'Elysée l'aristocratie des directeurs de musée parisiens. Tous sont attablés autour du chef de l'Etat et de son épouse, Brigitte, sous les ors du salon Murat : Jean-Luc Martinez (Louvre), Stéphane Martin (Quai Branly), Laurence des Cars (Orsay), Serge Lasvignes (Centre Pompidou), Sophie Makariou (Guimet), Laurent Le Bon (Picasso)... Catherine Pégard, ex-conseillère de Nicolas Sarkozy devenue présidente du château de Versailles, à la place de choix, à la gauche du maître des lieux.

Mais ce n'est pas à un déjeuner mondain qu'Emmanuel Macron a convié ses hôtes. Le chef de l'Etat veut les mettre au service d'un soft power qu'il entend développer, quitte à bousculer leurs habitudes. Observateur attentif de la geste présidentielle et notamment de celle du général de Gaulle, l'ancien ministre de l'économie en est persuadé : la culture est un « *avantage comparatif* » dans la compétition mondiale et il serait idiot de ne pas s'en servir. « *La culture permet d'avoir une influence au-delà de son rang économique et géopolitique, explique-t-il. Il faut inventer une nouvelle grammaire de l'influence internationale et la culture en fait partie.* »

Utiliser le patrimoine pour doper sa diplomatie ? L'idée n'est pas nouvelle. En 1963, André Malraux avait accompagné La Joconde aux Etats-Unis, réclamée par le couple Kennedy. En 2010, Nicolas Sarkozy a rendu à la Corée du Sud 297 manuscrits royaux du XIXe siècle, au grand dam de la Bibliothèque nationale, mise devant le fait accompli. « *Je vois beaucoup de continuité dans la diplomatie culturelle de la France* », estime Jean-Luc Martinez, le président-directeur du Musée du Louvre. Il cite le Louvre Abu Dhabi, « *porté par tous les présidents depuis Jacques Chirac* », ou l'action de François Hollande pour la défense du patrimoine des pays en guerre auprès de l'Unesco et du G7, « *rôle repris par M. Macron* ».

A l'Elysée, on assure cependant porter « *une approche nouvelle* ». « *Le président de la République veut projeter les relations diplomatiques dans une histoire longue,* explique un conseiller. *La culture permet d'avoir avec des pays des contacts qui ne soient pas politiques mais humanistes.* » Emmanuel Macron s'est déjà mis aux travaux pratiques. Lors d'un sommet franco-britannique le 18 janvier, le chef de l'Etat fait part de son intention de prêter la tapisserie de Bayeux au Royaume-Uni d'ici à 2022. Longue de 68 mètres, la broderie réalisée au XIe siècle représente la conquête de l'Angleterre par Guillaume le Conquérant, alors duc de Normandie, après la bataille d'Hastings en 1066. « *C'est un geste symbolique qui permet de dire au Royaume-Uni que, malgré le Brexit, notre relation bilatérale perdure* », explique un membre de la cellule diplomatique de l'Elysée. Tant pis si la tapisserie n'a pas quitté la France depuis neuf cent cinquante ans et que son état de conservation inquiète certains spécialistes.

Organiser une exposition itinérante

Ce prêt sera suivi par d'autres, annonce déjà l'Elysée. Déterminé à retisser les liens entre les Européens, Emmanuel Macron s'est mis en tête d'organiser une vaste opération de circulation des œuvres emblématiques de l'identité du Vieux Continent. « *Ce n'est pas à travers l'économie ou la sécurité qu'on crée un sentiment européen,* explique-t-on à l'Elysée. *A l'inverse, la culture est un élément de notre affectio societatis. Le président de la République veut remettre la dimension culturelle au centre de la construction européenne.* »

Concrètement, le chef de l'Etat envisage d'organiser une exposition itinérante d'œuvres iconiques de la culture européenne, détenues dans les différents pays de l'Union. Une mission devrait être prochainement nommée pour en discuter

POURQUOI CES ARTICLES ?

Ces articles abordent le rayonnement international de la France à travers deux aspects. D'abord, la puissance française repose en grande partie sur le *soft power*. Le président Emmanuel Macron entend s'inscrire dans la continuité de la diplomatie culturelle française : ainsi, le prêt ou la restitution d'œuvres, la mise en place de partenariats culturels ou encore l'accueil de hauts responsables politiques étrangers dans des lieux emblématiques du patrimoine sont des procédés qui permettent de nouer des liens et de lancer des coopérations tout en étendant la zone d'influence française. Par ailleurs, à l'échelle nationale, la France est un pays très attractif : il s'agit de la première destination touristique au monde, et le nombre de visiteurs est en constante progression. Le deuxième article souligne l'inégale attractivité du territoire français. Ce dernier est en effet traversé par une double problématique de saturation touristique dans certaines régions (Île-de-France, Provence -Alpes-Côte d'Azur) et de stagnation, voire de baisse des recettes dans d'autres (zones rurales, littoral atlantique).

avec nos partenaires – qui pour l'heure ne se seraient pas manifestés spontanément. *« Ce serait un moyen de restaurer un sentiment européen, une stratégie politique de conviction »*, s'enthousiasme-t-on à l'Elysée. Mais déplacer quelles œuvres ? Le *Guernica* de Picasso, que les Espagnols refusent de bouger hors de leurs frontières tant il symbolise leur unité ? Identifier ce qui serait « européen » sera délicat. Il serait difficile aujourd'hui de s'en tenir à un socle commun – l'antiquité gréco-romaine et le christianisme –, car ce serait exclure du récit tous ceux qui vivent en Europe aujourd'hui mais dont la culture n'est marquée ni par l'antiquité classique ni par le christianisme – ce qui fait beaucoup de monde.

Non content d'utiliser les œuvres des collections nationales, Emmanuel Macron compte également s'appuyer sur le patrimoine architectural. Peu après son élection, le chef de l'Etat a invité Vladimir Poutine à Versailles, où se tenait une exposition consacrée au tsar Pierre le Grand, qui avait effectué une semblable visite trois siècles auparavant. Objectif : montrer au président russe que les relations entre les deux pays sont anciennes et ne doivent pas s'arrêter aux vicissitudes de l'actualité. *« Les six heures de réunions de travail entre diplomates qui ont suivi n'auraient pas été les mêmes si elles s'étaient déroulées à Paris »*, assure un conseiller.

Dimanche 8 avril, Emmanuel Macron a aussi convié Mohammed Ben Salman, prince héritier d'Arabie saoudite, à une visite privée de l'exposition Delacroix au Louvre, avant de dîner en tête-à-tête avec lui au Café Richelieu, avec vue sur la cour Napoléon et la pyramide de Pei, où le chef de l'Etat a fêté sa victoire le 7 mai 2017. Une marque de considération pour le dirigeant saoudien, devenu central au Moyen-Orient, et un moyen d'*« établir un lien personnel entre les deux hommes »*, assume-t-on à l'Elysée.

D'autres monuments sont mis à contribution. Propriété du Quai d'Orsay, le château de La Celle-Saint-Cloud (Yvelines) a accueilli l'été dernier un sommet sur la Libye, et en décembre une rencontre consacrée à la lutte contre le terrorisme au Sahel, en présence d'Angela Merkel et de cinq chefs d'Etat africains. Emmanuel Macron a également décidé de rénover le château de Villers-Cotterêts (Aisne), construit au XVIe siècle par François Ier, pour en faire un lieu de promotion de la francophonie. *« Ces endroits participent au rayonnement du pays »*, justifie-t-on à l'Elysée. *« Bollywood doit venir à Versailles, à Chambord ou que sais-je »*, insiste lui-même le chef de l'Etat, pour qui la France exploite son patrimoine avec trop de parcimonie.

Des risques pour les œuvres

Officiellement, les directeurs de musée se disent à l'écoute des demandes du président. *« Nous ne sommes que les gardiens des œuvres qui appartiennent à l'Etat,* résume Elisabeth Taburet-Delahaye, la directrice du Musée de Cluny (Paris). *Les faire bouger permet à des publics qui ne peuvent pas voyager de les voir et cela participe au rayonnement de la France. »* Elle-même a accepté de prêter les six tapisseries de La Dame à la licorne, chefs-d'œuvre de son établissement, à l'Art Gallery de Sydney pour une durée de quatre mois.

Les musées sont aussi preneurs de toute forme de collaboration scientifique : fouilles archéologiques, inventaires de collections. Jean-Luc Martinez aime parler de *« patrimoine partagé »* et citer des coopérations qui ont survécu à bien des crises : ainsi de l'Iran – où le Louvre expose actuellement ses collections perses – ou de la Tunisie – une exposition commune entre Musée du Bardo et Louvre est en projet. L'annonce, le 10 avril, d'un accord de coopération entre Arabie saoudite et France pour mettre en valeur les ruines nabatéennes d'Al-Ula, dans la province de Médine, va dans le même sens, rentabilité financière incluse.

Le ton est moins enthousiaste quand vient le sujet de la circulation des chefs-d'œuvre. Nombreux sont les conservateurs qui s'inquiètent du volontarisme présidentiel et des risques qu'il pourrait faire prendre aux œuvres. Le Louvre s'efforce de mettre son veto aux velléités de l'exécutif de faire voyager *La Joconde*. Non seulement cela risquerait d'endommager le tableau, peint sur un panneau de peuplier déjà en partie fendu, mais cela coûterait cher à l'établissement : selon une note du musée, faire voyager le chef-d'œuvre de Vinci durant trois mois lui coûterait près de 35 millions d'euros. Mais cette somme serait-elle vraiment un obstacle infranchissable ? Ce n'est pas même le dixième de ce qui a été payé par un prince saoudien pour acquérir le *Salvator Mundi* du même Vinci, le 15 novembre 2017. Ce chiffrage pourrait se révéler une fort mauvaise idée.

Les réticences ne concernent pas que Mona Lisa. La *Vénus de Milo* ? *« Une gammagraphie* [méthode d'imagerie par rayons gamma] *réalisée en 2008 a révélé la présence de deux tiges de métal dans le ventre de la statue, à seulement deux centimètres de la surface. Il n'est plus question de la déplacer »*, alerte Jean-Luc Martinez. *La Liberté guidant le peuple*, d'Eugène Delacroix ? *« La couche picturale a commencé à se détacher de la toile malgré toutes les précautions prises, notamment lors de son exposition au Louvre-Lens en 2013. On ne la prêtera plus »*, poursuit-il.

Face à ces précautions, l'Elysée alterne le chaud et le froid. *« Il faut de la détermination et du discernement,* explique l'entourage du chef de l'Etat. *Pour nous, il n'y a pas de tabou, mais pas non plus de volonté de braquer les gens. »* La volonté de mettre le monde de la culture « sous tension » est néanmoins réelle. *« Celles et ceux qui s'occupent des musées pourraient être considérés comme conservateurs, je veux croire le contraire »*, a lâché Emmanuel Macron lors de son déjeuner à l'Elysée. Les intéressés sont prévenus.

Philippe Dagen et Cédric Pietralunga,
Le Monde daté du 12.04.2018

Tourisme : une France à plusieurs vitesses

Le nombre de visiteurs étrangers devrait atteindre 90 millions en 2018. Ils se concentrent sur quelques destinations

C'est un curieux contraste. La France n'a jamais accueilli autant de visiteurs étrangers de son histoire, mais l'industrie touristique tricolore fait un peu grise mine, car les Français ont non seulement tardé à partir en vacances, mais, en plus, ils ont préféré les contrées éloignées aux littoraux hexagonaux cet été.

Ce bilan mitigé n'inquiète pas Jean-Baptiste Lemoyne, le secrétaire d'Etat auprès du ministre des affaires étrangères, chargé du dossier tourisme, qui se félicite des résultats estivaux. *« Juillet et août ont été solides pour le secteur, avec des chiffres excellents pour la clientèle internationale,* assure-t-il au *Monde. La France va confirmer sa place de champion du monde du tourisme. Après 87 millions de touristes étrangers accueillis en 2017, nous devrions dépasser le seuil de 90 millions* [en 2018]. *»* C'est en ligne avec l'objectif de 100 millions fixé d'ici à 2022.

Selon l'Insee, le nombre de nuitées pour les clients internationaux a progressé de 5,3 % sur les deux mois d'été. Cependant, reconnaît-il, *« celles pour la clientèle française sont en recul de 1,2 % sur la même période, car les Français retrouvent le goût du voyage à l'étranger. La Tunisie, la Croatie ou la Grèce ont accueilli nombre de nos concitoyens ».*

Les données du Syndicat des entreprises du tour operating, publiées fin septembre, confirment cette tendance. Les voyagistes ont attiré plus de deux millions de clients, en croissance de 10,3 % par rapport à 2017. *« Ce n'est pas une totale surprise,* juge Didier Arino, du cabinet Protourisme. *Le tourisme fonctionne par cycle et, depuis 2009 et la crise, les Français ont littéralement redécouvert le pays. Désormais, il y a une envie d'ailleurs pour diverses raisons. »* Le consultant cite pêle-mêle le mauvais temps en début d'année, les grèves au printemps d'Air France ou de la SNCF ainsi que les offres, toujours plus accessibles, des compagnies aériennes à bas coûts...

« Si l'on prend les chiffres globalement, juge M. Lemoyne, *la tendance reste tout de même positive pour l'industrie touristique française. Sur les huit premiers mois de l'année, le taux de croissance est de 2,3 %, et de 6,6 % pour la clientèle étrangère. Et les prévisions pour la fin d'année sont bonnes, avec une croissance des réservations d'avions de 4,9 %. Surtout, les réservations en provenance des Etats-Unis sont en hausse de près de 15 % et de plus de 25 % en provenance du Japon. »*

Les chiffres, dans leur ensemble, sont certes solides, mais ils cachent une France à plusieurs vitesses. *« Si l'on regarde le marché par segment, on remarque que les touristes d'affaires et de congrès sont sur une très bonne dynamique,* explique Didier Arino. *De même, l'hôtellerie de luxe est sur une bonne tendance, avec le retour des clients étrangers. Or ces deux segments sont concentrés en Ile-de-France et en Provence-Alpes-Côte d'Azur* [PACA]. *Pour les autres régions, c'est beaucoup plus compliqué. »*

« Dépense moyenne en hausse »

De fait, l'Ile-de-France et PACA ont réalisé un premier semestre record. En Ile-de-France, le comité régional du tourisme indiquait, courant août, un résultat historique avec 17,1 millions de nuitées hôtelières pour les six premiers mois de l'année, en augmentation de 4,1 % sur un an, *« et ce, malgré les grèves dans les transports ferroviaires qui ont affecté essentiellement les clientèles françaises et, dans une moindre mesure, quelques clientèles européennes de proximité »,* a relevé l'organisme francilien.

En PACA, même écho. La région provençale a affiché, au premier semestre, *« le meilleur niveau de fréquentation touristique jamais enregistré depuis dix ans »,* selon le comité régional du tourisme provençal, avec 10,1 millions de nuitées en hôtellerie. D'autres destinations comme Bordeaux, le Mont-Blanc ou le Val de Loire sont également très dynamiques. En revanche, les zones rurales et le littoral atlantique ont particulièrement souffert cet été, avec une stabilisation, voire une baisse importante des recettes pour les hôteliers et restaurateurs avec l'absence de la clientèle hexagonale.

Au niveau général, *« la dépense moyenne par visiteur international est en augmentation de 10,7 % sur les sept dernières années, alors que l'Espagne est en recul de près de 6 %,* indique M. Lemoyne. *Notre objectif est de passer de 54 milliards à 60 milliards d'euros de recettes au total en 2020. C'est le niveau atteint par l'Espagne* [en 2017]. *»*

Preuve de la dynamique des dépenses des clientèles internationales, Planet, l'un des spécialistes de la détaxe réservée aux visiteurs extra-européens, a constaté, pendant l'été, une croissance des ventes de 4 % à 6 % sur juillet et août. *« Par rapport au reste de l'Europe, la France et l'Italie se distinguent franchement, alors que les ventes sont en baisse au Royaume-Uni »,* indique Denis Leroy, le PDG de Planet en France et pour le Benelux.

Reste que la polarisation des visiteurs vers cinq à six zones spécifiques en France inquiète. Certains territoires flirtent avec le « surtourisme » tant décrié depuis quelques mois. *« Les touristes internationaux, qui portent la croissance, ont tendance à visiter les lieux les plus connus,* confirme le secrétaire d'Etat. *Nous devons donc prévenir tout risque de saturation touristique en développant, par exemple, davantage la connectivité directe des grands aéroports des métropoles françaises avec les grandes nations mondiales. »*

Selon Didier Arino, le « surtourisme » est à relativiser en France, car le pays est plus divers que d'autres destinations. Pour le consultant, *« nous avons surtout un problème de sous-tourisme. Si sur 10 % du territoire, nous avons un très grand nombre de voyageurs, dans les 90 % restants, la fréquentation est en berne. »*

Pour le gouvernement, *« il vaut mieux irriguer les territoires »,* assure M. Lemoyne. Pour cela, Atout France, l'opérateur national qui gère la promotion du tourisme en dehors de nos frontières, développe avec les régions et la Banque des territoires (Caisse des dépôts et consignations) un dispositif, doté de 500 millions d'euros, afin de favoriser la montée en gamme des hébergements et équipements touristiques.

Philippe Jacqué,
Le Monde daté du 04.10.2018

L'UNION EUROPÉENNE DANS LA MONDIALISATION : DES DYNAMIQUES COMPLEXES

Des politiques européennes entre compétitivité et cohésion des territoires

La diversité de ses territoires et l'originalité de sa construction politique constituent certainement les principales caractéristiques de l'Union européenne (UE). Dans le cadre du polycentrisme hérité de la mondialisation, cet espace politique, économique et culturel s'affirme comme une des grandes puissances mondiales. Pour autant, les crises à répétition de la structure politique, dont la dernière en date est la sortie du Royaume-Uni (*Brexit*), réduisent la portée du discours communautaire et laissent à penser que l'intégration progressive et continuelle qui se déroule depuis 1992 pourrait être remise en cause dans un avenir proche, tant par les sociétés civiles que par des acteurs politiques dits « europhobes ». Pour lutter contre les forces centrifuges, tout en restant au premier plan de la mondialisation, les politiques de l'Union européenne tentent de conjuguer compétition et solidarité entre les territoires.

La diversité des territoires

Les facteurs de diversité des territoires sont nombreux dans l'UE, de **l'économie à la culture** en passant par les **systèmes politiques**. Néanmoins, l'ensemble des territoires de l'Union partagent des points communs, avec en premier lieu l'**attachement au fonctionnement démocratique**, socle communautaire. Cet acquis démocratique prend différentes formes, du modèle ancien de la monarchie parlementaire, au Danemark ou en Belgique, au modèle républicain, de la France à l'Estonie.

La diversité économique de l'UE est importante, en particulier depuis l'intégration de l'Europe centrale entre 2004 et 2007. **Le cœur économique**, désigné par l'expression de « banane bleue », est constitué par la mégalopole européenne allant de Milan à Londres, en passant par Munich, Paris et Hambourg. Dans un modèle « centre et périphérie concentrique », les espaces les plus éloignés du cœur sont les plus en retard en termes de développement économique. Il ne faut toutefois pas négliger l'émergence de **métropoles spécialisées**, comme les villes moyennes universitaires scandinaves, telle Lund, en Suède. Et, si les vastes campagnes de l'ouest de la Pologne ont pu profiter de l'intégration pour se lancer dans la grande culture d'exportation, celles de l'est du pays restent marquées par **un retard de développement**.

L'indice de développement humain (IDH) évolue entre 0,938 pour l'Irlande et 0,811 pour la Roumanie, mais l'utilisation d'autres échelles fait émerger plus précisément la diversité. Sur les 281 régions identifiées par l'UE, le produit intérieur brut (PIB) le plus important se trouve au Luxembourg (78 500 €/habitant/an) et à Hambourg (RFA), tandis que c'est dans le Severozapaden (Bulgarie) et à Mayotte (8 800 €/habitant/an) que se trouvent les niveaux les plus faibles.

Les facteurs d'intégration

Le développement économique est un facteur majeur d'intégration mais il n'est pas le seul. Les entrées les plus récentes dans l'UE reflètent également le souhait d'une grande partie de l'Europe centrale et orientale de **stabiliser leur ancrage à l'ouest** pour contrecarrer les influences russes en cours de réaffirmation (crise géorgienne de 2008, invasion de la Crimée ukrainienne en 2014). L'UE apparaît ainsi comme une assurance contre les ambitions du voisin russe, malgré les volontés communautaires de réaffirmation d'une Europe de paix après un XXe siècle sanglant.

Les flux intracommunautaires font de cet espace le premier pôle de l'économie mondialisée, bénéficiant de la mise en place d'une monnaie commune, expérience originale à cette échelle. Cette souveraineté monétaire est un levier d'action majeur, mais le libre choix d'adhésion à la zone euro en montre aussi les limites.

L'intégration est également permise par **les flux humains**, l'une des grandes réussites plébiscitées par les jeunes étudiants étant

ZOOM SUR...

UN EUROSCEPTICISME CROISSANT DANS L'UNION EUROPÉENNE ?

Le *Brexit* est sans nul doute la plus grave crise politique que l'Union ait eu à gérer depuis 1992. Première sortie d'un État de l'Union, le *Brexit*, par ses soubresauts, s'est déroulé sur quatre ans, entre le référendum de 2016 et la sortie officielle de l'UE en février 2020 sans que, pour autant, toutes les questions réglementaires aient été réglées, notamment celle concernant la frontière irlandaise. La décennie connaît paradoxalement de nombreuses crises, alors qu'un grand nombre d'Européens, en particulier à l'est, réaffirment leur confiance envers l'Union. La défiance envers des institutions européennes, souvent distantes du citoyen, accusées de lacunes démocratiques, s'accroît à l'ouest. Elle est portée par un ensemble de mouvements politiques « europhobes », du Rassemblement national en France à la Ligue du Nord en Italie. Les questions migratoires et économiques sont au cœur des critiques, l'Union étant accusée de faciliter le passage des migrants sur l'espace européen, bien qu'elle participe à la fermeture des frontières externes. Elle finance, par exemple, sur les îles grecques censées retenir les migrants, des *hot spots* régulièrement dénoncés par nombre d'organisations non gouvernementales (ONG) comme des lieux de non-respect des règles élémentaires du droit.

Gare de Glasgow en octobre 2019.

le programme Eramus+ : en trente ans, neuf millions de personnes en ont bénéficié pour un séjour à l'étranger, du collégien au sportif de haut niveau. La mise en place en parallèle de l'espace Schengen permet la libre circulation des citoyens des pays signataires. Il concerne 22 États membres de l'Union européenne et quatre États associés : la Norvège, l'Islande, la Suisse et le Liechtenstein.

Étudiante en programme Erasmus.

La compétitivité comme objectif

Assurer la position de l'Union européenne sur le plan économique est un enjeu de taille pour l'appareil communautaire. **Une actualisation des priorités** s'est ainsi opérée au fur et à mesure de l'intégration et de l'évolution des équilibres politiques dans les instances dirigeantes.

Si la politique agricole commune (PAC) fixe, depuis 1962, les grandes orientations agricoles, la mondialisation a également mis au cœur des préoccupations **l'innovation** et **le développement de pointe** ces dernières années. La politique des clusters a été l'une des réponses de l'Union, motivée par la réussite de modèles américains comme la Silicon Valley. L'idée en est simple : concentrer dans un même espace tous les acteurs d'une filière économique particulière pour faciliter les échanges, réduire les coûts et promouvoir l'innovation.

Les pouvoirs publics, par le biais d'agences de recherches et d'appels à projets, participent à leur mise en place en faisant appel au savoir-faire des firmes transnationales (FTN) mais aussi aux petites et moyennes entreprises (PME). Ainsi, à Lannion en Bretagne, sont regroupés un ensemble universitaire de 1 600 étudiants, des FTN comme Orange Labs ou Alcatel et près de 240 PME dans le domaine des télécommunications. Ce modèle est privilégié par l'UE, qui souhaite développer une multitude de pôles de compétitivité d'influence mondiale pour faire de l'Europe une zone centrale de l'économie de demain. Ainsi, dans le domaine maritime, le Maritime Development Center (MDC), au Danemark, apparaît comme un leader mondial du commerce maritime.

La cohésion comme nécessité

La réduction des inégalités est l'un des buts fixés par le Traité de fonctionnement de l'UE. Sur la période 2014-2020, la politique régionale de cohésion dispose d'un budget de 350 milliards d'euros pour obtenir « une croissance intelligente, durable et inclusive ». Plusieurs **objectifs chiffrés** lui sont fixés.

D'abord, dans le cadre **d'une politique écologique**, il s'agit de développer les énergies renouvelables jusqu'à 20 % du total des énergies, en faisant diminuer d'autant les émissions de gaz à effet de serre. Pour ce faire, 3 % du PIB de l'UE doit être dédié à l'innovation et la recherche. Ensuite, **le volet social** est pris en compte puisque 75 % des 20-64 ans doivent accéder à l'emploi et 40 % être titulaires d'un diplôme de l'enseignement supérieur. Enfin, des politiques spécifiques visent à **réduire la pauvreté et l'exclusion sociale**. Les régions concernées sont celles dont le PIB est inférieur à 90 % de la moyenne européenne, l'accent étant mis sur celles dont les chiffres n'atteignent pas les 75 % de cette moyenne. Le FEDER est l'une des agences de l'Union européenne traitant directement avec les régions pour financer les projets sélectionnés sous forme de cofinancement.

DEUX ARTICLES DU *MONDE* À CONSULTER

- Dans l'Union, l'inquiétant creusement des fossés régionaux p. 58
(Marie Charrel, Blaise Gauquelin et Anne-Françoise Hivert, *Le Monde* daté du 08.04.2019)
- L'argent européen pour limiter les fractures territoriales p. 59
(Cécile Ducourtieux, Bruxelles, Bureau européen, *Le Monde* daté du 08.04.2019)

ZOOM SUR…

L'UNION EUROPÉENNE, ENTRE SOUVERAINETÉ ET RÉGIONALISMES

La question de la souveraineté au sein de l'Union européenne se pose, dans un contexte de mondialisation, mais aussi d'émergence ou de réveil des revendications locales ou régionales. Les États se trouvent parfois aux prises avec des volontés autonomistes ou indépendantistes qui prennent appui sur les structures européennes pour faire avancer leurs arguments. Ainsi, en 2019, une lutte se joue au Parlement européen : les députés européens élus en Catalogne, comme C. Puigdemont, sont par ailleurs poursuivis en Espagne pour leur participation au mouvement indépendantiste, notamment l'organisation du référendum de 2017. De son côté, le gouvernement régional écossais a multiplié les appels à l'Union européenne dans le cadre de la sortie du Royaume-Uni.

Par ailleurs, pour la première fois, l'acquis démocratique semble mis en difficulté au cœur de l'Union avec le gouvernement autoritaire mené par V. Orban en Hongrie. Pour autant, l'Union européenne a pu, dans le passé, accepter des pays en proie à des crises politiques et humanitaires majeures. Ainsi, en 1973, le Royaume-Uni entre dans la Communauté économique européenne alors que son territoire d'Irlande du Nord connaît la période des « Troubles », qui a pu être considérée comme un moment de guerre civile : des manifestations sont brutalement réprimées (le Bloody Sunday en 1972), des prisonniers irlandais meurent en prison (Bobby Sands et neuf de ses camarades, d'une grève de la faim).

Réponse à une question problématisée

Comment l'Union européenne fait-elle face au défi des inégalités territoriales ?

L'analyse du sujet

Ce sujet invite à mobiliser la notion de cohésion territoriale, centrale dans le programme de géographie de terminale : la politique de cohésion est au cœur du projet européen et vise à réduire les écarts de développement entre les États membres et les régions de l'Union. L'objectif de votre travail de réflexion au brouillon est non seulement de remobiliser cette notion, mais également de dégager un ensemble de questions qui guidera votre argumentation. Quelles sont les inégalités territoriales entre pays membres de l'UE et comment cette dernière cherche-t-elle à les atténuer ? Quels sont les instruments et les moyens de la politique de cohésion européenne ? Quelles sont les limites de la cohésion territoriale européenne et quels sont les défis restants à relever ?

Ces questionnements vous permettent de dégager un plan : ici, il est possible de commencer par présenter la politique de cohésion européenne avant de réfléchir à ses limites et aux défis qui restent à relever. Vous pouvez également faire l'inverse, c'est-à-dire commencer par présenter les inégalités territoriales à l'intérieur de l'Union européenne avant de détailler les politiques mises en œuvre pour y faire face.

Les grandes lignes de l'introduction

– Définir la notion de cohésion territoriale et rappeler en quoi elle constitue un enjeu central pour l'Union européenne. En effet, l'objectif de cohésion économique et sociale est mis en avant dès le traité de Rome en 1957 et se voit confirmé à la faveur des élargissements successifs de l'Union européenne ;

– À ce titre, rappeler brièvement le contexte géopolitique de consolidation du projet européen et l'intégration des États d'Europe de l'Est anciennement « communistes », qui accusent un retard économique important par rapport à l'Europe de l'Ouest.

– Cela permet de présenter le sujet en le contextualisant, avant de poser une problématique et d'annoncer le plan.

La première partie rédigée

Pour atténuer les inégalités territoriales entre régions et États membres, la politique de cohésion, au cœur du projet européen, se décline en différents instruments et moyens d'action qui ont fait leurs preuves.

En effet, le projet d'une organisation supranationale se heurte dès ses balbutiements au défi de la diversité des territoires en Europe, à toutes les échelles. En 1957, le traité de Rome crée la Communauté économique européenne avec six États fondateurs. Si les régions qui font partie intégrante de la mégalopole européenne sont très dynamiques économiquement, d'autres, comme l'Italie du Sud, accusent un important retard de développement. C'est pourquoi la politique de cohésion territoriale est au fondement du projet européen dès 1957. Elle est consacrée par l'Acte unique européen de 1986 et se trouve institutionnalisée par le traité de Maastricht (1992). Elle devient de plus en plus déterminante au fur et à mesure des élargissements successifs de l'Union européenne, qui intègrent les pays d'Europe de l'Est anciennement communistes au début des années 2000.

Dans le but d'atténuer les inégalités économiques et sociales, l'Union européenne consacre un tiers de son budget à la distribution d'aides aux régions en retard ou en difficulté : anciens pays communistes, régions ultrapériphériques, espaces ruraux et

LA BONNE MÉTHODE

- Commencer chaque partie par une phrase énonçant l'idée générale qui y est développée. Aller à la ligne et marquer un alinéa à chaque changement d'idée. En effet, une sous-partie doit comporter un argument clé expliqué et justifié par au moins un exemple précis.
- En fin de partie, ne pas oublier de proposer une phrase de transition qui permette d'introduire le thème de la partie suivante, et ainsi de donner une cohérence d'ensemble à votre argumentation. Les parties doivent être d'une longueur similaire : pour cela, veiller à ce que le plan soit équilibré.

ZOOM SUR…

LE FONCTIONNEMENT DE LA POLITIQUE DE COHÉSION EUROPÉENNE

La politique de cohésion pose un cadre de solidarité entre régions au niveau européen, qui se traduit par des centaines de milliers de projets financés en tout ou partie par les fonds structurels. Elle a un triple objectif de convergence (c'est-à-dire de rattrapage des régions en retard de développement), de compétitivité et de coopération, selon une double échelle nationale et régionale. L'Union européenne a adopté une catégorie administrative pour délimiter les régions, qui sont appelées les NUTS (nomenclatures d'unités territoriales statistiques). En 2020, 168,7 milliards d'euros de budget de l'Union européenne sont consacrés à la politique de cohésion, soit + 1,5 % par rapport à 2019. Plus de la moitié de ce budget est consacré aux régions les moins développées, c'est-à-dire celles dont le PIB est inférieur à 75 % de la moyenne des 27 États membres. Il est décliné en cinq fonds structurels et assimilés :

- Le Fonds social européen (FSE) : créé en 1958, c'est le volet social de l'aide régionale, prévu pour financer les plans de lutte contre le chômage et la pauvreté.
- Le Fonds européen de développement régional (FEDER) : créé en 1975 à destination des régions de l'UE, il est destiné à financer des projets de développement et ainsi corriger les déséquilibres régionaux.
- Le Fonds de cohésion (FC) : créé en 1994 à destination des États de l'UE les plus pauvres, il finance de grands projets (transports, environnement). Ce fonds est réservé aux États membres de l'UE dont le PIB est inférieur à 90 % de la moyenne des 27 États membres, c'est-à-dire

zones de haute montagne notamment. Cette politique de redistribution, fondée sur la solidarité entre les territoires, est assurée par des fonds structurels. Le fonds de cohésion (FC) aide les États les plus pauvres (notamment en Europe de l'Est et du Sud) tandis que le Fonds européen de développement régional (FEDER) agit pour le développement des régions en difficulté, en lien avec le Fonds social européen (FSE). Cette politique, qui repose sur un partenariat entre acteurs (Commission européenne, autorités nationales et régionales) permet ainsi de réduire les déséquilibres mais aussi d'accroître l'attractivité des territoires à travers la subvention de projets qui répondent à des objectifs de compétitivité.

Cette politique a montré son efficacité en permettant une réduction des inégalités internes. Les fonds structurels ont permis à plusieurs États de réaliser d'importants progrès économiques, aux régions industrielles en crise de se reconvertir ou encore aux régions ultrapériphériques de surmonter en partie leurs difficultés. Les inégalités territoriales sont moins importantes dans l'Union européenne qu'au sein d'autres grands ensembles comme l'Amérique du Nord, et cette politique solidaire a permis une hausse globale du niveau de développement. C'est pourquoi on peut dire que l'Union européenne est aujourd'hui l'organisation régionale la mieux intégrée au monde.

Cela dit, la politique de cohésion européenne présente des résultats contrastés. Elle fait aujourd'hui débat et doit être adaptée face aux nombreux défis qui restent à relever.

Panneau de l'Union européenne vandalisé à Sopot en Pologne.

Le plan détaillé de la deuxième partie

II. Des résultats contrastés et de nombreux défis à relever

1. Des résultats contrastés

Ici, vous pouvez évoquer les tensions internes entre acteurs concernant l'usage des fonds. Par exemple, certains États souhaitent soutenir davantage la compétitivité (pays scandinaves).

Cette politique de cohésion entraîne aussi une certaine dépendance de la part des régions aidées.

Enfin, la politique de cohésion développe surtout une approche économique de la solidarité, au détriment d'une approche sociale qui apparaît fragile et peu visible. Les inégalités territoriales restent fortes, et ce d'autant plus que les périphéries méridionales, déjà fragilisées, sont confrontées à la question migratoire sans qu'une politique commune parvienne à émerger.

2. De nouveaux défis

Le défi des inégalités économiques et sociales s'accentue avec l'élargissement de l'UE à 27 États membres, et ce d'autant plus que la mondialisation accroît la hiérarchisation des territoires.

À ce défi s'ajoutent de nouveaux enjeux territoriaux : le défi d'une politique commune d'accueil, de répartition et d'intégration des migrants, ou encore le défi environnemental.

3. L'Union européenne, entre fragilisation et adaptation

L'Union européenne connaît aujourd'hui une crise d'efficacité et de légitimité : montée des partis eurosceptiques, impact possible du *Brexit* (perte de 10 % du budget). Face aux nouveaux défis qui se posent, l'Union européenne adapte sa politique : par exemple, des critères supplémentaires sont pris en compte dans l'attribution des aides financières, comme l'accueil des migrants ou la question climatique.

NE PAS CONFONDRE…

essentiellement les anciens pays communistes, mais aussi des États d'Europe méridionale comme Chypre, la Grèce, Malte et le Portugal.

• Le Fonds européen agricole pour le développement rural (FEADER) et le Fonds européen pour les affaires maritimes et la pêche (FEAMP) : ce sont des fonds sectoriels assimilés aux fonds structurels.

COHÉSION ET INTÉGRATION

Ces notions, toutes deux centrales dans le programme de géographie de terminale, ne doivent pas être confondues.

La cohésion désigne le caractère d'un ensemble dont les parties sont associées et solidaires entre elles. Ainsi, la cohésion économique, sociale et territoriale d'une communauté désigne l'ensemble des actions entreprises pour maintenir un équilibre et une harmonie entre ses membres dans les secteurs de la croissance, de l'emploi et de l'aménagement du territoire. Dans le cas de l'UE, c'est la politique de cohésion qui, en réduisant les disparités, permet l'intégration des territoires périphériques et en difficulté au centre dynamique formé par la mégalopole européenne.

L'intégration territoriale est un processus d'incorporation de territoires au sein d'un ensemble dans une dynamique qui tend vers l'unité : de ce point de vue, l'Union européenne est à ce jour l'exemple d'intégration territoriale le plus abouti.

Pour résumer, les notions de cohésion et d'intégration ne sont pas synonymes mais se font écho, du fait de leur relation de cause à effet.

Dans l'Union, l'inquiétant creusement des fossés régionaux

Au sein des Vingt-Huit, les disparités entre régions se creusent, alimentant les angoisses face à la disparition des emplois et à la peur du déclassement

On raconte qu'au XIVe siècle, les habitants de Patalenitsa, au centre-ouest de la Bulgarie, enterrèrent leur église sous une colline afin de la protéger de l'envahisseur ottoman. Au fil des ans, ils oublièrent sa présence... Jusqu'à ce qu'un paysan la redécouvre par hasard, au XIXe siècle. Aujourd'hui, la bâtisse médiévale, l'une des mieux conservées du pays, attire les touristes en été. Mais cela ne suffit pas à faire vivre le village. Près du café où quelques anciens discutent, une masure abandonnée est envahie par les ronces. Plus loin, le toit d'une autre s'est effondré. En face, une bâtisse délabrée n'a plus de fenêtre. Partout, des maisons abandonnées offrent leur triste façade à la rue. *« Les jeunes partent à la ville ou à l'étranger, là où sont les emplois, et laissent leurs logements derrière »*, déplore Kalinka Stoyanova, une habitante. Depuis dix ans, la population de Patalenitsa a fondu de 1 600 à 1 000 âmes.

La Bulgarie est le pays le plus pauvre de l'Union européenne (UE). Selon les Nations unies, c'est aussi celui se dépeuplant le plus rapidement au monde, sous l'effet conjugué de l'émigration et de la faible natalité. Le pays compte aujourd'hui 7 millions d'habitants, soit 2 millions de moins qu'en 1989. *« Ces départs aggravent encore le fossé entre les campagnes et les grandes villes, comme Varna et Sofia, qui continuent de croître et concentrent les emplois »*, s'inquiète Ruslan Stefanov, du Centre pour l'étude de la démocratie, à Sofia.

Si l'exemple bulgare est le plus extrême, pas un pays membre ou presque – le Luxembourg et les Pays-Bas sont moins concernés – n'échappe au phénomène. *« Pendant soixante ans, l'UE a été une formidable machine à convergence, mais les divisions régionales au sein des pays se sont creusées »*, détaille la Banque mondiale dans son dernier rapport sur l'Europe.

L'exemple des « Gilets jaunes »

La richesse moyenne des Etats les plus pauvres rattrape peu à peu celle des plus riches, et c'est un succès pour l'UE. Mais, localement, les disparités n'ont pas disparu. Et bien souvent, elles s'accroissent. En France, la crise des « gilets jaunes », parfois présentée trop schématiquement comme l'affrontement entre villes et périphéries, a mis cette problématique sous le feu des projecteurs.

Nombre d'indicateurs économiques d'emplois, de revenus ou de développement permettent de mesurer ces contrastes régionaux. Les plus éclairants sont peut-être ceux publiés fin février par Eurostat, détaillant le produit intérieur brut (PIB) par habitant. En 2017, celui de l'Italie équivalait à 96 % de celui de la moyenne européenne. Mais le niveau montait à 128 % dans la riche Lombardie, au nord, deux fois plus qu'en Calabre ou dans les Pouilles, au sud. En France, les écarts vont de 177 % en Ile-de-France à 75 % en Picardie et 34 % à Mayotte. En Allemagne, ils vont de 202 % à Hambourg à 83 % en Mecklembourg-Poméranie-Occidentale.

Le fossé est plus impressionnant encore à l'Est. La capitale slovaque, Bratislava, est ainsi l'une des quatre régions européennes ayant enregistré la plus forte croissance entre 2007 et 2016. Son PIB par habitant équivaut, aujourd'hui, à 179 % de la moyenne européenne, soit plus que celui de sa proche voisine Vienne (151 %). Mais près de la frontière ukrainienne, où le niveau tombe à 54 %, certains villages offrent encore le visage de la misère. Le sujet a d'ailleurs occupé les débats de l'élection présidentielle, dont le second tour s'est tenu le 30 mars. *« Le boom du secteur automobile continue d'être concentré principalement dans les régions occidentales »*, regrette Jan Remeta, responsable des questions économiques pour les sociaux-libéraux du Progresivne Slovensko (PS). La candidate de son parti, la militante anticorruption Zuzana Caputova, a été élue avec 58 % des voix.

« Pour autant, il serait caricatural de résumer la problématique à une opposition binaire entre ville et campagne », prévient Eric Charmes, sociologue et urbaniste à l'Ecole nationale des travaux publics de l'Etat, auteur de *La Revanche des villages* (Seuil, 112 pages, 11,80 euros). Les dynamiques à l'œuvre sont plus complexes. Notamment en France, où le fossé est plutôt entre les territoires éloignés de tout et les zones concentrant les activités – y compris certaines communes périurbaines.

La Banque mondiale, elle, identifie deux types de régions particulièrement à la traîne. Les premières sont celles à très bas revenus à l'Est, notamment en Bulgarie, Roumanie, Hongrie et Pologne. Les secondes sont celles où la croissance est quasi nulle. La plupart sont situées en Italie, Grèce, Espagne et Portugal : entre 2005 et 2015, le PIB par habitant y a stagné, alors qu'il a progressé de 2,1 % par an en moyenne dans l'UE. *« Ces régions sont pénalisées par leur faible potentiel économique »*, explique la Banque mondiale. Elles affichent des institutions publiques de moindre qualité, une forte dépendance à l'agriculture, plus de travailleurs peu qualifiés et, bien souvent, un vieillissement démographique prononcé. Exemple : le sud de l'Italie, moins développé que le nord industriel, est miné par le travail au noir, et certaines villes souffrent d'une infiltration mafieuse freinant le développement économique. Ce qui encourage un peu plus encore les jeunes à faire leurs valises.

En Italie comme ailleurs, les divisions régionales sont souvent l'héritage de l'histoire et de

POURQUOI CES ARTICLES ?

Si les politiques européennes sont un succès à l'échelle de l'Union, permettant aux pays les plus pauvres de rattraper peu à peu les pays riches, les disparités se creusent à l'échelle locale. C'est ce que révèle le premier article, qui analyse également les facteurs du creusement des inégalités entre régions de l'UE. Loin de se résumer à l'opposition binaire ville/campagne, il est lié à l'histoire, notamment à l'exode rural, mais aussi à l'efficacité variable des politiques nationales d'aménagement du territoire. L'instauration du marché commun ainsi que les mutations structurelles de l'économie et de l'emploi ont encouragé la concentration des activités dans les grandes agglomérations et sur la dorsale européenne. Combler les disparités territoriales fait partie des priorités de l'Union européenne, comme l'expose le deuxième article : la politique de cohésion est en effet l'une des composantes principales de son budget. Les 724 régions de l'UE peuvent bénéficier des fonds de cohésion, dans des proportions variables selon leur niveau de développement. Cette politique a beaucoup profité aux régions des nouveaux pays membres mais fait aujourd'hui l'objet de débats.

l'exode rural. Mais pas seulement. Elles sont aussi le fruit des politiques nationales d'aménagement du territoire et de compétitivité, plus ou moins efficaces selon les Etats. Dans certains, comme en Allemagne, elles ont contribué au maintien d'un tissu de PME industriel décentralisé. *« En permettant les économies d'échelle et en supprimant les barrières commerciales, l'instauration du marché commun a également encouragé la concentration des activités dans les grandes agglomérations et sur la dorsale européenne, courant de la mer du Nord à la plaine du Pô »*, ajoute Laurent Chalard, docteur en géographie à Paris-IV-Sorbonne. Une tendance renforcée encore par l'introduction de l'euro.

S'ajoutent à cela les mutations structurelles de l'économie et de l'emploi. Ainsi, le développement des services favorise les créations de postes très qualifiés dans les grandes villes, en particulier les capitales. Ces prochaines années, 14 % des emplois pourraient être automatisés, au risque de creuser un peu plus encore les écarts entre régions, souligne l'Organisation de coopération et de développement économiques (OCDE) dans un récent rapport. Celles affichant une population active moins éduquée sont particulièrement exposées : en Slovaquie occidentale, la proportion des emplois menacés frôle les 40 %, contre 4 % seulement autour d'Oslo, la capitale norvégienne. En France, les régions les plus susceptibles d'être affectées par la robotisation (dans l'ancienne nomenclature) sont la Champagne-Ardenne (18,5 %) et la Basse-Normandie (18,4 %).

Si ces disparités sont en partie atténuées par les transferts sociaux, elles alimentent le sentiment de déclassement des Européens vivant dans les zones concernées.

« Ces frustrations favorisent le vote pour les mouvements nationalistes et populistes, commente Dominik Owczarek, de l'Institut des affaires publiques, à Varsovie. *En Pologne, les soutiens aux conservateurs eurosceptiques de Droit et justice (PiS) sont plus forts dans les communes les moins favorisées. »*

Des administrations délocalisées

Pour inverser la tendance, certains Etats ont choisi de prendre le problème à bras-le-corps. Comme le Danemark où, là aussi, les disparités n'ont cessé de se creuser ces dernières décennies. En octobre 2015, à l'initiative des libéraux et des populistes du Parti du peuple danois (DF), 44 administrations ont été délocalisées entièrement ou en partie. D'autres mesures ont suivi début 2018. L'administration fiscale a été divisée en plusieurs unités, réparties sur tout le territoire. Les effectifs des garnisons, en province, ont été renforcés.

Résultat : depuis 2015, 4 800 postes de fonctionnaires d'Etat basés à Copenhague ont été transférés dans les régions danoises. Et ce n'est qu'un début, puisque 7 900 emplois, au total, sont concernés. 20 % des employés ont déménagé ou font l'aller-retour chaque semaine. Les autres ont démissionné. Leurs remplaçants ont été recrutés sur place. Au départ, le coût du déménagement avait été estimé à 400 millions de couronnes (50 millions d'euros). Depuis, le budget a été largement dépassé. Mais cela n'a pas empêché les sociaux-démocrates, cette fois, de faire campagne pour la décentralisation d'un millier d'emplois supplémentaires, avant les législatives qui se tiendront d'ici à juin.

En France, le gouvernement d'Edouard Philippe travaille sur une piste similaire depuis l'été 2018. La réflexion est encore en cours, mais une dizaine de services de l'Etat, au moins, devraient être transférés d'ici deux ans vers les zones rurales.

Marie Charrel, Blaise Gauquelin (à Vienne) et Anne-Françoise Hivert (à Malmö [Suède]), *Le Monde* daté du 08.04.2019

L'argent européen pour limiter les fractures territoriales

En France, le grand public n'en a pas toujours conscience et les élus nationaux en font très peu la publicité. Pourtant, combler les disparités territoriales fait partie des priorités bruxelloises. Avec la politique agricole commune (PAC), la « politique de cohésion » constitue l'une des composantes principales du budget de l'Union européenne (UE). Des centaines de milliards d'euros y sont consacrées : 352 milliards sur la période 2014-2020, soit un tiers du budget communautaire sur cette période.

Cette cohésion s'exerce au travers de trois fonds : le fonds européen de développement régional (Feder), le fonds social européen (FSE) et le fonds de cohésion proprement dit.

Le Feder concentre ses interventions sur l'innovation, le numérique, la transition énergétique ou le soutien aux petites et moyennes entreprises. Le fonds social européen cible le soutien à l'emploi, à la mobilité, à la formation, et la lutte contre la pauvreté.

Quant au fonds de cohésion, il est destiné aux Etats dont le revenu national brut (RNB) par habitant est inférieur à 90 % de la moyenne de l'Union européenne.

Le 2 avril, par exemple, la Roumaine Corina Cretu, la commissaire chargée des fonds régionaux, a confirmé que l'UE venait de débloquer 4 milliards d'euros pour financer 25 importants projets de « cohésion ». Parmi eux, un pipeline de 182 km de long devant relier la Grèce à la Bulgarie, la modernisation des lignes de train entre Prague et Pilsen, en République tchèque. Quelque 84 millions d'euros iront à l'agrandissement d'une université en Thuringe (Allemagne), presque 100 millions d'euros serviront à renforcer la connexion électrique entre le Pélonopèse et la Crète.

Rudes négociations à venir

Toutes les régions de l'UE (elle en totalise 274, comptant de 800 000 à 3 millions d'habitants) peuvent bénéficier de la politique de cohésion. Mais pas dans les mêmes proportions. La priorité a été logiquement donnée aux régions en retard de développement. Sur la période 2014-2020, plus de la moitié du budget (182,2 milliards d'euros) est allée aux régions les moins développées, dont le produit intérieur brut (PIB) est inférieur à 75 % de la moyenne des Etats membres.

Quelque 35 milliards d'euros ont été alloués aux régions en transition, dont le PIB est compris entre 75 % et 90 % de la moyenne communautaire. Les régions les plus développées, affichant un PIB représentant plus de 90 % de la moyenne communautaire, ont reçu 54 milliards d'euros.

Si cette politique a énormément profité aux régions des pays nouvellement arrivés dans l'UE, elle est aujourd'hui remise en cause par certains Etats du Sud ou de l'Ouest. Ils réclament une réorientation des fonds, estimant que le rattrapage est largement effectif à l'est. Ils suggèrent aussi qu'ils soient en partie conditionnés au respect de l'Etat de droit ou à l'accueil des migrants. La négociation des enveloppes pour le budget pluriannuel 2021-2027 a à peine commencé, mais elle promet d'être très rude.

Cécile Ducourtieux (Bruxelles, Bureau européen), *Le Monde* daté du 08.04.2019

L'Union européenne, un espace plus ou moins ouvert sur le monde

L'Union européenne est l'un des espaces majeurs de la mondialisation, notamment grâce à son marché unique de 27 États. Avec 22 % du PIB mondial, elle est la première puissance agricole mondiale, mais également tertiaire et industrielle, et la première destination touristique mondiale. Toutefois, en 2015, l'image du corps d'un enfant kurde, Aylan, sur les plages turques, rappelle les tragédies des flux migratoires en butte à la fermeture des frontières externes et à une politique de sélection. L'image d'une « Europe forteresse » s'est imposée, en contrepoint de l'espace Schengen de libre circulation interne des citoyens.

Aéroport d'Heathrow.

Des hubs mondiaux

À lire les chiffres des grands aéroports européens, il ne fait aucun doute que l'Union européenne est aux premières places des échanges mondiaux. Heathrow à Londres, Roissy–Charles-de-Gaulle à Paris et Schiphol à Amsterdam appartiennent au top 11 mondial.

Ces chiffres, s'ils sont en partie abondés par des échanges intracommunautaires, doivent aussi beaucoup à l'organisation en hubs de redistribution autour des grandes compagnies internationales que sont British Airways et Air France-KLM. Ils participent à l'Archipel mégalopolitain mondial qui s'organise autour de sociétés fonctionnant en réseaux à une échelle internationale. Ils deviennent aussi le principal point d'entrée des touristes, dont la première destination est la France, mais où les habitudes des voyagistes asiatiques reprennent la dynamique ancienne du « Grand Tour » des aristocrates anglais. Les touristes visitent ainsi les grandes métropoles érigées en symbole du « Vieux Monde », de Paris à Londres, en passant par Venise, Vienne, Berlin et Amsterdam.

Des façades maritimes au cœur de la mondialisation

Si la décennie 2010 a vu l'arrivée des ports de la façade maritime chinoise aux dix premières places du classement mondial, **la Northern Range** demeure l'un des grands espaces commerciaux. Sur le littoral de la mer du Nord, de Dunkerque à Hambourg, les ports se succèdent, assurant la desserte de l'hinterland de la mégalopole européenne. Le Rhin offre une route fluviale desservant le cœur communautaire et le réseau ferroviaire et autoroutier y est l'un des plus denses qui soit. Les liaisons y sont assurées avec l'ensemble du monde. Des ports très modernes, comme le complexe « Maasvlakte 2 » à Rotterdam, accueillent les plus gros porte-conteneurs et pétroliers, en dépit des critiques sociales et écologiques sur l'artificialisation du littoral.

Quand 80 % des marchandises dans le monde sont échangées par la voie maritime, il est essentiel de pouvoir capter ces flux directement et de ne pas dépendre de contraintes externes. C'est l'un des enjeux de **la mise en place d'oléoducs** en provenance directe de la Russie, évitant la zone conflictuelle d'Europe orientale : le Nord Stream débouche ainsi en Allemagne après avoir parcouru la Baltique.

Les flux de marchandises

Représentant avec la Chine et les États-Unis 45 % des échanges mondiaux de marchandises, l'Union européenne dispose d'une balance commerciale excédentaire depuis 2013. **La politique commerciale** relève des compétences communautaires : un

ZOOM SUR...

DES FTN EUROPÉENNES ?

Les échanges maritimes sont assurés par des compagnies d'armateurs et de transporteurs formant de véritables empires commerciaux. Deux des leaders mondiaux de ce marché sont européens : le danois Maersk et le français CMA-CGM. Le danois, premier armateur mondial, possède les plus grands porte-conteneurs, ainsi le *Madrid Maersk*, qui peut transporter plus de 20 000 EVP (« équivalents vingt-pieds »). Ces FTN sont secondées par un réseau d'assurances et de gestion des flux à l'échelle mondiale, dont l'une des premières fut l'anglaise Lloyd. Spécialisée dans l'assurance des navires et de leur cargaison, elle possède donc une connaissance très précise et précieuse de l'état des échanges mondiaux. Les FTN sont au cœur de l'économie, avec des leaders mondiaux ayant pour certains un visage résolument européen, tel Airbus, fruit d'une coopération à l'échelle européenne. Il ne faut toutefois pas ignorer le rôle des PME à l'international, qui développent des savoir-faire stratégiques, comme le champion du drone de loisir Parrot. Enfin, il est complexe à l'heure de la mondialisation de qualifier une entreprise d'« européenne » dans certains secteurs. Ainsi, si Ubisoft peut être présenté comme une entreprise française, l'un des plus grands succès qui portent le studio est le fruit du travail de ses bureaux de Montréal (série *Assassin's Creed*).

commissaire européen participe aux négociations dans les instances internationales, telle l'Organisation mondiale du commerce (OMC). L'imposition d'un régime commun de douane unifie l'entrée des marchandises sur le territoire communautaire : un même tarif est appliqué dans l'ensemble des pays membres.

Dans un contexte de concurrence croissante avec les pays émergents, notamment la Chine, l'UE entend incarner **un nouveau modèle de gouvernance**. Elle vise à assurer le libre-échange face au protectionnisme affiché des États-Unis. Des accords bilatéraux sont conclus, comme le CETA (Accord économique et commercial global) avec le Canada, malgré l'opposition d'une partie de la société civile et des ONG. Celles-ci dénoncent en effet, entre autres, la mise en œuvre de politiques encourageant notamment les transports à longue distance, en contradiction avec les engagements écologiques de l'Union européenne. L'UE tente par ailleurs de veiller à défendre ses intérêts stratégiques économiques face à ce qu'elle considère comme de la concurrence déloyale et à contrer des tentatives de prises de contrôle hostiles de marchés économiques par des acteurs extracommunautaires.

Certains secteurs, par leur caractère sensible comme l'industrie de la défense, demeurent le résultat de **décisions nationales** au sein de l'Union européenne, malgré les progrès des coopérations industrielles. La concurrence fut ainsi très rude entre Dassault et Saab en Inde pour fournir des avions de combat, respectivement le Rafale et le Gripen.

Les flux de capitaux et d'informations

Les flux immatériels d'informations et de capitaux ont une traduction matérielle : **les autoroutes de l'information** sont constituées en grande partie de câbles sous-marins reliant les différents pôles de la mondialisation. Les flux de capitaux sont gérés depuis les grands espaces de la finance mondiale. Si le *Brexit* exclut la City londonienne de l'espace communautaire, Paris et Francfort sont des places financières d'importance mondiale. La proximité d'un certain nombre de paradis fiscaux, de Monaco aux îles anglo-normandes, attire régulièrement l'attention de l'opinion à l'occasion de scandales révélés par la presse.

Un des défis majeurs de l'Union européenne est **la gestion du monde numérique** : les GAFAM (Google, Apple, Facebook, Amazon et Microsoft) sont tous sous contrôle américain, et leurs principaux concurrents comme Huawei ou Samsung sont asiatiques. Il en va de l'indépendance stratégique que de parvenir à maîtriser les flux de données et d'informations à l'avenir. Les nombreuses affaires impliquant des fuites d'informations vers des concurrents commerciaux nécessitent donc une action politique.

La libre circulation des hommes ?

Les mobilités intra-européennes sont nombreuses, profitant de l'espace Schengen institué en 1995. Les pôles attractifs sont les grandes métropoles et les littoraux de la Méditerranée, de Barcelone à Dubrovnik, en passant par la France, l'Italie et leurs îles, dans le cadre du tourisme balnéaire et culturel. Celui-ci est aujourd'hui secondé par des formats particuliers à la croisée des mondes du tourisme et de l'entreprise : les congrès et le tourisme d'affaires. Paris, Barcelone et Vienne s'imposent comme les villes en accueillant le plus. Elles développent leurs infrastructures, comme le hall des Congrès de Versailles, qui contient 35 000 places. Le secteur du tourisme et de ses services a en effet un impact croissant, puisqu'il représente plus de 10 % du PIB européen. Il importe donc d'attirer, en particulier, la clientèle à fort pouvoir d'achat que constitue la frange supérieure de la classe moyenne des pays émergents.

Mais l'envers du décor européen est la fermeture des frontières extérieures aux plus déshérités et aux populations touchées par des crises politiques et économiques dans les pays en développement, en particulier ceux de l'arc des crises de l'Afghanistan au Sahel.

Camp de réfugiés syriens.

L'Union européenne apporte un soutien direct aux pays de sa frontière sud pour limiter les entrées par le biais de l'agence Frontex, et finance la mise en place de camps de rétention aux portes de l'Europe. Les ONG dénoncent ces politiques, car elles poussent les migrants à prendre des routes plus dangereuses, transformant la Méditerranée en cimetière marin.

DEUX ARTICLES DU *MONDE* À CONSULTER

- L'entrée dans l'espace Schengen, enjeu majeur pour Zagreb p. 64
(Julia Pascual, *Le Monde* daté du 31.12.2019)
- La libre circulation des travailleurs et des marchandises prendra fin en 2021 p. 64-65
(Éric Albert, *Le Monde* daté du 29.01.2020)

ZOOM SUR...

LA PUISSANCE MÉDIATIQUE EUROPÉENNE

Elle s'appuie sur la profondeur historique de la presse papier mais aussi sur celle d'événements culturels mondialement renommés. Ainsi, une grande partie des disciplines sportives aujourd'hui pratiquées aux jeux Olympiques sont d'origine européenne. Les nations européennes brillent dans l'événement sportif le plus suivi : la Coupe du monde de football. Si la production cinématographique ne peut soutenir la comparaison avec la puissance hollywoodienne ou bollywoodienne (Inde), le cinéma mondial se tourne régulièrement vers l'Europe pour le Festival de Cannes, celui de Berlin ou encore la Mostra de Venise.

Festival de Cannes.

Production graphique

À partir du texte, vous compléterez le fond de carte sur « Les territoires de l'Union européenne dans la mondialisation » et vous l'accompagnerez d'une légende organisée.

Les territoires de l'Union européenne dans la mondialisation

L'Union européenne est la deuxième puissance économique derrière les États-Unis. Cependant, les territoires qui la composent sont inégalement intégrés dans la mondialisation. En effet, les disparités sont fortes entre les États membres : les États du Nord et de l'Ouest disposent d'un niveau de développement économique et social nettement supérieur à la moyenne européenne. Par exemple, l'Allemagne, la France et l'Italie font partie des dix premières puissances économiques mondiales. À plus grande échelle, l'espace moteur dans la mondialisation est la mégalopole européenne. Les périphéries proches de cet espace (Irlande, nord de l'Espagne, ouest de la France, Slovénie, Autriche, Allemagne, Danemark, Suède, Finlande) bénéficient de son dynamisme économique et sont bien intégrées dans la mondialisation. Elles ont un PIB qui se situe dans la moyenne de l'UE. En revanche, les périphéries éloignées sont en marge de ce dynamisme et ont un PIB bien inférieur à la moyenne européenne : c'est notamment le cas des régions ultrapériphériques (RUP) mais aussi des franges sud de l'Europe ainsi que des pays d'Europe centrale et orientale (PECO).

Malgré ces disparités, l'Union européenne dispose de nombreux atouts pour s'inscrire pleinement dans la concurrence internationale : d'abord, la mégalopole européenne est un espace urbain très dense qui se déploie de Londres à Milan en passant par la vallée du Rhin. Cet espace constitue le cœur de l'Europe et concentre les activités et fonctions de commandement. En outre, au centre d'impulsion majeur qu'est Paris, seule « ville mondiale » de l'UE depuis le *Brexit*, s'ajoute une façade maritime dynamique, la Northern Range, formée de nombreuses zones industrialo-portuaires dont le 11e port mondial, Rotterdam. Dans un contexte de maritimisation de l'économie, les flux majeurs de la mondialisation atteignent l'Union européenne notamment par l'interface maritime atlantique.

Ces atouts ne doivent pas masquer les limites de l'Union européenne dans la mondialisation. D'abord, l'Union européenne est de plus en plus exposée à des contestations, visibles à travers la montée en puissance des partis eurosceptiques. Le départ du Royaume-Uni le 31 janvier 2020 (*Brexit*) constitue le premier retrait d'un État membre et traduit les fragilités internes de l'UE. Cette entité politique est confrontée à de nombreux défis, notamment à la question de l'accueil des migrants depuis les années 2010. Les tentatives d'immigration clandestine ont augmenté du fait des conflits dans les États qui bordent la Méditerranée (Syrie, Libye, Turquie). Les principales routes migratoires sont la route de l'Ouest méditerranéen (point d'entrée en Espagne), de l'Est méditerranéen (point d'entrée en Grèce), la route centrale (point d'entrée en Italie) et la route des Balkans (point d'entrée en Hongrie ou en Pologne). La zone Schengen – espace de libre circulation des citoyens des pays signataires de la convention Schengen, politique coordonnée des visas et des frontières – comprend 22 États membres de l'UE (l'Irlande, la Bulgarie, la Croatie, la Roumanie et Chypre ne sont pas signataires) et quatre États associés (Islande, Liechtenstein, Norvège, Suisse). Avec la crise migratoire, le contrôle est renforcé sur certaines frontières extérieures de l'UE (agence Frontex), avec parfois la mise en place de dispositifs antimigrants comme la construction de murs et clôtures sur certains points de franchissement. C'est notamment le cas à Ceuta et Melilla (enclaves espagnoles au Maroc), le long de la frontière sud de la Hongrie, de la frontière nord de la Grèce ou à Calais, en France.

ZOOM SUR...

L'UNION EUROPÉENNE ET LA QUESTION MIGRATOIRE

Dans les années 2010, les conflits internes et externes se sont multipliés aux portes de l'UE. On compte notamment leur permanence au Proche et Moyen-Orient (Irak, Syrie), le durcissement autoritaire dans la Corne de l'Afrique (Érythrée) ou encore le chaos libyen déstabilisant toute la région.

Cette nouvelle donne géopolitique a généré des flux de réfugiés d'une ampleur exceptionnelle : ainsi, entre 2014 et 2015, le nombre de demandes d'asile à l'échelle européenne a été multiplié par deux. Or, les pays membres de l'UE sont divisés face à la question de l'accueil et de la répartition des migrants : malgré de nombreuses concertations, aucune solution collective n'a été trouvée. De nombreux États membres ont envisagé le renforcement des frontières comme seule réponse à l'augmentation des demandes d'asile. C'est notamment le cas des pays de la frontière orientale de l'UE (Hongrie, Pologne, République tchèque, Slovaquie). Ainsi, la Hongrie entame en 2015 la construction d'un mur de quatre mètres de haut et de 175 kilomètres de long, qui est ensuite étendu à la frontière avec la Croatie et la Roumanie.

Du fait des divisions entre États membres, l'immigration est très inégalement répartie au sein de l'UE (l'Allemagne étant le 1er pays d'accueil) et les politiques dans ce domaine ne sont pas harmonisées : par exemple, les accords Schengen n'ont pas été ratifiés par tous les États membres. L'action de l'agence Frontex en est limitée et la gestion des flux migratoires est largement déléguée aux pays limitrophes, comme la Libye, la Turquie ou l'Égypte.

La question migratoire montre donc à la fois les difficultés de l'Union européenne à établir une politique commune et les logiques de fermeture qui y sont à l'œuvre.

CE QU'IL NE FAUT PAS FAIRE

- Faire la légende au verso du fond de carte : elle doit au contraire pouvoir être lue en même temps que le croquis.
- Dans la légende, écrire par exemple uniquement « Rotterdam » : il faut préciser les caractéristiques de ce port qui appuient l'idée que l'Union européenne est un espace ouvert sur le monde (« 1er port européen et 11e port mondial »).

Les territoires de l'Union européenne dans la mondialisation

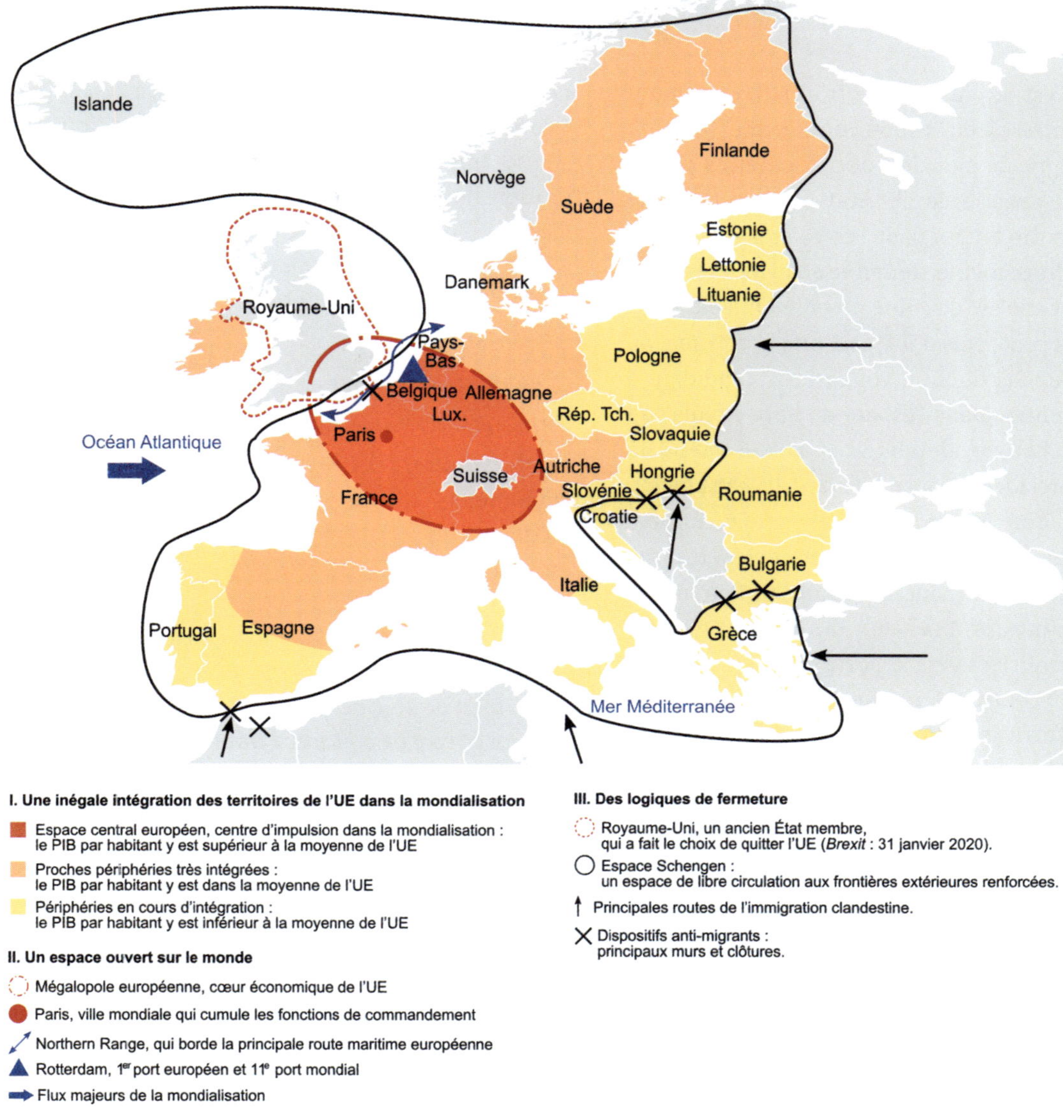

CHIFFRES CLÉS

L'UNION EUROPÉENNE DANS LA MONDIALISATION

- 27 États membres en 2020 et 7 pays candidats pour intégrer l'UE : Albanie, Macédoine du Nord, Monténégro, Serbie, Turquie, Bosnie-Herzégovine, Kosovo.
- 26 pays membres de l'espace Schengen.
- 9 régions ultrapériphériques (RUP) : les îles Canaries, la Guyane, la Martinique, la Guadeloupe, Mayotte, la Réunion, Saint-Martin, les Açores, Madère.
- 6,9 % de la population mondiale.
- 1re destination touristique, 1re destination migratoire, 1er émetteur et destinataire d'investissements directs étrangers (IDE), 1re puissance commerciale du monde.
- Plus de 64 % des échanges commerciaux sont réalisés entre États membres.
- 15,6 % des importations et exportations mondiales hors commerce intracommunautaire.
- La Northern Range, 3e façade maritime mondiale, accueille la moitié du trafic maritime de l'UE.
- 22 % du PIB mondial en 2019 (2e puissance économique du monde, derrière les États-Unis et devant la Chine).
- Les quatre plus grandes économies – Allemagne, France, Italie et Espagne – représentent 63,8 % du PIB de l'UE (2019).
- 19 pays membres de la zone euro : l'euro est la 2e monnaie mondiale pour les transactions financières (derrière le dollar).
- 50 % des dépenses sociales mondiales.
- La politique de cohésion est le 2e poste de dépenses de l'UE.

L'entrée dans l'espace Schengen, enjeu majeur pour Zagreb

C'est la plus longue frontière extérieure terrestre de l'Union européenne (UE). Une ligne de plus de 1 000 kilomètres sépare la Croatie, le 28e Etat membre de l'UE (entré en 2013), de ses voisins de Bosnie-Herzégovine, de Serbie et du Monténégro. Et elle est devenue un enjeu majeur dans le processus d'intégration européenne de l'ex-République yougoslave, candidate à l'entrée dans l'espace de libre circulation Schengen depuis 2015 et qui prend la présidence tournante de l'UE le 1er janvier. *« Avec la Croatie, on a un sujet contrôle des frontières qui n'est pas réglé »*, résume prosaïquement une source diplomatique française. Les yeux des Etats membres sont rivés vers la porte d'entrée orientale du continent, redevenue le premier point d'arrivées irrégulières de migrants, devant l'Espagne et l'Italie.

Si la Grèce est en première ligne, la Croatie n'est pas loin derrière, dans une configuration géographique où les Balkans ne sont qu'une zone de passage pour des migrants majoritairement désireux de se rendre à l'ouest du continent. *« Jusqu'à présent, la Croatie était un pays de transit assumé, mais ça, ça ne passe pas dans Schengen »*, prévient un fonctionnaire européen. Or, la Slovénie a enregistré 14 000 franchissements illégaux de sa frontière depuis la Croatie sur les dix premiers mois de l'année 2019. *« Ce chiffre est une catastrophe pour les Croates, ça montre que leur frontière est poreuse »*, estime un cadre du Quai d'Orsay.

« Les contrôles s'accentuent »

Le directeur de cabinet du premier ministre croate, Zvonimir Frka-Petesic, relativise le phénomène : *« Nous avons repoussé 17 000 tentatives de passage depuis la Bosnie-Herzégovine sur les dix premiers mois de 2019. En 2015, ce sont 800 000 migrants qui avaient traversé la Croatie. »* Quelque 6 500 gardes-frontières sont mobilisés, sur un total de 20 000 policiers. *« C'est le plus gros effectif de police aux frontières de l'Union européenne »*, souligne Zvonimir Frka-Petesic. *« Les contrôles s'accentuent depuis 2018 »*, reconnaît le cadre du Quai d'Orsay, convaincu que *« les passeurs sont déjà à la recherche d'un itinéraire bis »*.

L'UE contribue à cet effort à hauteur de 190 millions d'euros depuis 2013. *« Nous utilisons ces fonds pour nous équiper de drones ou de lunettes infrarouges,* poursuit M. Frka-Petesic. *Nous préférons cette option plutôt que d'élever des barbelés ou des palissades comme c'est le cas côté slovène et hongrois. »* Un avion de Frontex est aussi mobilisé en surveillance.

L'entrée dans Schengen revêt un enjeu économique pour la Croatie, qui dépend du tourisme et dont le développement a été grevé par la guerre puis la crise financière. En octobre, la Commission européenne a considéré que le pays *« remplissait les conditions nécessaires »*. Il revient maintenant aux Etats membres de trancher. Certaines capitales, Paris en tête, ne cachent pas leurs doutes : *« Notre approche générale est de dire qu'il faut d'abord réformer Schengen, avant d'élargir,* défend le diplomate parisien. *Les Allemands et les Néerlandais partagent notre réserve. »* Un autre élément joue en défaveur de Zagreb : la Roumanie et la Bulgarie sont aussi candidates – depuis des années – à l'entrée dans Schengen et verraient d'un mauvais œil que la Croatie leur grille la priorité.

Julia Pascual,
Le Monde daté du 31.12.2019

La libre circulation des travailleurs et des marchandises prendra fin en 2021

Le retour des contrôles aux frontières est la conséquence de la sortie du Royaume-Uni du marché intérieur après la période de transition

Londres – *correspondance*

Le 31 décembre 2020, à la fin de la période de transition du Brexit, le Royaume-Uni quittera le marché unique européen, onze mois après avoir quitté l'Union. *« Nos règles ne seront pas alignées* [avec celles de l'Union européenne], *nous ne serons pas dans le marché unique et nous ne serons pas dans l'union douanière »*, a expliqué, le 17 janvier au *Financial Times*, Sajid Javid, le chancelier de l'Echiquier, chargé des finances.

Cette décision est politiquement logique : à quoi bon sortir de l'Union,

POURQUOI CES ARTICLES ?

Ces articles traitent de deux enjeux récents concernant les frontières externes de l'Union européenne. D'abord, cette entité politique délimite un espace à géographie variable : en effet, la Croatie, membre de l'UE depuis 2013, n'appartient pas à l'espace Schengen. La Croatie est candidate à l'entrée dans cet espace de libre circulation, qui revêt un enjeu économique important. Elle accentue donc les contrôles le long de sa frontière sud, qui constitue aujourd'hui le premier point d'entrée des migrants irréguliers. Cette zone de passage relativement poreuse mobilise le plus gros effectif de police des frontières européennes. À l'inverse, avec la sortie du Royaume-Uni du marché unique européen et de l'union douanière, le retour des contrôles aux frontières est prévu à la fin de la période de transition du *Brexit*, le 31 décembre 2020. Le retrait d'un pays membre de l'UE est une situation inédite qui présente de nombreux enjeux, parmi lesquels la signature d'un accord sur les droits de douane entre le Royaume-Uni et l'Union européenne ainsi que la redéfinition des droits des travailleurs post-*Brexit*.

vendredi 31 janvier, si c'est pour continuer à en suivre les règles ? Mais économiquement, cela change tout. Car, même en cas d'accord de libre-échange entre Londres et Bruxelles – alors que les négociations s'annoncent compliquées dans les prochains mois –, il y aura des vérifications aux frontières pour les marchandises britanniques exportées vers les Vingt-Sept (et inversement). Les contrôles s'effectueront dès la fin de la période de transition, c'est-à-dire à partir du 1er janvier 2021. Cette date peut théoriquement être repoussée, mais Boris Johnson, le premier ministre, l'a exclu.

Comme avec la Suisse – qui est dans le marché unique, mais pas dans l'union douanière – les vérifications physiques des camions seront peu nombreuses : sans doute autour de 3 à 4 % des véhicules. En revanche, chaque poids lourd ou conteneur devra avoir rempli les formalités nécessaires : déclaration d'exportation côté britannique, déclaration d'importation côté européen, déclaration des *« règles d'origine »* aussi. Ces dernières sont assez compliquées et coûteuses à mettre en œuvre. Elles permettent de vérifier si une marchandise peut officiellement être qualifiée de *« britannique »* (afin d'éviter, par exemple, qu'une voiture fabriquée aux Etats-Unis à laquelle on ajouterait juste les rétroviseurs au Royaume-Uni soit assimilée au « made in Britain ».)

Perte du « passeport financier »

Et si Bruxelles et Londres réussissaient à s'entendre, en signant, cette année, un accord *« sans droits de douane ni quotas »*, comme l'ambitionne Boris Johnson ? Cela réduirait la facture pour les échanges commerciaux, mais seulement partiellement. A partir du moment où des vérifications et des déclarations sont nécessaires, exporter va coûter plus cher. Selon les secteurs, le coût supplémentaire (hors droits de douane) oscillerait entre 5 % et 10 %, selon une étude du cabinet d'études Oxford Economics. Pour une marchandise à haute valeur ajoutée, le choc est absorbable. Pour des secteurs à faible marge, c'est plus difficile.

L'agroalimentaire, qui comporte de très nombreuses règles sanitaires, est l'exception, avec un coût de 20 % supplémentaires, toujours hors droits de douane. Assurer le respect des règles (étiquetage, utilisation des pesticides, hygiène, additifs alimentaires, etc.) est lourd et difficile. L'automobile, l'industrie chimique et l'aérospatial, dont le commerce est particulièrement tourné vers l'Europe, seraient les secteurs les plus touchés et *« il faut les mettre en priorité dans l'accord de libre-échange »*, estime Oxford Economics.

Ces questions ne comprennent pas les services, notamment financiers. La City va perdre son fameux *« passeport financier »*, qui lui permet de vendre ses services financiers à travers l'UE. Elle réclame, à la place, un système de reconnaissance mutuelle des régulations britanniques et européennes, mais Bruxelles ne semble guère ouvert à cette idée.

Enfin, la question du droit des travailleurs post-Brexit n'est pas résolue. Les Européens présents au Royaume-Uni avant la fin de la période de transition (et les Britanniques présents dans l'UE) conserveront leurs droits de résidence et de travail. Mais quid des futurs expatriés, qui arriveront à partir de 2021 ? Le Royaume-Uni est en train de mettre au point un nouveau système d'immigration. Initialement, il était envisagé que seuls ceux bénéficiant d'un emploi payé plus de 30 000 livres par an (35 000 euros) auraient un permis de travail. Cette limite est âprement débattue, le patronat estimant qu'il faut l'abaisser, au moins pour certains secteurs. Seule certitude, le temps où il suffisait de prendre un billet pour le Royaume-Uni pour aller y travailler sera révolu. La libre circulation des travailleurs européens, qui avait enflammé la campagne en faveur du Brexit lors du référendum de 2016, ne sera en effet plus de mise quand le pays aura quitté le marché intérieur.

Éric Albert,
Le Monde daté du 29.01.2020

L'Allemagne : une puissance européenne aux territoires inégalement intégrés dans la mondialisation

Tour Audi à Berlin.

Avec plus de 3 600 milliards de dollars de PIB, l'Allemagne est la quatrième puissance économique mondiale et la première en Europe. Elle est souvent identifiée comme la gardienne de la rigueur budgétaire et de la stabilité économique dans une Union qui a traversé des crises économiques au XXIe siècle. Pourtant, un regard plus attentif doit être porté sur ses territoires, qui ne sont pas tous égaux face à la mondialisation. À la réussite du territoire munichois peuvent en effet être opposées les nombreuses friches industrielles étudiées par N. Offenstadt, vestiges de l'industrie lourde de Magdebourg. Dans quelle mesure l'Allemagne connaît-elle divers gradients d'intégration à la mondialisation ?

Un cœur industriel de la mondialisation

L'axe du Rhin structure le cœur actif de l'Europe, du Benelux à la Suisse en passant par la partie allemande très industrialisée. La géographie identifie traditionnellement une mégalopole européenne, parfois désignée sous le vocable de « banane bleue », dont le cœur se situe dans cette Europe rhénane. La densité de population y est importante, dépassant les 600 habitants/km² dans le triangle Duisbourg-Dortmund-Cologne.

Les complexes industriels offrent une balance commerciale excédentaire, faisant du pays le troisième exportateur mondial en valeur, avec une production de haute qualité qu'illustre en particulier l'industrie automobile (Audi, Mercedes). Les productions trouvent un débouché au sein du marché commun européen, faisant de celui-ci l'une des zones majeures d'échanges à l'échelle internationale, mais s'exportent aussi par voie maritime. La présence de la Northern Range, façade maritime extrêmement active en mer du Nord, explique l'activité débordante des ports bataves mais aussi allemands comme celui d'Hambourg. Certains Länder sont au cœur de la mondialisation, comme le Bade-Wurtemberg autour de Stuttgart ou la Rhénanie-du-Nord–Westphalie.

Un réseau de métropoles

L'importance des Länder dans l'organisation du territoire allemand permet à leurs capitales de conserver un poids politique mais aussi économique relativement important. L'armature urbaine allemande diffère de l'hypercentralisation française, faisant apparaître **un réseau de métropoles**, en particulier dans l'ouest du pays. Si Francfort se détache de cet ensemble métropolitain, c'est grâce à l'importance financière mondiale de sa Bourse, mais aussi grâce à la présence des institutions de la Banque centrale européenne.

L'intégration à la mondialisation se fait également grâce à **la formation de la main-d'œuvre allemande**, dans des universités de haut niveau largement réparties sur le territoire, de Munich à Tübingen en passant par Heidelberg.

Les métropoles sont desservies **par un réseau autoroutier**, certes vieillissant, mais actuellement en rénovation. Il s'inscrit dans un ensemble de corridors européens, dont l'Allemagne représente le centre de gravité. Ainsi, les métropoles scandinaves (Copenhague, Oslo) sont accessibles au

ZOOM SUR...

LES *SHRINKING CITIES*

Les bouleversements liés à la réunification ont eu des conséquences sur le développement urbain. Pour les décrire, les géographes font parfois appel au concept de *shrinking cities* ou « villes en décroissance ». Cela met l'accent sur des contrastes importants entre les villes intégrées à la mondialisation, celles qui « gagnent », et celles qui « perdent ». La spécialisation de certaines villes de RDA dans une industrie désormais disparue a parfois entraîné une diminution draconienne de la population. Halle-Neustadt perd ainsi 70 % de ses habitants après 1989, et 20 % des habitations y sont aujourd'hui vides. Ce phénomène est pris en compte par les autorités qui ont mis en place un vaste programme de rénovation urbaine à l'est, le *Stadtumbau Ost*.

Ce phénomène de dépopulation s'accompagne d'une paupérisation des habitants de ces villes en retrait (désindustrialisation, crises des finances locales, etc.). La réunification a fait perdre des emplois dans le secteur de l'industrie, mais aussi dans celui des services (refonte de l'administration, place de l'armée, débouchés de l'agriculture, etc.).

L'espace urbain vide devient un nouveau lieu d'expression, avec des activités novatrices participant à des dynamiques internationales alternatives, comme le développement du *street art* sur les façades des quartiers marginalisés. À rebours des théories dominantes, certains voient dans ces villes en déclin de formidables laboratoires pour repenser la ville de demain, dans le cadre du développement durable.

nord, tout comme Vienne au sud, et les ensembles urbains bataves à l'ouest. Depuis les années 2010, une forte politique d'intégration des pays de l'est de l'Union européenne se construit à partir de l'Allemagne, comme en témoignent les investissements visant à développer le réseau autoroutier polonais.

Un bilan de la réunification

Événement majeur de l'histoire contemporaine allemande, **la réunification du pays après la guerre froide** n'a pas résolu toutes les disparités du territoire allemand. L'entrée dans le monde capitaliste du territoire de l'ex-RDA se traduit, à partir du 3 octobre 1990, par une désindustrialisation massive. Une politique de péréquation entre les différents Länder permet un financement des infrastructures du pays, pour les mettre au niveau du territoire de la RFA avec plus de 1 300 milliards d'euros transférés.

Malgré les investissements massifs, **les inégalités restent perceptibles à de nombreuses échelles.** Le taux de chômage demeure supérieur dans l'Est et les inégalités y sont plus fortes que dans l'Ouest. Les industries n'ont pu se reconvertir dans le cadre du marché capitaliste, ce qui a conduit à une crise sociale et économique mais aussi culturelle, avec la disparition de structures de la vie sociale auparavant intégrées aux réseaux du bloc de l'Est. Ceux-ci comprenaient des échanges économiques et humains, étudiants par exemple.

La capitale politique a été transférée à Berlin en 1991 depuis Bonn. La *Globalisierung* participe de **la hiérarchisation des territoires allemands**. Si Berlin est une capitale politique, elle n'accueille aucun siège social des trente premières entreprises allemandes. La ville est encore marquée par la division passée, mais fortement intégrée culturellement. Elle apparaît en effet comme un point d'ancrage majeur de la culture alternative mondiale, élément de développement économique d'une « métropole de création » culturelle (B. Grésillon).

Mur de Berlin.

Des espaces en reconversion

À l'ouest comme à l'est, des espaces industriels vieillissants sont **contraints de se moderniser** pour rester concurrentiels dans le cadre de la mondialisation. Les anciennes régions minières autour de Cologne doivent ainsi penser une reconversion du territoire de la Ruhr. Si, contrairement à celle de France, la production houillère continue dans le bassin de la Sarre, elle s'est toutefois réduite dans de grandes proportions. La dépollution des espaces devenus non rentables est longue et coûteuse, mais nécessaire avant toute nouvelle exploitation.

La patrimonialisation est l'une des reconversions possibles : le complexe industriel de la mine de charbon de Zollverein a ainsi été inscrit au Patrimoine mondial de l'UNESCO dès 2001. Ailleurs, des carreaux de mine sont reconvertis pour accueillir des « incubateurs » d'entreprises, des lieux culturels ou des espaces verts. La patrimonialisation participe aussi d'une action sociale et de la conservation d'une identité forte construite autour de cet outil industriel du passé. Certains territoires changent d'inscription dans la mondialisation, jouant la carte du tourisme pour ne pas être relégués à l'arrière-plan de façon trop brutale.

Dans le Länd de Rhénanie-du-Nord–Westphalie, cœur industriel traditionnel, la transition a été amorcée dès les années 1980 en misant sur **la technologie de pointe et la tertiarisation de l'économie**. Ainsi, les entreprises de sidérurgie Mannesmann ont été reprises par Vodafone, ce qui a transformé le territoire en un poids lourd du monde des télécommunications.

Bâtiment de la mine de Zollverein.

UN ARTICLE DU *MONDE* À CONSULTER

• A l'est de l'Allemagne, la réunification n'a pas été si « florissante » p. 68-69 (Jean-Michel Hauteville, *Le Monde* daté du 06.11.2019)

ZOOM SUR...

UN TERRITOIRE DE LA MONDIALISATION EN ACTE

Dans le couloir rhénan, le triangle formé par les villes de Mulhouse (France), Bâle (Basel, Suisse) et Fribourg (Freiburg im Breisgau, Allemagne) constitue un exemple particulièrement poussé d'intégration de territoires transfrontaliers à la mondialisation. Le Länd du Bade-Wurtemberg, où se trouve Fribourg, est l'un des piliers de l'économie et des exportations allemandes, intégrant l'étranger proche dans ses perspectives de développement futures. L'un des défis majeurs est le manque de main-d'œuvre qualifiée dans la population active allemande. La coopération internationale permet de multiplier les échanges universitaires à l'échelle transfrontalière pour former la population. Mais c'est aussi une réflexion sur les transports qui est menée, avec plus de 100 trains par jour entre Fribourg et Bâle. L'implantation d'un aéroport à vocation internationale sur le territoire français, l'EuroAirport, a ainsi lieu dans un cadre trinational. La réflexion porte aussi sur le développement de filières anticipant les changements socioéconomiques, notamment avec le réseau franco-germano-suisse Trion. Celui-ci regroupe des acteurs de l'énergie et du climat pour l'établissement de bonnes pratiques et d'une coopération des entreprises par-delà les frontières. L'Union européenne et l'espace Schengen sont enfin des éléments essentiels de l'intégration à la mondialisation des territoires transfrontaliers allemands.

A l'est de l'Allemagne, la réunification n'a pas été si « florissante »

Alors que le chancelier Helmut Kohl avait vanté les atouts pour les Allemands de l'Est de la fusion des deux économies, l'industrie de l'ancienne RDA, peu compétitive, ne s'est pas remise du choc de cette union, scellée en 1990, et des privatisations qui ont suivi

Récit

Eisenhüttenstadt (Brandebourg) - *envoyé spécial*

Avec ses façades anguleuses et ses hautes mosaïques exaltant la condition ouvrière, Eisenhüttenstadt (Brandebourg) a des airs de musée du communisme grandeur nature. Les Volkswagen ont certes remplacé les Trabant qui pétaradaient jadis dans ses larges avenues rectilignes, mais la ville modèle socialiste, fondée en 1950 sous le nom de Stalinstadt, par les autorités de la République démocratique allemande (RDA), n'a guère changé d'apparence depuis la chute du rideau de fer.

Il n'empêche : un silence déroutant, une insaisissable mélancolie emplissent son centre-ville impeccablement rénové et entièrement classé au registre des monuments historiques. De rares passants, souvent âgés, arpentent ses vastes esplanades. Eisenhüttenstadt est une ville exsangue. Victime des bouleversements économiques engendrés par la réunification allemande, la cité ouvrière, située à la frontière polonaise, à 120 kilomètres de Berlin, s'est vidée de la moitié de ses résidents en une génération. De ses 51 000 habitants de 1989, il en reste à peine 25 000 aujourd'hui.

« Eisenhüttenstadt est encore une ville industrielle », insiste Frank Balzer, le maire social-démocrate de la commune. Après son élection, en 2018, l'ancien syndicaliste a mis fin à une longue carrière bien à l'image de sa ville : M. Balzer a été embauché, en 1982, à EKO Stahl, l'immense usine sidérurgique qui s'étire sur plusieurs kilomètres aux abords de la ville, le long du canal Oder-Spree. Il y a travaillé pendant trente-six ans. Désormais propriété d'ArcelorMittal, l'aciérie n'emploie plus que 2 500 personnes, contre près de 15 000 à son apogée, avant la réunification de 1990.

Tous ceux qui sont partis n'ont pas été licenciés : de nombreux services, comme la garderie ou l'entretien, ont été externalisés au moment de la privatisation. Mais d'autres entreprises d'Etat présentes dans la cité modèle, comme le combinat de la viande ou la société de bâtiment WGK, ont mis la clé sous la porte, balayées par la concurrence des groupes d'Allemagne de l'Ouest. Des milliers d'emplois ont disparu. D'ailleurs, EKO Stahl a bien failli subir le même sort, en 1993. *« Jusqu'à notre reprise par [le sidérurgiste belge] Cockerill-Sambre, nous avons dû batailler pour sauver notre usine »*, se souvient l'édile. Soutenus par la population, les métallos sont allés jusqu'à bloquer l'autoroute pour mettre la pression sur les autorités.

Aggravation des déséquilibres

Et pourtant, Helmut Kohl (1930-2017) avait promis à ses futurs compatriotes d'Allemagne de l'Est des lendemains qui chantent. *« Par nos efforts communs, nous parviendrons bientôt à transformer le Mecklembourg-Poméranie-Occidentale et la Saxe-Anhalt, le Brandebourg, la Saxe et la Thuringe en paysages florissants, où il fait bon vivre et travailler »*, avait juré le chancelier de la République fédérale d'Allemagne, à propos des cinq Länder est-allemands, au cours d'une allocution télévisée historique. C'était le 1er juillet 1990 ; la République fédérale d'Allemagne (RFA) et la RDA officialisaient alors une union économique et monétaire qui allait servir de prélude à leur réunification, scellée le 3 octobre de la même année.

A Berlin, le mur de la honte, qui avait divisé l'ancienne capitale pendant vingt-huit ans, était tombé huit mois plus tôt, le 9 novembre 1989, et les deux Allemagnes étaient dans l'euphorie. La formule aux accents lyriques du chancelier avait frappé les esprits et, manifestement, elle avait plu à son auteur. Peu après la réunification, le chef du gouvernement promettait de nouveau des *« paysages florissants d'ici trois à quatre ans »*. En 1998, son parti, la CDU, faisait campagne dans les nouveaux Länder avec ce même slogan.

Mais, en fait, l'union fatidique de juillet 1990, saluée par des scènes de liesse et des feux d'artifice à Berlin-Est, allait rapidement provoquer la ruine de l'économie des nouveaux Länder et, en particulier, de leur industrie, certes vieillissante et inefficace, mais somme toute encore puissante et pourvoyeuse du tiers des emplois. Le fautif était le deutschemark, la devise de la RFA, introduite en RDA en remplacement du mark est-allemand. Imprudent, Helmut Kohl avait choisi la parité entre les deux marks pour la conversion des salaires et des prix. C'était une décision généreuse, qui mettait symboliquement les Ossis (Est-Allemands) sur un pied d'égalité avec leurs compatriotes de l'Ouest et, surtout, garantissait le maintien de leur pouvoir d'achat.

Mais cela équivalait aussi, de fait, à une réévaluation monétaire, en RDA, de l'ordre de 300 %, aggravant les déséquilibres économiques déjà considérables entre la petite république socialiste et la locomotive capitaliste à laquelle elle s'arrimait. Les mises en garde des experts n'y ont rien fait. *« Moi, je suis un homme politique ; je prends des décisions politiques. Et vous, vous êtes économiste, vous allez bien trouver une solution »*, avait répondu avec désinvolture le chancelier à Edgar Most (1940-2015), le vice-président de la Banque d'Etat de la RDA. Quant à Karl Otto Pöhl (1929-2014), le très respecté président de la Bundesbank, la banque centrale de la RFA, ses critiques de la frivolité monétaire d'Helmut Kohl lui coûtèrent rapidement son poste.

Démantèlement des combinats

Et voilà que, du jour au lendemain, les importateurs des autres pays du bloc socialiste doivent régler, avec des devises occidentales dont ils ne disposent pas, les produits est-allemands qu'ils achètent. Les biens fabriqués en RDA, fortement renchéris, perdent donc rapidement leurs débouchés habituels. Et en trouver de nouveaux n'est pas chose aisée. Sur le marché ouest-allemand, les sociétés étatiques de l'Est n'ont aucune chance face aux grands groupes rhénans ou bavarois, bien plus performants. *« La disparition de la monnaie nationale de la RDA a précipité la ruine de son industrie »*, résume Holle Grünert, chercheuse au département de sociologie de l'université Martin-Luther de Halle-Wittenberg (Saxe-Anhalt).

Et ce 1er juillet 1990 n'est pas seulement synonyme de révolution monétaire. Ce jour-là, les 432 combinats d'Allemagne de l'Est, ces énormes groupes étatisés qui produisaient, ici de l'acier, là des produits chimiques, des locomotives, des médicaments ou des jouets en bois, selon les consignes de planification économique du gouvernement, changent de propriétaire en un tournemain. Ils passent tous sous le contrôle de la Treuhandanstalt, une agence nationale, nouvellement créée à l'initiative de la RDA afin de privatiser ses entreprises d'Etat.

L'organisme se met au travail avec ardeur. Dirigé par Detlev Rohwedder, le patron d'un groupe sidérurgique de la Ruhr, il commence par démanteler les combinats, bien trop gros et complexes pour être cédés entiers à des investisseurs. En quelques mois, les 432 groupes tentaculaires, intégrés verticalement et horizontalement, sont morcelés en 12 000 entreprises. La Treuhand poursuit ensuite son travail de privatisation à une cadence infernale. En l'espace de quatre années et demie, jusqu'à sa dissolution, fin 1994, elle privatise quelque 7 853 sociétés est-allemandes – au rythme de cinq cessions par jour en moyenne –, tandis que 3 713 entreprises sont liquidées.

Perte de millions d'emplois

Les conséquences sur l'emploi sont d'autant plus brutales que les entreprises qui parviennent à échapper à la faillite licencient à tour de bras pour survivre dans leur nouvel environnement capitaliste. Pour ne rien arranger, elles se démènent dans un flou juridique qui rend leur existence encore plus précaire. *« Les entreprises d'ex-RDA en attente de privatisation n'étaient plus des partenaires sûrs, car il était entendu qu'elles changeraient de propriétaires, à une échéance incertaine »*, rappelle Mme Grünert. Le nombre d'actifs dans l'industrie en Allemagne de l'Est, après av oir culminé à 3,3 millions en 1988, se divise par quatre en six ans. *« Le processus de privatisation a contribué à l'effondrement de l'activité industrielle »*, souligne Joachim Ragnitz, directeur adjoint de la filiale est-allemande de l'institut économique Ifo à Dresde (Saxe).

La perte de millions d'emplois, mais aussi l'irrépressible désir d'ailleurs de la jeunesse, longtemps confinée dans les limites oppressantes de la RDA, provoque une émigration de masse des forces vives des nouveaux Länder. L'exode commence dès la chute du mur de Berlin : 70 000 Ossis partent pour l'Ouest, lors du seul mois de janvier 1990. La population active tombe de 10 millions d'actifs, à la fin des années 1980, à 6,5 millions, trente ans plus tard. *« Kohl nous avait promis des paysages florissants, et il a tenu parole : la Treuhand a fermé nos usines et, à la place, on a des parcs »*, ironise le maire d'Eisenhüttenstadt.

Mais la roue a fini par tourner, et l'ex-RDA se porte mieux. Après avoir oscillé autour de 18 %, de 1996 à 2006, le taux de chômage a entamé une nette décrue. Actuellement, seuls 6,5 % des actifs est-allemands sont en recherche d'emploi. C'est moins impressionnant que les 4,7 % de chômage des « anciens Länder » de l'Ouest, mais cela reste du jamais-vu depuis la réunification. Même Eisenhüttenstadt est en situation de quasi-plein-emploi. En août, il y avait plus de 1 700 postes vacants dans la ville-musée et alentour, et seulement 5,8 % de la population active au chômage. *« Les perspectives de l'emploi sont excellentes dans notre ville : les travailleurs qualifiés sont très prisés dans les secteurs de la technique, la mécanique et le paramédical »*, s'enorgueillit Frank Balzer.

Le niveau de vie a fait un grand bond en avant dans toute la région. En 1991, le produit intérieur brut par habitant de l'Allemagne de l'Est était inférieur de 66 % à celui de l'Allemagne de l'Ouest ; en 2018, la différence n'était plus que de 21 %. *« Et, grâce à la redistribution des richesses, le revenu réel moyen par habitant des régions de l'Est s'élève à 92 % de celui de l'Ouest »*, souligne M. Ragnitz. Mais, ces dernières années, les écarts de revenus ont cessé de se résorber, et un rattrapage semble peu probable à moyen terme.

L'industrie est-allemande, elle, ne s'est jamais remise du choc de la réunification. Le nombre d'emplois dans le secteur manufacturier frôle le million : le tiers du niveau de 1988. Des régions entières du Brandebourg ou du Mecklembourg-Poméranie-Occidentale se sont muées en déserts industriels. Même dans les Länder qui ont su garder et moderniser leurs usines, comme la Saxe ou la Thuringe, la productivité est généralement moindre et les salaires sont plus bas qu'en Bavière ou en Bade-Wurtemberg. Les sociétés de l'Est sont avant tout des sites de production, de simples satellites de grands groupes installés ailleurs. Les activités à forte valeur ajoutée, comme la recherche et développement, restent concentrées à l'Ouest.

En dépit de ces péripéties, les Est-Allemands s'affirment globalement satisfaits de leur sort. Dans un sondage publié fin septembre, ils étaient 70 % à se dire *« gagnants »* de la réunification, démentant les clichés sur les Ossis geignards, pessimistes et nostalgiques du socialisme. *« Vous savez, à l'époque de la RDA, je ne me rendais pas compte à quel point nous vivions sous une cloche à fromage,* se remémore Holle Grünert. *Je n'aimerais pas retourner vivre là-dessous. »*

Jean-Michel Hauteville,
Le Monde daté du 06.11.2019

POURQUOI CET ARTICLE ?

Quatrième puissance économique mondiale, l'Allemagne est un centre d'impulsion de l'Union européenne dans la mondialisation. Cela dit, elle y est inégalement intégrée, ce qui s'explique entre autres par des facteurs historiques. Pendant la guerre froide, l'Allemagne était séparée en deux pays distincts : la République fédérale d'Allemagne (RFA), à l'ouest, était une démocratie libérale à économie de marché, tandis que la République démocratique Allemande (RDA), à l'est, était un État communiste dans la ligne de l'URSS. La réunification de l'Allemagne en 1990 donne aux Allemands de l'Est l'espoir d'un rattrapage économique rapide. Or, c'est l'inverse qui se produit : la transition économique brutale des nouveaux Länder, qui passent de la planification d'État à la privatisation et l'ouverture à la concurrence, précipite la ruine de l'industrie est-allemande. Des milliers d'emplois disparaissent et ces territoires connaissent une émigration massive. Si aujourd'hui l'écart entre l'Allemagne de l'Ouest et l'Allemagne de l'Est se réduit, il reste malgré tout important : le PIB par habitant d'Allemagne de l'Est est inférieur de 21% à celui de l'Ouest.

La France : les dynamiques différenciées des territoires transfrontaliers

Frontière franco-allemande.

Les frontières de la France dessinent le contour de territoires particuliers, eu égard aux relations privilégiées qu'ils entretiennent avec d'autres. Leurs caractéristiques communes ne sauraient pourtant dissimuler des dynamiques différenciées. Les usages de la frontière se transforment avec la mondialisation : de ligne à défendre, elle est parfois devenue une zone de flux redoublés, comme c'est le cas de la frontière franco-allemande. Dans quelle mesure la construction communautaire permet-elle l'émergence de nouveaux territoires transfrontaliers ?

La multiplicité des frontières françaises

Il faut situer le territoire national dans son contexte : la France possède **plus de 4 000 km de frontières** avec ses voisins, dont la plus longue dyade (segment de frontière entre deux États), qui la sépare du Brésil. Le caractère pluri-continental de la France explique les problématiques extra-européennes qui peuvent émerger de l'étude de ses territoires frontaliers.

À ces périphéries s'opposent des **frontières au cœur du territoire européen** comme celles de l'Est métropolitain. Leur incarnation dans le paysage s'est parfois atténuée avec la disparition des contrôles aux frontières systématiques, à la suite de l'entrée en vigueur des accords de Schengen en 1995. Toutefois, elles continuent de séparer légalement des zones aux politiques fiscales, sociales, ou environnementales différentes. Si l'Union européenne tend à une harmonisation des dispositions réglementaires à l'échelle du continent, les territoires frontaliers offrent toujours l'occasion de profiter de certains avantages.

Un espace d'échange

Le réseau autoroutier européen offre de nombreuses voies de franchissement des frontières. Cependant, le territoire transfrontalier se construit d'abord par les acteurs qui y vivent, y travaillent et y développent des formes sociales particulières. Les acteurs peuvent ainsi agir en agents économiques calculant les coûts et profits qu'ils peuvent obtenir de l'**effet frontière**. Le Jura français offre par exemple des prix de l'immobilier bien moins élevés que Genève, tout comme Thionville par rapport au Luxembourg.

Les frontières sont donc des lieux de passage quotidiens pour des travailleurs effectuant **leurs mobilités pendulaires**. Environ 40 % des habitants de Thionville franchissent ainsi quotidiennement la frontière avec le Luxembourg voisin. Les territoires frontaliers français sont les émetteurs de mobilités quotidiennes majeures à destination de l'Allemagne, de la Belgique ou de Monaco.

Les pratiques sociales varient selon les circonstances réglementaires. Par exemple, l'installation de nombreuses maisons closes à la Jonquera en Catalogne espagnole est en grande partie soutenue économiquement par une clientèle masculine française. Des trafics illégaux s'organisent autour des tabacs et alcools, profitant, par exemple à Andorre, d'une taxation moindre.

ZOOM SUR...

INTERFACE OU MARGE DU TERRITOIRE NATIONAL ?

L'espace frontalier apparaît dans sa diversité en France. Il ne peut être question d'un modèle unique, tant les voisins directs sont différents. La frontière est parfois totalement intégrée au développement d'une région, et les métropoles tirent avantage de l'effet d'interface. Une large gamme de services à l'échelle de l'Europe s'est ainsi développée à Lille, la ville profitant de sa proximité avec la Belgique et la région londonienne grâce à l'Eurostar.

À l'opposé, la Guyane connaît une surveillance renforcée pour fermer la frontière contre l'immigration illégale et l'orpaillage interdit. L'armée française est déployée dans cette marge nationale pour tenter d'y faire respecter la loi malgré une géographie particulière, celle de la forêt équatoriale, et en l'absence d'infrastructures de transports modernes.

Entre ces extrêmes, les situations sont très diverses et les réflexions sur l'aménagement sont anciennes. Les communautés frontalières n'ont pas attendu l'Union européenne pour conclure des accords locaux, comme les « lies et passeries » pyrénéennes qui règlent les usages des vallées franco-espagnoles, notamment des pâturages. Remontant au Moyen Âge, elles sont aujourd'hui gérées par une Commission internationale des Pyrénées en vigueur depuis 1875.

Des territoires communautaires ?

L'Union européenne peut apparaître comme **un acteur majeur de l'aménagement des territoires transfrontaliers**. Le programme Interreg concerne 54 espaces européens, dont 14 en France. Financé par **le FEDER** (Fonds européen de développement régional), il cherche à promouvoir de bonnes pratiques de développement. Le programme Alcotra entre la France (Rhône-Alpes, Provence-Alpes-Côte d'Azur) et l'Italie (Piémont, vallée d'Aoste, Ligurie) finance plusieurs dizaines de projets environnementaux (développement de mobilités durables) ou sociaux (création de formations professionnalisantes).

Dans les Pyrénées, pour faire face au manque de ressources médicales, un hôpital a été construit en Espagne en 2014 à 2 km de la frontière, avec un financement européen et de nombreux employés français. Grâce à la coopération transfrontalière, les procédures pour faire reconnaître la nationalité française des enfants ont été simplifiées pour les familles françaises dont les mères accouchent en cet hôpital de Puigcerdà.

L'Union européenne finance des projets de transports aux échelles locales qui ont parfois **une haute valeur symbolique** : en 1997 s'ouvre un réseau de tram franco-allemand entre Sarreguemines et Sarrebruck. L'Union européenne se manifeste en effet dans ces espaces transfrontaliers, notamment en ce qui concerne les questions environnementales, qui ne peuvent être toutes considérées à l'échelle nationale. Les parcs transfrontaliers de préservation des écosystèmes se multiplient ; le Parc marin international des Bouches de Bonifacio devrait par exemple voir le jour entre la Corse et la Sardaigne pour préserver cette zone des pollutions marines.

La France et les frontières externes de l'Union européenne

Si la sortie du Royaume-Uni de l'Union européenne crée une nouvelle frontière extracommunautaire aux portes de la France, celle-ci gère avec ses départements et régions d'outre-mer (DROM) de nombreuses autres frontières extérieures. L'Union européenne est présente dans ces territoires, souvent marginalisés économiquement, avec des programmes de développement financés par les fonds de cohésion.

Les discontinuités encore très fortes avec les pays voisins, comme le Brésil ou les Comores, provoquent des flux migratoires importants. Les territoires peuvent apparaître alors comme des espaces de fermeture, avec une multiplication des contrôles aux frontières. Pourtant, le fleuve Maroni ne constitue pas une barrière infranchissable depuis le Suriname vers la Guyane, tandis que la proximité des Comores permet de nombreux passages jusqu'à Mayotte. **La coopération transfrontalière** a alors lieu avec les pays voisins, notamment en ce qui concerne la lutte contre l'orpaillage illégal en Guyane. Elle n'est pourtant pas sans accrocs, notamment dans le cas de Mayotte, dont la possession est revendiquée par l'union des Comores. Deux tiers des expulsions du territoire français se font depuis le département de Mayotte vers les Comores, pour réduire l'immigration illégale. En 2018, les autorités comoriennes refusent le retour des « expulsés » puisqu'elles considèrent Mayotte comme comorienne.

Tramway traversant le pont Beatus-Rhenanus, qui relie les villes de Strasbourg et de Kehl.

TROIS ARTICLES DU *MONDE* À CONSULTER

- La Collectivité européenne d'Alsace, laboratoire territorial p. 74
(Patrick Roger, *Le Monde* daté du 26.06.2019)
- Italie-France : la frontière de tous les dangers p. 75
(Jérôme Gautheret, *Le Monde* daté du 22.05.2018)
- A Fessenheim, le blues de l'atome p. 75-76
(Adrien Dentz, *Le Monde* daté du 21.02.2020)

ZOOM SUR…

L'EUROMÉTROPOLE LILLE-KORTRIJK-TOURNAI

Depuis 2008, l'eurométropole Lille-Kortrijk-Tournai regroupe les autorités de Lille Métropole, du Hainaut occidental et du sud de la Flandre occidentale pour assurer un développement du territoire transfrontalier et faciliter la vie des habitants. Disposant d'un budget propre, elle s'occupe de plusieurs projets dans le domaine de la mobilité. Elle organise des connexions entre les différents systèmes et développe les emplois en favorisant les contacts entre entreprises et travailleurs de chaque côté de la frontière.

L'eurométropole construit aussi une politique culturelle exploitant le potentiel de la frontière : en 2013 sont ainsi célébrés les « 300 ans de frontière » (traité d'Utrecht de 1713) pour mettre en avant une identité culturelle commune.

L'aménagement de la place transfrontalière Jacques-Delors sur les communes de Menin (Belgique) et d'Halluin (France) est également un symbole de cette identité partagée. Mettant en scène la continuité urbaine par-delà les frontières nationales, elle s'accompagne de nouveaux espaces de transports en commun pour améliorer la liaison au centre métropolitain. Sur 1,3 million d'euros nécessaires à ce projet, 430 000 ont été financés par l'Union européenne.

Analyse de documents

Après avoir analysé les documents, vous montrerez en quoi l'hôpital de Cerdagne illustre les coopérations entre les régions de l'Union européenne. Vous identifierez les acteurs de cette coopération et les enjeux de ce projet européen.

Document 1

La vallée de Cerdagne s'étend sur 1 300 km² entre la France et l'Espagne et abrite 32 000 habitants. En 2014 s'ouvre un établissement hospitalier.

L'hôpital de Cerdagne est le premier établissement de santé transfrontalier de l'Europe. L'idée d'un hôpital transfrontalier offrant des soins de santé à la population de la Cerdagne et du Capcir a été envisagée à la fin des années 1990 et a été concrétisée avec la création d'une entité de droit public européen : le Groupement européen de coopération territoriale-hôpital de Cerdagne. Le GECT-hôpital de Cerdagne est géré conjointement par les services publics de santé de la Catalogne et de la France et offre le service d'hospitalisation [...], de soins spécialisés et d'urgences à une population de 32 000 personnes, qui est multipliée par quatre lors des saisons touristiques. Le Projet européen de santé de la Cerdagne a pour but l'intégration des services de santé de part et d'autre de la frontière en mettant à profit les meilleures spécialisations de chaque système. À cet égard, le Département de santé de la Généralité de Catalogne et l'Agence régionale de santé (ARS) du Languedoc-Roussillon travaillent sur les réseaux de santé pour développer une prestation complète et adaptée. Le GECT-HC utilise les différentes ressources existantes dans les établissements de santé de la région, avec lesquels des conventions de coopération ont été établies. En outre, l'hôpital de Cerdagne est une référence internationale en médecine du sport de montagne.

Source : Site de l'hôpital de Cerdagne, www.hcerdanya.eu

Document 2

Financement de l'opération de construction	Total
Coût de l'opération	31 000 000 €
Fonds européen de développement régional (FEDER) (60 %)	18 600 000 €
Autofinancement (40 %) dont :	12 400 000 €
Catalogne (60 %)	7 440 000 €
France (40 %)	4 960 000 €
Financement de l'équipement	**Total**
Coût prévisionnel de l'opération	9 996 691,64 €
Catalogne (60 %) :	6 160 902,68 €
France (40 %):	3 835 788,96 €
Concours CH Perpignan pour le GECT-HC	

Source : Site de l'hôpital de Cerdagne, www.hcerdanya.eu

L'analyse du sujet

La consigne est explicite, il s'agit d'identifier les acteurs, autrement dit ceux qui ont participé et (ou) qui ont financé l'établissement de santé et de saisir les objectifs du projet. Il faut se poser les questions suivantes : Pourquoi ? Pour qui ? Par qui ? Où ? Comment ? Il importe de définir les notions suivantes : « acteurs », « coopération », « espace transfrontalier », « enjeux ». Il faut rappeler qu'il s'agit d'un projet transfrontalier entre la France et l'Espagne et souligner son originalité : il concerne le domaine de la santé alors que les projets européens portent le plus souvent sur les transports.

La problématique et l'annonce du plan

En quoi l'hôpital de Cerdagne illustre-t-il les coopérations entre différents acteurs et territoires au sein de l'Union européenne ? Pour répondre à cette question, nous identifierons les acteurs qui ont participé au projet. Puis nous étudierons les enjeux et les objectifs de cette coopération transfrontalière.

Le plan détaillé du développement

I. Un projet européen qui met en relation différents acteurs

1. Des acteurs multiples

L'hôpital de Cerdagne est un projet transfrontalier qui fait intervenir de nombreux acteurs. Chaque acteur exerce une fonction

Hôpital de Cerdagne.

ZOOM SUR...

LES EURORÉGIONS

Une eurorégion est une structure administrative de coopération transfrontalière entre deux ou plusieurs territoires de différents États européens. Le Conseil de l'Europe en identifie plus de 90. L'objectif est de créer un espace intégré à travers des politiques spécifiques d'aménagement du territoire dans divers secteurs : économie locale, réseaux sociaux, activités culturelles, institutions scolaires, réseaux de transport, protection et conservation environnementale. Toutes les eurorégions ne fonctionnent pas correctement et, si les projets sont nombreux, leurs réalisations n'aboutissent pas toujours. L'une des plus abouties est la Grande région. Elle se compose de cinq régions situées dans quatre États :

- le Grand-Duché de Luxembourg ;
- la région de la Lorraine avec les départements de la Moselle, Meurthe-et-Moselle et de la Meuse, pour la France ;
- les Lander de la Sarre et de Rhénanie-Palatinat pour l'Allemagne ;
- la Région wallonne pour la Belgique.

LE PROJET DE LA LGV LYON-TURIN

Le projet de ligne à grande vitesse (LGV) doit permettre de relier la ville de Lyon, en France, à celle de Turin

LA BONNE MÉTHODE

- Après les avoir identifiées, il faut insister sur les compétences des acteurs et montrer leur rôle dans la réalisation de l'hôpital de Cerdagne. Pour cela, il est important de construire un développement qui respecte le changement d'échelle géographique : soit partir de l'échelle plus petite et aller à la plus grande ou inversement. Ici, vous pouvez partir de l'échelle continentale pour arriver à l'échelle régionale et départementale.

au sein de l'établissement de santé. Les acteurs sont des personnes, des collectivités territoriales, des États, des entreprises, des organisations qui agissent sur un espace donné. Il faut distinguer les acteurs privés et les acteurs publics qui ont des intérêts spécifiques. L'étude de l'hôpital de Cerdagne implique différents acteurs qui agissent à différentes échelles géographiques :
– l'Union européenne (échelle continentale) ;
– les États français et espagnol (échelle nationale) ;
– le Département de santé de la Généralité de Catalogne et l'Agence régionale de santé (ARS) du Languedoc-Roussillon (échelle régionale).

2. Des fonctions diverses

Comme l'indique le document, 60 % du projet a été financé par le Fond européen de développement régional (FEDER), qui a pour objectif de corriger les déséquilibres entre les régions de l'Union européenne et de les aider à se développer. Le projet a un coût élevé de 31 millions d'euros ; l'Union européenne joue avant tout une fonction économique et délègue donc un certain nombre de prérogatives à d'autres acteurs.

La Catalogne et l'État français ont pris en charge 40 % des dépenses. La région de la Catalogne a plus de pouvoirs que la région française du Languedoc-Roussillon. Les régions espagnoles ont en effet davantage d'autonomie que les régions françaises en raison du caractère plus fédéral de l'État espagnol. Cependant, des réformes et des lois ont été adoptées en France pour transférer plus de pouvoirs aux collectivités territoriales (régions, départements et communes). Leurs fonctions sont variées : coordonner les services de santé, mettre en place une offre de santé compétente, équiper l'établissement, etc.

Transition : L'hôpital de Cerdagne est un projet européen transfrontalier qui met en jeu de nombreux acteurs à toutes les échelles. Cet établissement de santé répond à des objectifs spécifiques.

II. Un projet transfrontalier qui répond à des enjeux économiques et sociaux

1. Les enjeux du projet

La notion « d'enjeux » renvoie aux objectifs, aux raisons qui ont motivé la création de l'hôpital de Cerdagne. Ces objectifs sont à fois politiques, économiques et sociaux dans ce territoire situé à la frontière franco-espagnole, dans un milieu montagnard isolé. Il s'agit pour les personnes d'accéder à une offre de soins de qualité. Les habitants sont les usagers de l'établissement. Ce territoire étant touristique (stations de ski, dont Font-Romeu), les visiteurs sont également des usagers potentiels.

2. Les objectifs visés par les acteurs

Pour l'Union européenne, le projet permet de :
– renforcer la coopération entre les régions européennes et de réduire les inégalités ;
– renforcer une identité transfrontalière.
Pour les États français et espagnol, il permet de rendre attractifs des territoires isolés et de réduire les coûts.
Pour les régions française et espagnole, il s'agit de :
– garantir une offre de santé de qualité à des usagers vivant dans un territoire isolé ;
– renforcer leurs compétences ;
– affirmer leur autonomie vis-à-vis du pouvoir central, en particulier pour la Catalogne (tensions entre le pouvoir central et la communauté autonome).
L'hôpital de Cerdagne vise donc à encourager les coopérations entre les régions européennes et à garantir de meilleures conditions de vie à ses habitants.

LA BONNE MÉTHODE

- Relever que le projet s'est concrétisé et que les documents sont extraits du site Internet de l'hôpital de Cerdagne. Autrement dit, les informations données sont subjectives et soulignent la réussite de ce projet.

La conclusion

L'hôpital de Cerdagn e est issu d'une coopération entre plusieurs acteurs encouragée par l'Union européenne. Ce projet répond à plusieurs objectifs. Il s'agit de renforcer les échanges entre les régions transfrontalières de l'Union européenne afin de mieux intégrer les territoires comme celui de Cerdagne aux dynamiques européennes. La réussite de ce type de projet inédit est une vitrine pour les dirigeants européens mais aussi les régions de la Catalogne et du Languedoc-Roussillon.

en Italie. La réalisation de la LGV a été décidée il y a plus de trente ans. Le projet est vivement critiqué, aussi bien en France qu'en Italie, à la fois en raison de son coût (environ 16 milliards d'euros), des conséquences environnementales et de la faiblesse du trafic. Le tracé de la future LGV comprend trois sections :
- une portion française prévue entre Lyon et Saint-Jean-de-Maurienne ;
- une section transfrontalière avec la réalisation d'un tunnel de 57 km sous les Alpes ;
- la section italienne avec deux lignes fret et voyageurs entre Orbassano et la gare de Turin, et entre Chiusa San Michele et la future gare internationale de Suse.

Le projet est notamment destiné à désengorger les vallées alpines du trafic des poids lourds en favorisant le report modal de la route vers le rail.

CHIFFRES CLÉS

LES QUATRE PREMIERS PAYS D'ACCUEIL DES TRAVAILLEURS FRONTALIERS FRANÇAIS

- Suisse : 170 300 personnes ;
- Luxembourg : 70 300 personnes ;
- Allemagne : 46 000 personnes ;
- Belgique : 37 800 personnes.

La Collectivité européenne d'Alsace, laboratoire territorial

Le projet de loi, examiné à l'Assemblée depuis lundi, regroupe, au sein de la région Grand-Est, les départements du Bas-Rhin et du Haut-Rhin

L'Assemblée nationale a commencé, lundi 24 juin, l'examen du projet de loi relatif aux compétences de la Collectivité européenne d'Alsace (CEA). Un texte de compromis qui est la traduction de la déclaration commune signée le 29 octobre 2018 à Matignon entre l'Etat, la région Grand-Est et les départements du Bas-Rhin et du Haut-Rhin, visant à restituer une unité institutionnelle au territoire alsacien. Les deux départements regroupés forment la CEA, au sein de la région Grand-Est, et disposent de compétences supplémentaires spécifiques, notamment pour le transfrontalier, le bilinguisme, les axes routiers majeurs et l'attractivité touristique. Une application avant l'heure de la « différenciation territoriale » qu'Emmanuel Macron souhaiterait voir inscrite dans la Constitution.

Comme tout compromis, celui-ci ne satisfait pleinement personne. *« Il y a ceux qui voudraient obtenir tout, tout de suite, sachant que ce n'est pas possible. Ceux qui voudraient que l'Alsace n'ait rien, au nom de l'uniformité de la République. Et ceux qui pensent que le texte est un compromis acceptable, parce qu'il constitue une étape d'un chemin qui pourrait être encore long, pas trop j'espère,* résume le député Olivier Becht (UDI et Indépendants, Haut-Rhin). *Certains auraient souhaité, moi le premier, que ce soit clairement une collectivité à statut particulier. Certains affirment qu'il s'agit d'un département. La réalité est que, juridiquement, il est probable que ce ne sera ni complètement l'un ni complètement l'autre. Nous faisons donc ici de l'innovation politique, pour l'Alsace et pour nous, Alsaciens. Il n'y a pas lieu de bouder notre plaisir. »*

« Une première étape »

L'innovation, donc, reste limitée. Trop aux yeux de Laurent Furst (LR, Bas-Rhin), qui, au nom de son groupe, a défendu une motion de renvoi en commission. *« Certes, avec cette loi, nous venons de loin mais, en définitive, nous n'allons pas très loin »*, regrette le député. Le groupe LR devrait toutefois approuver le projet de loi à l'issue des débats, qui se poursuivaient mardi en séance. Pas très loin, mais déjà trop pour Bastien Lachaud (LFI, Seine-Saint-Denis), qui s'en est pris avec virulence à la ministre de la cohésion des territoires, Jacqueline Gourault, qui avait présenté le projet de loi : *« Vous détruisez la République,* a-t-il tonné. *Vous vous employez à détruire méticuleusement ce dont est faite la République, ses principes et son organisation. »*

La ministre, quant à elle, a tenu à rappeler *« l'équilibre »* du texte issu de la déclaration de Matignon et d'« un processus d'élaboration spécifique ». Elle a cependant exprimé son *« embarras »* vis-à-vis d'un amendement adopté en commission dotant les conseillers de la future collectivité du titre de « conseillers d'Alsace ». *« Je ne doute pas du complet désintéressement de ceux qui en sont à l'origine, bien sûr,* a-t-elle relevé. *Mais je rappelle que la Collectivité européenne d'Alsace résulte de la fusion de deux départements et qu'elle reste, ne vous en déplaise, un département. Je veux que cela soit clair. »* Une mise au point qui montre combien ce projet de loi peut se prêter à diverses interprétations.

Reste le contenu du projet lui-même. La CEA sera compétente pour organiser, sur son territoire, un schéma alsacien de coopération transfrontalière avec l'Allemagne et la Suisse. Elle aura aussi compétence pour renforcer la politique de bilinguisme et pourra recruter des personnels enseignants. Elle se voit accorder la gestion de la promotion de son territoire, de la coordination de la politique touristique et du développement de la marque « Alsace ». Enfin, en matière de transports, elle se voit transférer l'A35 qui traverse son territoire du nord au sud ainsi que toutes les routes nationales non concédées, sur lesquelles elle pourra lever des ressources spécifiques. Le gouvernement sera habilité à prendre par ordonnance les mesures liées à ce transfert.

Pour Brigitte Klinkert, présidente (divers droite) du Haut-Rhin, qui, avec son homologue du Bas-Rhin, Frédéric Bierry (LR), a ardemment milité à l'élaboration de ce compromis, *« ce texte coconstruit avec le gouvernement est une réponse républicaine à la demande de collectivité alsacienne, une première étape ». « Nous préférons avancer pas à pas plutôt que de stagner, au risque d'une montée des extrémismes »*, ajoute-t-elle, se félicitant de *« l'unité forte entre les deux départements, qui ont réussi à convaincre au plan national ». « Nous préfigurons le droit à la différenciation,* conclut-elle. *Nous allons être le laboratoire de l'Europe pour la France. »*

Patrick Roger,
Le Monde daté du 26.06.2019

POURQUOI CES ARTICLES ?

Les territoires transfrontaliers français ont des dynamiques différenciées. L'afflux de migrants clandestins à partir des années 2010 à la frontière franco-italienne entraîne une intensification des contrôles du côté français, dans une zone caractérisée par les dangers de la haute montagne. En réaction, les activités militantes se développent et les incidents se multiplient. Dans la région Grand Est, un projet de fusion des deux départements du Haut-Rhin et du Bas-Rhin en une « Collectivité Européenne d'Alsace » (CEA) est lancé pour 2021. Cette collectivité territoriale située au cœur de la mégalopole européenne disposera de compétences supplémentaires spécifiques lui permettant d'organiser un schéma de coopération transfrontalière avec l'Allemagne et la Suisse. Ce projet de différenciation territoriale, véritable laboratoire à l'échelle européenne, fait toutefois débat. À plus grande échelle, dans le Haut-Rhin, l'arrêt définitif de la centrale de Fessenheim réjouit les militants des deux côtés de la frontière franco-allemande mais entraîne une importante déperdition d'emplois dans un territoire très dépendant économiquement de la centrale nucléaire.

Italie-France : la frontière de tous les dangers

Après leur arrivée sur les côtes italiennes, les migrants rencontrent des difficultés croissantes pour gagner la France. Ils empruntent de nouvelles voies, malgré des contrôles renforcés et des itinéraires périlleux

Rome – *correspondant*

Ce sont des frontières qu'on imagine paisibles depuis toujours. Pourtant la ligne de partage entre la France et l'Italie a été âprement disputée pendant des siècles. En Europe occidentale, c'est l'une des dernières à avoir été dessinées : elle n'a pris sa forme actuelle qu'en 1947, par le rattachement à la France des communes de Tende et La Brigue (Alpes-Maritimes), ainsi que la partie sud de la vallée de la Roya.

A partir de la fin des années 1940, des côtes ligures aux massifs alpins, les divers axes traversant la frontière ont été empruntés par des milliers de migrants économiques venant des régions les plus défavorisées d'Italie du Nord, qui traversaient les Alpes pour apporter en France leur force de travail. Aucune organisation en réseaux, juste une série de parcours individuels ; en période de plein-emploi, les forces de l'ordre n'avaient aucune raison de lutter contre cette migration. Puis le miracle économique italien a amené le flux à se tarir, et ces frontières ont cessé d'exister matériellement à la fin du XXe siècle, à la suite des accords consacrant la libre circulation des personnes – l'Italie est entrée dans l'espace Schengen en 1997, deux ans après la France.

Profond ressentiment

L'arrivée massive des migrants sur les côtes sud de l'Italie, au début des années 2010, a changé la donne. A partir de 2013-2014, la France, de la même manière que l'Autriche, a accentué les contrôles des clandestins, systématiquement reconduits à la frontière. Une attitude renforcée après les attentats de 2015, qui a provoqué, peu à peu, un profond ressentiment des Italiens pour la France, accusée de ne pas vouloir prendre sa part du fardeau de l'accueil des migrants, alors qu'elle a joué un rôle décisif dans la guerre de Libye – un des facteurs de déclenchement des arrivées massives sur les côtes italiennes.

Localement, ces tensions se manifestent par un surcroît d'activités militantes, de part et d'autre de la frontière, et par des incidents sporadiques avec les policiers et gendarmes français. C'est dans ce contexte que des douaniers français sont entrés, le 30 mars, en gare de Bardonecchia (Piémont), dans un local occupé par une association d'aide aux migrants, du côté italien de la frontière, pour effectuer un test urinaire sur un Nigérian soupçonné de trafic de stupéfiants.

L'affaire a provoqué des déclarations indignées côté italien, et a été à l'origine, le 31 mars, d'une convocation de l'ambassadeur de France en Italie, Christian Masset – procédure inhabituelle entre deux Etats cultivant de multiples canaux de communication informels. Quelques jours plus tard, le ministre du budget français, Gérald Darmanin, a dit *« regretter »* l'incident, faisant un peu retomber la tension.

En s'installant, fin avril, sur les monts enneigés du col de l'Echelle (Hautes-Alpes), pour déployer des banderoles hostiles à l'*« invasion »* de l'Europe à l'un des principaux lieux de passage des migrants entre l'Italie et la France, les militants de Génération identitaire ont relancé la tension latente entre les deux pays.

Jérôme Gautheret,
Le Monde daté du 22.05.2018

A Fessenheim, le blues de l'atome

Si ses opposants se réjouissent de la fermeture prochaine de la centrale nucléaire, salariés et élus dénoncent une « catastrophe économique » et un « gâchis humain »

Fessenheim – *envoyé spécial*

Une *« satisfaction partielle »* pour les organisations antinucléaires, un *« grand soulagement »* pour les riverains allemands, une « catastrophe économique » pour les élus locaux et un *« gâchis industriel et humain »* pour le personnel… l'arrêt définitif de la centrale de Fessenheim (Haut-Rhin), la doyenne du parc nucléaire français, en deux temps, samedi 22 février, pour le réacteur n° 1, et le 30 juin, pour le second, marque un tournant dans l'histoire de cette industrie en France.

« Il est trop tôt pour faire la fête, tout risque n'est pas écarté, il faut rester très vigilant », assure Jean-Jacques Rettig, 80 ans, cofondateur, en 1970, du Comité pour la sauvegarde de Fessenheim et de la plaine du Rhin, dont il est toujours le président actif. Ce militant historique savoure cette *« étape très importante »*. *« La centrale ne sera plus active, mais restera radioactive »*, souligne, quant à lui, André Hatz, président de l'association Stop Fessenheim. Même après l'arrêt complet de la production,

« les risques subsisteront jusqu'en 2023, au moins », explique l'homme de 67 ans.

« Endlich ! » (« enfin »), lâche Axel Mayer, 65 ans. Le président régional de la puissante fédération allemande pour la protection de l'environnement et de la nature (BUND) se réjouit de voir disparaître *« une grande menace pour les populations des deux côtés du Rhin »*. Le petit village alsacien se trouve, en effet, à moins de 40 km de Fribourg (Bade-Wurtemberg), le berceau du mouvement écologiste allemand, qui fournissait le gros des troupes lors des manifestations contre l'installation. Le 30 juin sera jour de fête pour M. Mayer, à Fribourg.

Mobilité forcée

« Je vais tout perdre. Ma famille, mes amis, ma copine, qui ne veut pas me suivre à Lyon, et mon poste d'entraîneur dans un club d'athlétisme à Mulhouse », énumère pour sa part Fabrice, qui n'a pas souhaité indiquer son nom. Ce trentenaire fait partie des opérateurs qui se relayeront, samedi, dans la salle de commande pour piloter, *« le cœur serré »*, l'arrêt définitif du réacteur n° 1 de 900 mégawatts (MW), couplé au réseau depuis décembre 1977. Construit dans une zone sismique au bord du grand canal d'Alsace longeant le Rhin, ce site nucléaire, dont la durée d'exploitation avait été fixée à quarante ans, est le plus controversé en Europe, la *« bête noire »* des écologistes allemands, qui dénoncent de *« multiples incidents »*.

Comme la quasi-totalité des 700 agents EDF travaillant ici, Fabrice devra *« se construire une nouvelle vie ailleurs »*, après avoir grandi dans un village proche de la centrale où il a été embauché voilà onze ans. Il s'est porté volontaire pour aller travailler à la centrale du Bugey, dans l'Ain, en service depuis mai 1978, faute de reclassement possible dans la région. La mobilité forcée a provoqué des drames familiaux, effets collatéraux de la fermeture. Contrairement aux agents d'EDF bénéficiant de la garantie d'emploi dans le groupe, les 280 salariés d'entreprises sous-traitantes travaillant en permanence sur place risquent, eux, de se retrouver au chômage.

« Les salariés veulent tourner la page », affirme Alain Besserer, 50 ans, secrétaire FO du comité social et économique (CSE), en poste à Fessenheim depuis 1992. *« Ils ont vécu de longues années avec une épée de Damoclès au-dessus de la tête », rappelle-t-il, entre la « fermeture immédiate »*, promise en 2011 par le candidat François Hollande, mais plusieurs fois reportée après son élection, et la confirmation de la fermeture, en 2017, par le président Emmanuel Macron, devenue finalement effective en 2020. Neuf ans après la promesse électorale, motivée officiellement par l'ancienneté du site, mais *« purement dogmatique »*, selon Alain Besserer.

Le découplage de la fermeture de la centrale du démarrage de l'EPR de Flamanville (Manche) – dont le chantier s'éternise –, annoncé en octobre 2018 par le ministre de la transition écologique et solidaire, François de Rugy, a été *« le coup de grâce »*. *« Dès lors, la fermeture était devenue inéluctable »*, reconnaît M. Besserer. Cadre technique responsable de l'état des installations, il a audité l'ensemble des centrales françaises. *« Fessenheim n'a pas à rougir*, assure-t-il. *Avec les investissements nécessaires, la durée d'activité pouvait être prolongée à cinquante, voire soixante ans, au moins. »*

Evoquant *« un mélange d'incompréhension, de tristesse et de colère »* au sein du personnel, Anne Laszlo, déléguée syndicale CFE-CGC, estime que *« rien ne justifie la fermeture. C'est un gâchis industriel, économique et écologique »*. Depuis 1977, Fessenheim a produit 437 milliards de kilowattheures (kWh), dont 12,3 milliards en 2019, la cinquième meilleure performance de l'histoire du site. *« De l'électricité décarbonée*, souligne-t-elle, *qui ne contribue pas au réchauffement climatique. »*

A l'entrée des lieux, deux banderoles accrochées à la grille résument le point de vue du personnel. L'une proclame : *« La centrale est sûre, qu'elle dure. »* L'autre : *« Produire du courant propre est notre métier. La sûreté est notre devoir. »* Dans 130 jours, à l'arrêt du second réacteur, le 30 juin, elles seront obsolètes.

A la mairie, située à 2 km, Claude Brender, 61 ans, le premier édile (sans étiquette) de la commune de 2 400 habitants ne décolère pas. Après avoir bénéficié pendant quarante-deux ans de la manne du nucléaire, son territoire risque de subir une *« catastrophe économique »*, aggravée par une *« double peine »* : une hémorragie d'habitants, avec toutes les conséquences sur le commerce local et les services, ainsi que la perte de recettes fiscales *« sans projet de compensation concret à court et à moyen terme »*. La création d'un parc d'activités transfrontalier de 200 hectares est encore dans les limbes. *« Nous n'avons pas les atouts pour attirer d'autres industries »*, déplore-t-il.

« Un scandale »

EDF a versé, en 2019, 14 millions d'euros de taxes aux collectivités locales, dans un département où le taux de chômage s'élève à 8,2 %. Ce territoire est très dépendant de la centrale, qui, selon une étude de l'Insee, génère près de 2 000 emplois directs et indirects.

« Le plus urgent, c'est la question fiscale », confie le maire. Alors que sa commune va perdre l'essentiel de ses revenus liés à la centrale, le village et la communauté de communes devront continuer à verser leur contribution de 2,9 millions d'euros par an au FNGIR, le fonds national de péréquation entre agglomérations. Une *« aberration »* et un *« scandale »*, selon M. Brender. *« Nous sommes sacrifiés alors qu'EDF a obtenu une compensation de 400 millions d'euros pour la fermeture anticipée. »*

Cet accord révèle que l'électricien prévoyait de maintenir Fessenheim en activité pour plus de vingt ans. A l'issue de la troisième visite décennale, l'Autorité de sûreté nucléaire avait prolongé l'autorisation d'exploitation des deux réacteurs, respectivement jusqu'en 2021 et 2023. *« La meilleure reconversion aurait été de construire deux réacteurs de la nouvelle génération à l'emplacement prévu ici »*, lâche le maire.

« Laissez-nous tranquilles ! » En ville, les gens sont excédés par le déferlement médiatique. Un seul habitant, Gabriel Weisser, 53 ans, conseiller pédagogique principal au lycée technique de Guebwiller, s'affiche, ouvertement et publiquement, comme *« un riverain inquiet »*. Candidat aux dernières législatives, avec le soutien de La France insoumise, il avait recueilli près de 10 % des suffrages à Fessenheim. Il continuera, jusqu'à la fermeture complète, de procéder à des relevés de radioactivité près de la centrale avec son compteur Geiger, comme il le fait régulièrement depuis la catastrophe de Fukushima. *« Après, je dormirai plus tranquillement »*, sourit-il.

Les organisations environnementales françaises et allemandes tiendront une conférence de presse le 22 février à Colmar pour *« exprimer dans la sobriété »* leur satisfaction et appeler à *« une grande vigilance pour l'avenir »*. Elles n'iront plus manifester sur place, pour éviter toute provocation du personnel. Seule l'association Fessenheim notre énergie, présidée par Claude Brender et regroupant des partisans du nucléaire de toute la France, viendra manifester son opposition à la fermeture. Le maire, lui, ne veut pas tourner la page.

Adrien Dentz,
Le Monde daté du 21.02.2020

LA FRANCE ET SES RÉGIONS DANS L'UNION EUROPÉENNE ET DANS LA MONDIALISATION : LIGNES DE FORCE ET RECOMPOSITIONS

Les lignes de force du territoire français

Un territoire est avant tout un espace que s'approprie une société. Il importe donc de comprendre en quoi l'espace français a été aménagé et mis en forme par une succession de politiques publiques, mais également par les effets des systèmes économiques. La géographie analyse l'évolution des territoires, dont les héritages sont parfois lourds. J.-F. Gravier en 1947 montre le contraste entre Paris et le « désert » français : il met en exergue la prépondérance parisienne dans les réseaux et son poids démographique. Après plus d'un demi-siècle d'action de l'État, comment les lignes de force du territoire français se dessinent-elles aujourd'hui ?

Les dynamiques de la population française

La macrocéphalie urbaine constatée par J.-F. Gravier ne se dément pas : l'Île-de-France avec 2,2 % du territoire concentre 19 % de la population nationale ! En élargissant aux six régions les plus peuplées, 49 % de la population occupe 22 % du territoire. Ces chiffres illustrent **les disparités régionales majeures du territoire français pour la répartition de la population**.

À l'échelle des communes, la disparité est tout aussi grande. Les chiffres de la densité révèlent que les extrêmes se situent en Lozère, avec moins de 15 habitants au km² et, si l'on excepte les départements franciliens, à Mayotte, avec 630 habitants au km². Les espaces littoraux français, en particulier dans le Sud et dans l'Ouest, sont particulièrement dynamiques, en opposition aux régions de l'industrialisation ancienne, qui peuvent connaître une déprise assez forte comme aux confins de la Haute-Marne et de la Meuse.

Paysage urbain au sud de Paris.

La « **métropolisation** » désigne cette concentration cumulative des populations et des activités économiques supérieures dans les plus grandes villes. Formant des aires urbaines dont les marges périurbanisées dépendent des centres urbains, Paris, Lyon, Toulouse, Bordeaux, Rennes, Nantes et Montpellier sont les villes les plus dynamiques.

La population qui déménage – en moyenne 2 % des foyers d'habitation par an – permet d'identifier des régions et des villes de départ et d'accueil. Ainsi, les villes du Massif central ont régulièrement des **soldes migratoires annuels négatifs** tandis que le Midi continue d'accueillir une population toujours plus nombreuse. Le Sud est en effet une destination de choix pour une population de retraités souhaitant bénéficier du cadre de vie, mais aussi pour de jeunes actifs profitant du dynamisme urbain. Dans les territoires ruraux, la métropolisation se traduit souvent par une limitation de l'accessibilité des services (fermetures de classes, éloignement du système de santé). Ainsi se dessine en contrepoint des grands centres urbains une « diagonale du vide » du nord-est de la France au sud-ouest du Massif central.

La structuration du territoire

De grands axes forment les lignes qui irriguent le territoire français. Ils peuvent être routiers, avec un réseau autoroutier dense, mais aussi fluviaux, notamment sur le Rhône au sud de Lyon. À ces axes s'ajoutent des lignes ferroviaires à grande vitesse, des lignes à très haute tension et des oléoducs qui forment un nœud stratégique français. Ces axes se combinent pour former des couloirs de circulations majeurs à l'échelle européenne.

ZOOM SUR...

RENDRE SA RÉGION ATTRACTIVE : L'EXEMPLE DE LA BRETAGNE

Dans le cadre de la compétitivité des territoires, les institutions régionales tendent à développer des politiques d'attractivité de leurs territoires, sans pour autant disposer toutes des mêmes avantages comparatifs. En 2019, la région Bretagne a mené une campagne publicitaire intensive vantant les atouts de son territoire à destination de l'Île-de-France intitulée « Bretagne. Passez à l'Ouest ». Cette région fait partie de celles dont le solde migratoire est positif, et près de 3 500 Franciliens choisissent chaque année de s'y installer, dont plus de la moitié dans une commune littorale. La qualité de vie y est promue, tout comme les atouts touristiques et culturels.

Les acteurs de la région s'organisent pour peser dans le cadre national. Depuis 1950, le rôle du CELIB (Comité d'études et de liaison des intérêts bretons) est ainsi d'influencer les décisions politiques nationales pour parvenir à développer la région. Ce comité a eu un rôle majeur dans l'aménagement des voies rapides gratuites caractéristiques de la région. Ce lobbying joue encore aujourd'hui à plein, comme l'ont démontré les enquêtes d'Inès Leraud sur la gestion de la crise des algues vertes s'amoncelant sur certaines plages touristiques. La structuration de l'industrie agroalimentaire et la distribution sont aussi des points forts de l'économie régionale à l'international, avec de grands groupes internationaux comme E. Leclerc.

À l'échelle nationale, le réseau se dessine en étoile autour de Paris, soulignant encore une fois l'hypercentralisation du pays, en dépit de quelques tentatives pour la contrecarrer. Ainsi, l'A89, « autoroute des Présidents » (ainsi nommée car elle traverse les villes d'anciens chefs de l'État), reliant Lyon à Bordeaux, est l'une des rares transversales du territoire français.

Ouvert sur l'espace maritime mondial au nord par Le Havre et au sud par Fos-sur-Mer, Paris-Lyon-Marseille s'avère l'axe principal qui structure le territoire. Cette structuration est également dirigée à l'international, en particulier vers les partenaires européens. Les corridors transeuropéens sont l'expression de cette ouverture, dont l'image la plus fameuse est peut-être l'Eurotunnel.

La diversité des territoires

Il existe **une diversité des territoires français**. Les citoyens fréquentent en effet d'abord un territoire du quotidien qu'ils façonnent par leurs pratiques. Ainsi, les modes de vie des « néoruraux », d'origine urbaine, installés dans des zones identifiées comme rurales, modifient les espaces où ils habitent.

Des spécificités économiques locales permettent également de dynamiser des villes de taille moyenne, comme la construction navale à Saint-Nazaire ou le jouet dans le Jura. Mais ces territoires sont alors dépendants de l'activité qui irrigue l'économie locale. Ainsi, la crise sanitaire et économique liée à la Covid-19 en 2020 fait peser de lourdes craintes pour la région de Toulouse dont l'économie est largement tributaire du complexe aéronautique.

Une intégration inégale dans la mondialisation

Les régions frontalières françaises sont sans nul doute, avec Paris, les régions les plus dynamiques dans les échanges quotidiens à l'international. Par des mobilités humaines, mais aussi des circulations économiques et financières, elles sont le fer de lance de l'intégration européenne. C'est en effet par l'Europe que la France s'ouvre au monde, grâce à la mise en place d'un marché commun de plus en plus intégré. Ainsi, plus de 60 % des investissements directs étrangers (IDE) en France viennent de l'UE.

Roissy–Charles-de-Gaulle est une autre plaque tournante, notamment parce que l'aéroport est une porte d'entrée touristique. Les axes du tourisme ont structuré une part de l'inconscient collectif français et sont parfois mythifiés comme la nationale 7, « route des vacances », qui est périodiquement utilisée lors des grands chassés-croisés des congés. Ceux-ci se déroulent également depuis longtemps sur les autoroutes contiguës, largement empruntées par les touristes du nord de l'Europe à la recherche du soleil français ou espagnol.

Village d'Auvergne.

L'un des critères majeurs de la métropolisation est **l'accessibilité par TGV**, qui établit de petits archipels métropolitains nationaux. L'éloignement de la gare est en effet un critère discriminant pour l'accès aux échanges européens. Le Massif central, par exemple, se trouve souvent à plus d'une heure de route de la première gare TGV, tout comme une grande partie des départements normands.

Enfin, **les marges ultramarines**, disposant pourtant d'une proximité géographique avec des espaces très diversifiés, se caractérisent par la relation de quasi-dépendance qu'elles entretiennent avec la métropole, avec plus de 50 % de leurs importations qui en proviennent et 70 % de leurs exportations dans sa direction. Leur intégration nationale semble donc avoir lieu aux dépens de leur intégration internationale.

TROIS ARTICLES DU *MONDE* À CONSULTER

- **Champagne à Paris, thé à Shanghaï p. 82**
Philippe Escande, *Le Monde* daté du 06.11.2019
- **Objectifs de développement durable : la France doit accélérer p. 82-83**
(Rémi Barroux, *Le Monde* daté du 19.07.2018)
- **Coup d'envoi au fonds pour l'innovation de rupture p. 83**
(Sandrine Cassini, Philippe Jacqué et Audrey Tonnelier, *Le Monde* daté du 17.01.2018)

ZOOM SUR…

PARIS, CAPITALE ET VILLE MONDIALE ?

À la tête de l'armature urbaine française, Paris a été identifié par Saskia Sassen comme une ville mondiale sur le plan économique aux côtés de New York, Londres et Tokyo. Mais la ville se caractérise également par sa centralité politique, dont l'architecture garde trace : palais de l'Élysée, Palais-Bourbon et palais du Luxembourg sont les ors de la République. Les ambassades se côtoient au centre de la ville, tandis que les institutions culturelles majeures y rayonnent (Comédie française, Louvre, Centre Pompidou). Quelques kilomètres carrés urbains regroupent donc les plus hauts niveaux des hiérarchies économiques, sociales et culturelles du pays. L'université n'y échappe pas : si plusieurs tentatives de décentralisation des grandes écoles ont existé, peu ont été menées à bien, si ce n'est celle de l'École nationale d'administration (ENA). La Sorbonne ou Sciences-Po demeurent des grands noms attachés à la rive gauche parisienne.

Des pôles de compétitivité se sont également développés autour des lieux de rupture de charges (transferts d'un véhicule à un autre) du transport international, en particulier les aéroports. Ainsi, les zones industrielles et commerciales autour de Roissy-Charles-de-Gaulle regroupent près de 10 % de l'activité économique. Enfin, Paris, « Ville Lumière », est un symbole du tourisme international, s'intégrant souvent dans un parcours pour les touristes extra-européens, comprenant les grandes métropoles, mais aussi un ou deux monuments comme Le Mont-Saint-Michel.

Production graphique

Consigne : À partir des deux documents, vous compléterez le schéma graphique sur « Les lignes de force et recompositions de la région Île-de-France » et vous l'accompagnerez d'une légende organisée.

LA BONNE MÉTHODE

- Respecter la logique cartographique dans les choix de figurés. La dimension des symboles ou l'intensité des couleurs doit être proportionnelle à l'importance du phénomène étudié. Ici, privilégier un dégradé de couleur pour représenter graphiquement l'organisation en mosaïque concentrique de la région Île-de-France, en fonction d'un gradient de centralité (Paris/agglomération parisienne/périphéries peu peuplées).
- Il ne doit rester aucun espace blanc dans la représentation du territoire étudié, et les figurés doivent se compléter sans se faire concurrence. Par exemple, un figuré de surface ne peut pas être utilisé pour représenter à la fois le Grand Paris et l'agglomération parisienne !

Document 1

Lignes de forces et recompositions de la région Île-de-France

La région Île-de-France, même si elle ne représente que 2,8 % du territoire national, domine le territoire français et est très dynamique à plusieurs niveaux. D'abord, la région est caractérisée par la polarisation parisienne : capitale française et métropole de rang mondial, Paris est le centre de la région et son pôle structurant. Elle exerce à l'échelle nationale, européenne et mondiale un pouvoir économique, politique, culturel et une attraction touristique de grande ampleur. L'agglomération parisienne déborde largement les limites de Paris intra-muros pour s'étendre sur plusieurs départements : tous ceux de la petite couronne (Hauts-de-Seine, Seine–Saint-Denis et Val-de-Marne) ainsi qu'une partie de ceux de la grande couronne (Yvelines, de l'Essonne, Val-d'Oise) sont urbanisés et densément peuplés. L'urbanisation de l'Île-de-France s'organise ainsi à la manière d'une mosaïque concentrique autour de Paris : la région regroupe un cinquième de la population française. Cela dit, les espaces qui composent l'Île-de-France sont divers, et sont pour moitié des espaces agricoles faiblement peuplés, où se pratique majoritairement la céréaliculture intensive.

La région est très attractive tant à l'échelle nationale qu'européenne ou mondiale. D'abord, elle se situe au carrefour des échanges européens et nationaux grâce à ses infrastructures de premier plan. La Seine est l'axe fluvial qui structure historiquement la région, en la connectant aux ports de Rouen et du Havre. Le réseau de transport terrestre s'organise en étoile autour de Paris et connecte la capitale aux grandes métropoles françaises (Le Havre, Lille, Strasbourg, Lyon, Bordeaux). Enfin, le hub aérien de Paris est le premier d'Europe continentale, avec les deux aéroports internationaux de Roissy–Charles-de-Gaulle (à l'est de Sarcelles dans le Val-d'Oise) et d'Orly (au sud-ouest de Créteil, dans le Val-de-Marne). Cette accessibilité à toutes les échelles, associée à la forte concentration d'hommes et d'activités dans l'agglomération, explique l'attractivité de la région qui est la première de France pour la richesse produite. Son PIB représente près de 31 % du PIB national, avec principalement des activités du secteur tertiaire (services, recherche et développement, banque, assurances, etc.). Plusieurs sièges de grandes entreprises s'y trouvent, notamment dans le quartier d'affaires de la Défense (Nanterre, Hauts-de-Seine) qui est parmi les plus attractifs du monde. Premier bassin d'emploi européen, la région polarise les mobilités à toutes les échelles : des mobilités pendulaires depuis d'autres régions françaises, mais aussi des mobilités nationales et internationales pour les études (premier pôle universitaire de France), les affaires ou le tourisme (première région touristique au monde).

Pour toutes ces raisons, les enjeux de l'aménagement du territoire francilien sont particulièrement importants. Les dynamiques d'organisation de l'espace profitant aux espaces centraux, l'enjeu est d'abord d'équilibrer le territoire : dès les années 1960, l'État a créé des villes nouvelles afin de maîtriser l'étalement urbain et de développer des pôles éloignés du centre de l'agglomération. Celles de Cergy-Pontoise, Saint-Quentin-en-Yvelines (à l'ouest de Versailles), Évry, Sénart (à l'est d'Évry) et Marne-la-Vallée (à l'ouest de Torcy) luttent désormais pour rester attractives face à la macrocéphalie parisienne. De manière

Document 2

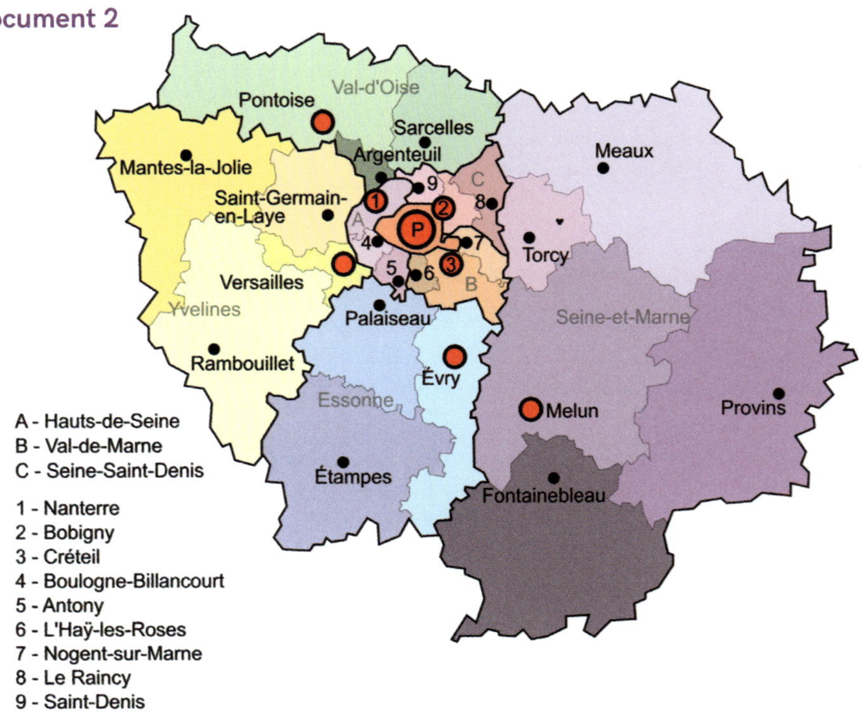

générale, il s'agit de renforcer les pôles secondaires, comme Rambouillet, Étampes, Meaux, Fontainebleau ou Provins. Par ailleurs, pour réduire les inégalités socio-spatiales et développer la cohésion du territoire, le projet du « Grand Paris », à l'horizon 2030, prévoit de prolonger les lignes de transport dans le but de favoriser les mobilités de banlieue à banlieue, et ainsi d'intégrer davantage la petite couronne au dynamisme de la centralité parisienne. Dans le contexte de la mondialisation, l'objectif est également de rendre la région toujours plus attractive en augmentant les équipements et en renforçant les pôles économiques régionaux. L'État encourage ainsi les territoires de l'innovation, qui réunissent des activités de recherche et des acteurs économiques. Il en existe plusieurs en Île-de-France : les principaux sites d'excellence sont situés à Paris, mais aussi à Saclay (au nord de Versailles), Évry, Cergy-Pontoise ou encore Marne-la-Vallée. L'aménagement de la région doit être en accord avec les objectifs environnementaux : des mesures sont prévues dans ce but comme la préservation des PNR (parcs naturels régionaux) du Vexin français (Val-d'Oise, Yvelines), Oise-Pays de France (Val-d'Oise), de la Haute Vallée de Chevreuse (Yvelines, Essonne) et du Gâtinais français (Essonne, Seine-et-Marne).

Lignes de force et recompositions de la région Île-de-France

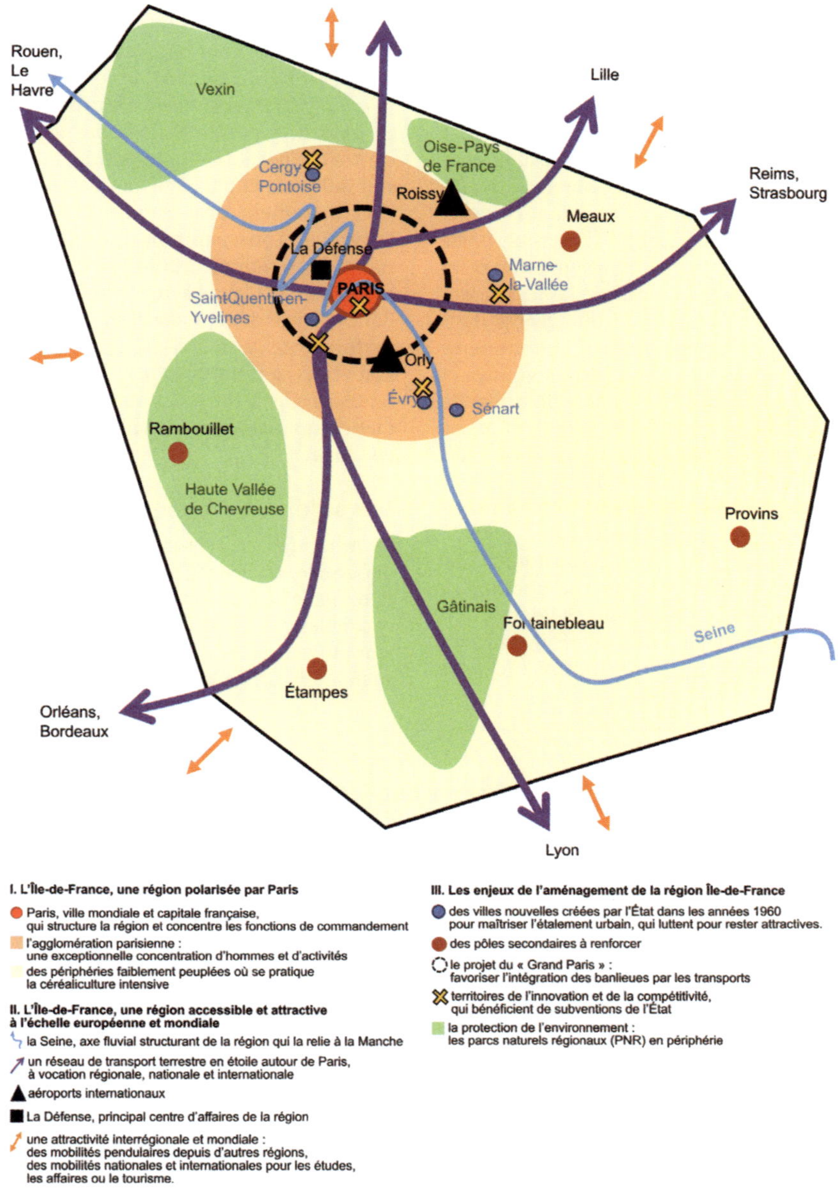

L'analyse de la consigne

La production graphique n'est pas obligatoirement un croquis, mais peut aussi être un schéma graphique (représentation cartographique simplifiée, sans échelle, qui montre les principales caractéristiques de l'organisation d'un territoire). La méthodologie à suivre est la même que pour le croquis.

CHIFFRES CLÉS

LA RÉGION ÎLE-DE-FRANCE

- 2,8 % du territoire national.
- 8 départements et 1 276 communes.
- 12,3 millions d'habitants (dont 2,1 millions à Paris), soit 18 % de la population française métropolitaine et 999 habitants/km².
- Hors Paris, 4 villes de plus de 100 000 habitants : Boulogne-Billancourt, Saint-Denis, Argenteuil, Montreuil.
- 21 % d'espace urbain, 28 % d'espaces boisés, 51 % d'espaces agricoles.
- 1er bassin d'emplois en France (23 % des emplois).
- 180 000 salariés dans le quartier d'affaires de la Défense.
- 34 % des cadres français.
- 1 emploi francilien sur 6 dépend d'un groupe étranger.
- PIB de 669 milliards d'euros, soit 31 % du PIB français et près de 4,6 % du PIB de l'Union européenne.
- 18 % des exportations françaises et 26 % des importations françaises.
- 8 pôles de compétitivité.
- 56 % du trafic aérien de passagers s'effectue dans les aéroports de Paris (108 millions de passagers).
- Paris-Le Bourget, 1er aérodrome d'affaires d'Europe.
- L'Île-de-France est la 2e plate-forme fluviale d'Europe, avec 70 ports et 6 plates-formes multimodales réparties le long des 500 km de voies navigables.
- 41 millions de déplacements par jour en Île-de-France, dont 70 % ne concernent pas Paris.
- 1re région touristique mondiale.
- 1er rang européen pour le nombre de salons accueillis, le nombre d'exposants et le nombre de visiteurs.
- 173 musées, 219 théâtres, 150 salles de spectacle à Paris.
- 27 % des effectifs universitaires nationaux.
- Budget 2020 voté par la région Île-de-France : 5 milliards d'euros, destinés en priorité à l'investissement dans les domaines de l'écologie et de la solidarité.
- Paris, ville-hôte des futurs jeux Olympiques d'été 2024.

Champagne à Paris, thé à Shanghaï

Ambiance Halloween sur les Bourses mondiales. En ce début novembre, où le ciel s'assombrit et le futur inquiète, pourquoi ne pas faire la fête pour se moquer de la mort et rire des sorcières ? L'orage économique, social et politique gronde, raison de plus pour savourer les bonnes nouvelles. Il a suffi de quelques mots et d'une promesse de rencontre au sommet entre la Chine et les Etats-Unis pour enflammer les marchés. A Paris, les oracles de la finance ont également lu des signes encourageants dans les derniers propos du secrétaire au commerce américain sur les relations entre son pays et l'Europe, notamment en matière de droits de douane sur les automobiles. Et l'indice CAC 40 s'est envolé vendredi 1er novembre vers des sommets inexplorés depuis plus de douze ans.

Impermanence des choses... et des investisseurs. Un bon thème de réflexion pour le président chinois, Xi Jinping, et son homologue français, Emmanuel Macron, qui sirotent ce mardi 5 novembre au soir un thé dans l'ambiance paisible du jardin Yu au cœur du vieux Shanghaï. Une nature en miniature où tout n'est qu'harmonie. Le contraire du tumulte au dehors.

Et, parmi les sujets de discussion, ils pourraient s'interroger sur le mystère français. Dans ce pays à la pointe du combat idéologique contre les inégalités et pourfendeur des riches, son industrie la plus dynamique prospère sur l'accroissement des grandes fortunes dans le monde. Son champion incontesté, LVMH, numéro un mondial du luxe, vient de passer, ce vendredi, la barre symbolique des 200 milliards d'euros de capitalisation boursière. Cette performance se nourrit de ses ambitions aux Etats-Unis, son premier marché, où le groupe tente d'avaler Tiffany, le premier joaillier mondial, mais aussi bien sûr en Asie et, notamment, en Chine.

Les sujets qui fâchent

En Amérique, ce sont les stars de la technologie, Apple, Microsoft, Google ou Amazon qui tiennent le haut du pavé à Wall Street. En France ce sont les géants du luxe qui écrasent la cote de leur puissance. Derrière LVMH apparaît L'Oréal, à 146 milliards, qui devance lui aussi le pétrolier Total (129 milliards). Tandis que pas loin, juste derrière Sanofi et Airbus, pointent Hermès (68 milliards) et Kering (66 milliards). Si l'on y ajoute les 43 milliards d'euros de Pernod Ricard, cette catégorie représente désormais à elle seule près du tiers de la capitalisation du CAC 40.

Champagne à Paris, thé à Shanghaï, ces breuvages divins ne suffiront pas à éviter les sujets qui fâchent. Car les diamants brillants de la Ville Lumière ne parviennent pas à masquer le retard français en Chine et les inquiétudes européennes. Fragilisée par l'agressivité américaine, l'économie chinoise, dont la balance commerciale est de moins en moins excédentaire, reporte ses efforts vers une Europe partagée entre le souci de durcir sa politique commerciale pour protéger son tissu industriel et celui de ne pas freiner l'élan de ses champions sur le premier marché du monde. Car les éclats de LVMH nous rappellent que le premier exportateur mondial n'est pas la Chine, mais l'Europe.

Philippe Escande,
Le Monde daté du 06.11.2019

Objectifs de développement durable : la France doit accélérer

Eau, biodiversité, déchets, énergies fossiles... le gouvernement doit revoir ses politiques publiques pour atteindre les cibles des Nations unies

En dévoilant à New York, mardi 17 juillet, à l'occasion du Forum politique de haut niveau des Nations unies consacré aux Objectifs de développement durable (ODD), un film tourné avec le bateau *Energy-Observer*, la délégation française a donné un exemple concret de l'engagement hexagonal en la matière.

Energy-Observer, premier navire à hydrogène autonome en énergie sans émission de gaz à effet de serre ni particules fines, fonctionnant grâce à un mix d'énergies renouvelables et un système de production d'hydrogène décarbonée à partir de l'eau de mer, a quitté Venise le 16 juillet pour rejoindre la France, puis les îles Baléares, après avoir déjà fait escale en Albanie, au Monténégro et en Croatie. Il accomplit une « Odyssée pour le futur » de six ans (2017-2022), 50 pays, 101 escales, menée par Victorien Erussard, fondateur, capitaine et premier ambassadeur français des ODD.

L'escale de Venise est un parfait exemple des défis environnementaux qui menacent la planète, et la cité des Doges en particulier, visitée chaque année par trente millions de touristes : montée du niveau des mers, changement climatique, disparition de la biodiversité marine, pollution maritime intense, fragilisation de la ville.

Adoptés en septembre 2015 par 193 pays lors de l'Assemblée générale des Nations unies, et entrés en vigueur en janvier 2016, les dix-sept Objectifs de développement durable, ou Agenda 2030 – qui s'accompagnent de 169 cibles précises –, font suite aux huit Objectifs du millénaire pour le développement qui couvraient la période 2000-2015. Plus nombreux, les ODD s'attachent aussi à éradiquer la pauvreté, la faim, à garantir une éducation pour tous, l'égalité entre les sexes, à offrir santé et bien-être. La question d'un développement soucieux de l'environnement et de la lutte contre le réchauffement climatique est centrale.

Progrès enregistrés

Chaque pays en fait une déclinaison nationale et doit élaborer son agenda. La France, qui en est à son troisième « point d'étape », doit boucler sa stratégie pour les ODD à l'été 2019. Elle devrait être dévoilée par le chef de l'Etat lui-même, alors même que la France présidera le G7.

Dans le point d'étape présenté à New York, la délégation française, forte d'une cinquantaine de personnes dont des parlementaires, des représentants des collectivités locales, du secteur privé ou associatif, a fait l'évaluation des six ODD autour de la question climatique ciblés cette année. Au niveau mondial, si des progrès ont été enregistrés – comme le fait qu'un milliard de personnes sont sorties de la pauvreté ou que la mortalité maternelle a baissé de 45 % –, nombre d'objectifs pourraient ne pas être atteints en 2030. La France risque également d'être en difficulté.

Sur l'objectif n° 6, « Eau propre et assainissement », la feuille de route évoque des situations « *critiques* » : 47 % des habitants de Mayotte n'ont pas accès à l'eau potable et seulement « *50 % des masses d'eau en France ont atteint le bon état écologique en 2016* ». Sur la cible n° 7, « Energie propre et d'un coût abordable », le document souligne l'ampleur de la précarité énergétique ou encore le poids du pétrole dans la consommation d'énergie.

S'agissant des « *consommations et productions responsables* » (ODD n° 12), la France a des progrès à faire en matière d'économie circulaire, de recyclage des déchets ou de lutte contre le gaspillage. Ce point d'étape met aussi en avant *« une trajectoire incertaine pour certaines cibles de l'ODD n° 15* [vie terrestre] *malgré une ambition élevée »*. Ainsi, *« l'artificialisation des sols en France exerce encore une pression majeure sur la biodiversité »*.

Pour corriger sa trajectoire, la France veut faire converger les différentes lois et programmes vers la réalisation de ses objectifs : plan climat, biodiversité, programmation pluriannuelle de l'énergie, mobilité, et surtout fiscalité. *« Nous sommes en train de sortir d'une vision par silo, tous les objectifs sont connectés les uns aux autres. Les différentes administrations discutent entre elles et avec la société civile, et les politiques publiques doivent maintenant contribuer à la réalisation des ODD »*, explique Laurence Monnoyer-Smith, la commissaire générale au développement durable.

Rémi Barroux,
Le Monde daté du 19.07.2018

Coup d'envoi au fonds pour l'innovation de rupture

L'outil, doté au départ de 10 milliards d'euros, sera financé par les produits de cessions d'actifs et de privatisation

Emmanuel Macron l'avait promis, le fonds pour l'innovation de rupture va bien voir le jour. Après six mois de préparation, Bruno Le Maire, le ministre de l'économie et des finances, a annoncé, lundi 15 janvier, lors de ses vœux à la presse à Bercy, les contours de ce nouvel outil censé financer les innovations que lancera officiellement, courant février, le président de la République.

« On ne va pas laisser les futurs SpaceX ou les producteurs de véhicules autonomes nous passer sous le nez. Il faut que nous puissions investir davantage dans les innovations de rupture, qui ne sont pas immédiatement rentables pour les entreprises », a insisté M. Le Maire.

« Repenser le système »

Lundi, a ajouté le ministre, *« j'ai signé le transfert de 1,6 milliard d'euros issu des cessions d'actifs dans Engie et Renault dans ce fonds. J'ai également mis à disposition de celui-ci 8,4 milliards d'euros de titres EDF et Thales, qui restent propriété de l'Etat. Au total, ces 10 milliards d'euros constituent la dotation initiale du fonds. A terme, cette dotation reposera exclusivement sur les cessions d'actifs et sur des produits de privatisation. »*

Dans le détail, l'Agence des participations de l'Etat (APE) a transféré du Compte d'affectation spéciale (CAS) 1,6 milliard sur les 3 milliards d'euros obtenus de la cession récente d'actions Renault et Engie vers le fonds hébergé par Bpifrance, sa filiale à 50 %. L'APE va également placer sous la responsabilité du nouveau fonds 13,30 % du capital d'EDF et 25,76 % du capital de Thales. L'Autorité des marchés financiers (AMF) doit encore donner son feu vert à l'opération. A terme, les intérêts liés à l'argent placé et les dividendes attachés à ces actions serviront au financement de l'innovation. Au fur et à mesure des cessions d'actifs et des privatisations, l'Etat y affectera les produits de cessions et reprendra, donc, les actions d'EDF et de Thales. Les privatisations les plus probables aujourd'hui sont ADP (anciennement Aéroports de Paris), certains aéroports de province, la Française des jeux, mais aussi Engie. *« Pour que les privatisations puissent commencer, elles doivent figurer dans la loi »*, rappelle-t-on à Bercy. La loi Pacte sur les entreprises, présentée au printemps, sera donc le véhicule législatif idoine.

Le fonds devrait produire chaque année 200 millions à 300 millions d'euros de recettes. Elles viendront s'ajouter aux 140 millions d'euros annuels dont dispose Bpifrance pour financer l'écosystème du numérique.

Comment cette nouvelle manne sera-t-elle utilisée ? Bercy s'est borné à indiquer que les *« revenus ainsi générés sont destinés à soutenir le développement d'innovations de rupture et leur industrialisation en France »*. Quatre experts – le président du pôle de compétitivité Cap Digital et fondateur de la société de conseil FaberNovel, Stéphane Distinguin, l'inspecteur général des finances Julien Dubertret, le chercheur Jacques Lewiner et le directeur scientifique de Plastic Omniumet ancien directeur général de la recherche et de l'innovation du gouvernement, Ronan Stephan – ont été chargés, le 19 octobre 2017, par M. Le Maire d'une mission sur les aides à l'innovation. *« L'enjeu n'est pas de créer un nouveau satellite, mais de repenser le système et de revoir les interfaces entre les dispositifs »*, explique M. Distinguin. *« Il faut aider au transfert de l'innovation de la recherche vers le privé »*, complète-t-il. Le rapport des experts sera rendu en février.

Il y a urgence. La kyrielle d'aides à l'innovation – elles sont passées de 30 à 60 entre 2000 et 2015, indique la lettre de mission consultée par *Le Monde* – n'a jamais permis à la France de tirer son épingle du jeu dans la compétition internationale. En 2015, en incluant le crédit d'impôt recherche, cette niche fiscale qui offre un rabais sur le coût des ingénieurs et chercheurs, l'ensemble des dispositifs a coûté 10 milliards d'euros aux finances publiques, selon France Stratégie. *« La dépense de recherche et développement* [R&D] *de la France reste en retrait : 2,2 % du PIB, en deçà de l'objectif européen de 3 %, contre 2,9 % en Allemagne et 2,8 % aux Etats-Unis »*, indique aussi la lettre de mission, qui pointe le déclin de l'industrie manufacturière bien qu'elle concentre la moitié des dépenses de R&D.

Pourquoi un tel échec ? *« Le dispositif d'ensemble est catastrophique, car globalement hérité d'une économie fordiste qui n'a plus cours »*, se désole Nicolas Colin, ancien inspecteur des finances, qui a monté la structure d'investissement The Family. L'efficacité du nouveau fonds de M. Le Maire se fera donc au prix d'un changement de paradigme profond de la politique d'aide à l'innovation.

Sandrine Cassini, Philippe Jacqué, et Audrey Tonnelier, *Le Monde* daté du 17.01.2018

POURQUOI CES ARTICLES ?

L'intégration du territoire français dans la mondialisation est caractérisée par des lignes de force et des faiblesses. Parmi ses grands atouts, l'industrie du luxe porte l'économie française, comme le révèle le premier article : en effet, le groupe d'entreprises LVMH se positionne comme leader mondial du secteur. Le marché français du luxe s'exporte aux États-Unis, mais aussi en Asie et notamment en Chine, où le retard français se fait sentir. Créé en 2018 et doté de 10 milliards d'euros, le fond pour l'innovation de rupture est un fond national d'aide à l'innovation, financé par les cessions d'actifs et les privatisations. À travers cet outil, l'État cherche à encourager les innovations technologiques dans des secteurs d'avenir (intelligence artificielle, cyber-sécurité, mobilité, etc.) et à renforcer l'attractivité du territoire français pour les start-ups et les entreprises. Enfin, la France fait partie des 193 pays ayant adopté l'Agenda 2030 du développement durable, qui pose comme enjeu central un développement soucieux de l'environnement et de la lutte contre le réchauffement climatique. Cela dit, elle est en difficulté quant à certains des objectifs formulés et doit revoir ses politiques publiques pour y parvenir.

Des recompositions territoriales à toutes les échelles, entre attractivité, concurrence et inégalités

Gare de Lyon à Paris.

Il est impossible d'appréhender le territoire français comme un bloc figé, surtout dans un contexte de mondialisation qui suppose une interdépendance croissante des territoires. C'est à toutes les échelles que les phénomènes de mondialisation, d'intégration communautaire et de métropolisation font sentir leurs conséquences. La géographie n'est pas une science définitive, mais s'attache à l'étude de ces évolutions.

La modification du tissu urbain

La concentration accrue des activités supérieures dans les métropoles tend à **modifier en profondeur le tissu urbain**, la morphologie de la ville, mais aussi les relations sociales qui la composent.

L'une des grandes thématiques actuelles de la géographie est l'étude de la **gentrification** des métropoles, c'est-à-dire du départ des classes sociales populaires des centres-villes et dorénavant des banlieues proches, laissant place à des catégories plus aisées. Cette gentrification se déroule en plusieurs étapes, avec des populations développant des « fronts pionniers », notamment à partir des étudiants qui, attirés par un coût plus faible du logement, s'installent dans un quartier populaire. Développant des activités culturelles et des lieux de sociabilité nouveaux (associations, bars, restaurants, etc.), le quartier attire alors une population de plus en plus aisée. L'action des promoteurs immobiliers fait le reste, en multipliant les opérations immobilières faisant grimper les prix. Mécaniquement, les couches populaires du quartier se trouvent évincées à cause de l'élévation des loyers.

La ville française est donc aujourd'hui un lieu d'inégalités sociales majeures et de lutte pour l'espace entre les catégories sociales. Celles-ci connaissent aussi une **tendance au repli sur soi**, comme a pu le démontrer É. Charmes qui décrit une « clubbisation » de la ville, dans les centres, les banlieues ou le périurbain, avec la constitution de quartiers ou de communes socialement uniformes.

Les stratégies de marketing urbain

Dans le cadre de la mise en concurrence des métropoles pour attirer les entreprises les plus performantes, en particulier dans le secteur des services, les acteurs locaux multiplient **les politiques volontaristes pour mettre en valeur leurs atouts**.

L'accessibilité étant essentielle, accueillir une gare TGV en lien direct avec la capitale devient une condition nécessaire. Ainsi le projet EuroRennes prévoit dans la capitale bretonne le réaménagement du quartier de la gare en lien avec la réfection des voies ferrées qui permet d'accéder à Paris en 1 heure 35. Ces projets « Euro » se sont multipliés : Euralille avec l'arrivée de l'Eurostar dès 1994, EuroMéditerranée à Marseille, etc. Et les projets de marketing territorial voient le jour à l'échelle urbaine, comme à Lyon autour du projet « Only Lyon ».

ZOOM SUR...

LA LIGNE LE HAVRE-MARSEILLE, UNE RÉALITE DÉPASSÉE ?

La géographie économique traditionnelle française a longtemps établi une ligne entre les deux grands ports français du Havre et de Marseille. Au nord de celle-ci se situaient les régions les plus industrialisées, notamment autour des bassins houillers du Nord ou du Creusot. À l'inverse, au sud de la ligne, les régions semblaient se caractériser par une activité agricole plus intense. Si l'industrie a pu se développer aujourd'hui au sud, cette ligne marque toujours les paysages des régions françaises, notamment à cause de la déprise de l'industrie lourde, multipliant les friches, par exemple en Lorraine. Les chiffres socioéconomiques s'en ressentent aussi, avec un chômage plus important dans les Hauts-de-France (autour de 10 %) qu'en Loire-Atlantique (7,2 %).

D'autres représentations géographiques ont néanmoins pu émerger, par exemple l'identification d'une géographie urbaine et régionale française sous la forme d'un cyclope : la France représentant le visage, dont l'œil unique disproportionné est Paris, et le sourire l'arc littoral allant de Rennes à Lyon en passant par Toulouse et Montpellier, un espace très dynamique dans l'économie tertiaire et la production à haute valeur ajoutée.

LES ACTEURS DE L'AMÉNAGEMENT

Les acteurs de l'aménagement sont multiples en France.

• Il est d'abord impossible d'ignorer le rôle prépondérant de l'État. La planification à l'œuvre dans l'économie française d'après-guerre a

Ces stratégies s'appuient souvent sur de **grands projets d'aménagement**, comme la réappropriation de l'île de Nantes pour en faire un nouveau cœur de ville. Cela passe aussi par la mise en avant d'une vie culturelle attractive, essentielle lorsque l'on s'adresse à une population diplômée à forte consommation de produits culturels. Nantes a pu compter sur l'accueil de compagnies d'art de rue à la renommée internationale comme Royal de Luxe et le développement des Machines de l'Île, au point de faire de l'éléphant mécanique un symbole de la métropole de Loire-Atlantique.

La région, un espace de vie ?

Les politiques de décentralisation, inaugurées en 1982 et 1983 avec les lois Deferre, ont transféré aux régions des compétences d'aménagement du territoire comme la gestion des déchets, des plans de développement économique, la régulation des mobilités interurbaines, etc.

Les régions sont des circonscriptions administratives, mais certaines d'entre elles peuvent exprimer une **identité forte** (Corse, Bretagne, Alsace, etc.), développant un sentiment puissant d'attachement au sein de leurs populations. L'intégration communautaire européenne modifie les pratiques sociales aux frontières, intégrant les régions françaises concernées dans un continuum avec leurs voisins, notamment en Alsace avec le Land de Bade-Wurtemberg.

Dans le cadre de l'Europe, la structuration du territoire est également pensée à de plus **larges échelles** : une réflexion est ainsi menée autour de l'Arc atlantique, de l'Écosse à l'Andalousie, entre l'Irlande, le Royaume-Uni, la France, l'Espagne et le Portugal, pour rassembler les régions du littoral partageant un certain nombre de problématiques communes, concernant notamment les transports maritimes ou la pêche.

Des inégalités régionales

À l'échelle de la région, **les recompositions sont nombreuses et inégalement réparties dans l'espace**. Ainsi, si une métropole régionale peut bénéficier d'opérations urbaines majeures, les avantages ne peuvent souvent concerner l'ensemble d'une région. Par exemple, l'essor touristique déclenché par l'installation du Louvre-Lens ne suffit pas à redynamiser la région touchée de plein fouet par la fermeture des activités industrielles depuis les années 1970-1980. Les régions évoluent également en développant des spécificités économiques, comme la chimie sur le Rhône ou l'agroalimentaire dans l'Ouest.

La réforme de 2016, qui a fait passer le nombre de régions administratives de 27 à 18, définit de nouvelles régions, mais celles-ci ne correspondent pas toujours à la façon dont les habitants s'approprient l'espace. Cela conduit certaines d'entre elles à un déficit d'appropriation, par exemple la Nouvelle-Aquitaine. De plus, la centralisation française se fait sentir à l'échelle de ces régions. Cela pose par exemple problème dans le cadre de la région Normandie, résultat de la fusion de la Basse et de la Haute-Normandie, mettant en compétition les villes de Caen et de Rouen pour le statut de métropole régionale.

Enfin, la naissance d'une fiscalité propre décidée par le conseil régional fait apparaître des **disparités de richesse et de développement** entre les régions françaises. Ainsi l'indice de développement humain (IDH) de Mayotte n'est que de 0,781 en 2018 quand celui de l'Île-de-France est à 0,937.

Le cas particulier des régions d'outre-mer

Les conditions sont **très contrastées** dans l'outre-mer. Des modélisations ont néanmoins été faites, notamment par J.-C. Gay. Il distingue :
– des littoraux abrités des vents dominants où se développe l'activité touristique ;
– des littoraux connaissant des risques réguliers d'ouragans ;
– les centres des îles, qui restent en retrait du développement régional. Pour autant, ils sont parfois intégrés dans la stratégie de marketing territorial, comme le cirque de Mafate, peu peuplé, mais qui constitue une attraction pour des touristes à la recherche de nature et de randonnées.

La métropole polarise l'économie tout comme les pratiques sociales.

TROIS ARTICLES DU *MONDE* À CONSULTER

- **A Toulouse, la lente reconversion du site AZF p. 88**
(Philippe Gagnebet, *Le Monde* daté du 23.09.2019)
- **Décentralisation : six régions vont piloter Pôle emploi p. 89**
(Patrick Roger, *Le Monde* daté du 01.02.2020)
- **Les fractures territoriales se creusent p. 90**
(Patrick Roger, *Le Monde* daté du 08.07.2016)

Port de Terre-de-Haut en Guadeloupe.

intégré la problématique de l'aménagement, envisagé comme une mise en valeur du territoire au bénéfice de l'économie. De 1963 à 2014, la DATAR (Délégation interministérielle à l'aménagement du territoire et à l'attractivité régionale) a été le « bras armé » de l'État dans ce domaine. Elle centralise la politique appliquée dans les régions par les préfets. De grands plans d'aménagement en sont issus, comme la mission Racine, dont l'objectif fut de faire du littoral du Languedoc-Roussillon un lieu d'accueil du tourisme balnéaire de masse. Lui font écho les « plans neige » d'aménagement des stations de sports d'hiver entre 1964 et 1977.
• Les collectivités territoriales sont aussi des acteurs de l'aménagement depuis les lois de décentralisation de 1981 et 1982. Les régions ont par exemple hérité de la gestion du système des trains express régionaux (TER). Les communes agissent en particulier au travers des plans locaux d'urbanisme (PLU), de plus en plus souvent concertés à l'échelle intercommunale.
• L'Union européenne, par ses financements et ses actions de coopération, est également devenue un acteur essentiel. Dans un contexte où la centralisation reste très forte, les régions peuvent trouver dans l'appui de l'UE un moyen de dépasser des blocages nationaux.
• Par ailleurs, il ne faut pas négliger le rôle des acteurs privés, qui sont de plus en plus influents, comme les FTN (firmes transnationales). Enfin, les citoyens sont également des acteurs de l'aménagement : ils sont consultés régulièrement et peuvent s'organiser en association pour défendre ou s'opposer à un projet local.

Réponse à une question problématisée

Dans quelle mesure l'intégration de la France à l'UE et à la mondialisation recompose-t-elle ses territoires ?

L'analyse du sujet

Ici, les trois mots clés du sujet sont « intégration », « mondialisation » et « recomposition ». Réfléchissez à des exemples précis, qui peuvent inclure votre territoire de proximité. Ce sujet renvoie au thème conclusif du programme de géographie, qui fait la synthèse de toutes les connaissances acquises durant l'année : adoptez une approche transversale et mobilisez des exemples issus de différents chapitres.

Définition des termes du sujet : La recomposition d'un territoire renvoie à son réagencement sous l'effet de facteurs internes ou externes. L'insertion de la France dans l'Union européenne et dans la mondialisation entraîne des dynamiques de réorganisation des territoires qui s'inscrivent dans la durée : la mondialisation, qui se traduit par l'intensification de flux de toute nature, conduit à une mise en concurrence des territoires et une hiérarchisation renforcée à toutes les échelles. Certains d'entre eux sortent gagnants de ces recompositions tandis que d'autres restent en marge de la croissance et du développement.

Contextualisation et variation des échelles : La France est un pays historiquement intégré dans les flux de la mondialisation, et fait partie des pays fondateurs de la Communauté européenne. Son intégration à ces deux ensembles est ancienne, et les recompositions territoriales qui en découlent s'inscrivent dans la durée. Si, à l'échelle nationale, la France est pleinement intégrée dans l'Union européenne et la mondialisation, on observe à plus grande échelle des gagnants et des perdants parmi les territoires qui la composent. Ces recompositions spatiales, dues à des dynamiques spécifiques à l'ouverture sur les espaces européen et mondial, font l'objet de tentatives de rééquilibrage par de multiples acteurs.

La problématique et l'annonce de plan

En quelle mesure l'intégration de la France à l'UE et à la mondialisation recompose-t-elle ses territoires ? Si certains territoires sont pleinement intégrés à l'UE et à la mondialisation, d'autres sont marginalisés, raison pour laquelle l'UE met en place des politiques d'aménagement du territoire.

Le plan détaillé du développement

I. Des territoires pleinement intégrés à l'UE et la mondialisation

1. La métropolisation, une conséquence de l'intensification des flux à l'échelle européenne et mondiale

Les métropoles françaises sont les grandes gagnantes de l'intégration. Parmi elles, Paris est la seule ville ayant une influence à l'échelle mondiale (quartier d'affaires au rayonnement international, sièges d'organisations supranationales comme l'UNESCO ou l'OCDE).

D'autres métropoles comme Lille, Lyon ou Marseille ont un rayonnement à l'échelle européenne.

2. Les territoires qui bénéficient d'une bonne accessibilité

Les territoires qui bénéficient d'une bonne accessibilité, car situés à proximité de voies de communication stratégiques (routières, ferroviaires, aériennes) ou de grandes métropoles, sont pleinement intégrés et attractifs.

Le réseau terrestre français s'organise en étoile autour de Paris pour desservir les grandes métropoles, qui sont ainsi reliées au reste de l'Union européenne mais aussi au reste du monde via les aéroports internationaux.

3. Les territoires aux atouts spécifiques

Certains territoires possèdent des atouts spécifiques pour être attractifs dans l'espace européen et l'espace mondial : c'est le cas des espaces littoraux (côtes atlantique et méditerranéenne, territoires ultramarins), qui bénéficient à la fois de la littoralisation des activités et des retombées du tourisme balnéaire, mais aussi des territoires transfrontaliers (NE de la France).

> **CE QU'IL NE FAUT PAS FAIRE**
>
> « Diviser » le sujet en deux en faisant une première partie sur l'Union européenne et une deuxième partie sur la mondialisation. L'intégration à l'UE et à l'espace mondial entraîne des dynamiques conjointes, qu'il convient d'analyser ensemble.

NE PAS CONFONDRE...

MÉTROPOLE, MÉTROPOLISATION ET MÉGALOPOLE

La métropolisation désigne le processus de concentration des hommes et des activités au sein de grandes villes appelées métropoles. Ce processus est favorisé par la mondialisation, puisque les métropoles sont des lieux privilégiés de réception des flux de marchandises, d'hommes et de capitaux : elles bénéficient en effet d'une position centrale dans les réseaux de transport et sont donc très accessibles. La métropolisation conduit au renforcement de la hiérarchie urbaine, en faveur des métropoles déjà influentes.

Même si le terme « mégalopole » est proche phonétiquement, il n'est absolument pas synonyme de « métropole ». Une mégalopole est un ensemble de métropoles reliées entre elles par un réseau de communications dense, qui exerce un rayonnement mondial. Par exemple, la mégalopole européenne englobe plusieurs métropoles, comme Londres et Milan. Le réseau urbain n'est pas forcément continu, ce qui fait que cet ensemble n'est pas délimité dans l'espace. Ainsi, certains géographes intègrent également la région parisienne, cœur économique français, à la mégalopole européenne.

Les espaces productifs spécialisés bien insérés dans la mondialisation se renforcent : c'est le cas des espaces agricoles productivistes (Beauce, Picardie).

II. Des territoires en difficulté et marginalisés

1. Une accentuation du modèle centre/périphérie
La hiérarchisation renforcée des territoires induite par la mondialisation s'observe également à l'échelle locale, par exemple dans la région Île-de-France. Paris concentre les fonctions de commandement et les activités, tandis que certains espaces périphériques, éloignés des réseaux de transport, constituent des poches de pauvreté.

2. Des territoires enclavés ou en déprise
À plus petite échelle, certains territoires, à l'écart des principaux axes de communication et des métropoles, se trouvent marginalisés et parfois en déprise (voir croquis).

D'autres ont des handicaps qui freinent leur intégration et créent une situation d'enclavement, par exemple les territoires ultramarins.

3. Des territoires en désindustrialisation
Les régions industrielles en reconversion (nord de la France, Massif central) ont largement pâti de la mondialisation : la concurrence des pays émergents a entraîné une désindustrialisation et l'apparition de friches industrielles. Ces espaces sont aujourd'hui en cours de reconversion.

III. Des politiques d'aménagement du territoire pour une intégration plus harmonieuse dans l'UE et la mondialisation

1. L'État, un acteur déterminant
En France, l'État a longtemps été l'unique acteur de l'aménagement (loi Littoral, loi Montagne, DATAR, etc.). Il reste encore aujourd'hui un acteur déterminant. Il mène des actions visant à rééquilibrer les territoires (ex. : la « Politique de la ville », ensemble d'actions pilotées par l'État pour réduire les inégalités sociales à l'échelle urbaine).

2. Des acteurs multiples de l'aménagement du territoire
Les politiques de délocalisation ont amené au transfert d'une partie des compétences de l'État vers les collectivités territoriales. Parmi elles, les régions sont des acteurs majeurs de l'aménagement. Elles bénéficient des aides européennes (FEDER, FSE) et interagissent avec l'État et les communes pour développer leur territoire, à travers, entre autres, l'accessibilité par l'aménagement du réseau de transport (en région Île-de-France, le projet Grand Paris Express) ou la compétitivité par la construction de technopôles, de quartiers d'affaires, etc.

La concertation entre les différents acteurs permet de réguler les effets de concurrence, éviter les fractures territoriales et renforcer la cohésion.

La conclusion

Pour conclure, l'intégration de la France dans l'UE et dans la mondialisation entraîne des recompositions territoriales. Certains territoires en sortent gagnants, notamment les métropoles, les zones portuaires ou encore les systèmes productifs tournés vers l'international. D'autres territoires, en revanche, sont marginalisés car trop éloignés des axes de communication et des centres d'impulsion. Cette hiérarchisation des territoires introduit une mise en concurrence que de nombreux acteurs cherchent, par l'aménagement du territoire et la mise en place de politiques de cohésion, à réguler.

Par ailleurs, les nouveaux enjeux posés par la crise du modèle libéral-productiviste et la question climatique peuvent sur le long terme entraîner de nouvelles recompositions, qu'il s'agira d'observer sur la durée.

LA BONNE MÉTHODE

Ce sujet se prête très bien à la réalisation d'un croquis, à intégrer dans le développement :
- il permet de gagner du temps : il suffit de renvoyer au croquis au lieu de développer la description de l'organisation d'un territoire ;
- il permet de se démarquer par rapport aux autres copies, en mettant en valeur des compétences bien spécifiques à la géographie.

Même effectué rapidement et à main levée, le croquis doit comporter une légende et un titre. Prenez garde à ne pas multiplier les informations (trois à six informations au maximum).

L'intégration des territoires dans la mondialisation

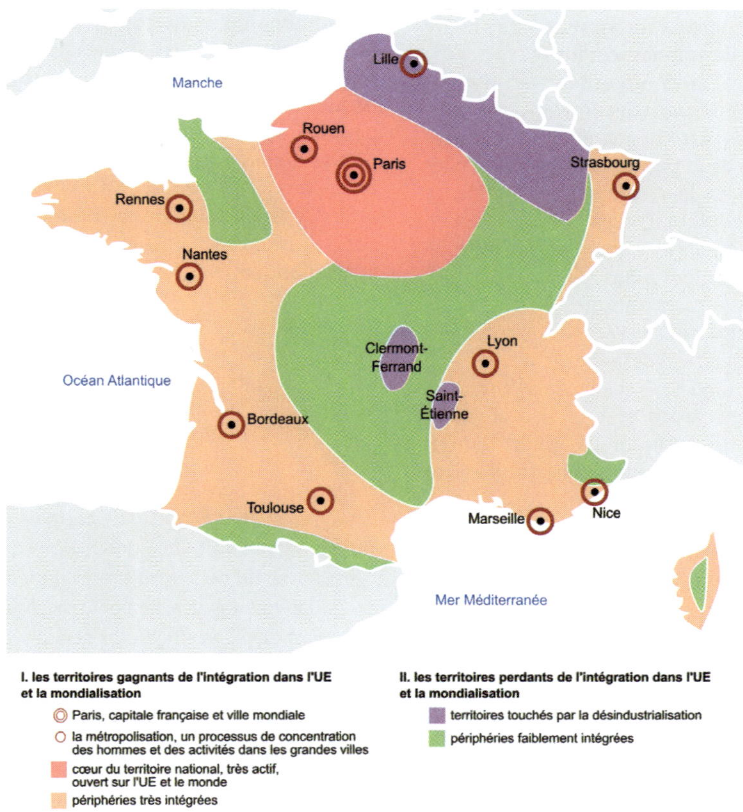

Les fractures territoriales se creusent

Pour France Stratégie, l'Etat doit à la fois continuer à investir dans les métropoles et corriger les inégalités

Les dernières élections, aussi bien nationales que départementales et régionales, ont montré combien les fractures territoriales étaient devenues un enjeu majeur. Un document publié jeudi 7 juillet par France Stratégie, l'organisme de réflexion et d'expertise rattaché au premier ministre, montre que les inégalités territoriales se sont creusées entre 2000 et 2013. Les métropoles, Paris en particulier, concentrent l'activité à haute valeur ajoutée et les populations qualifiées. Le Nord-Est et le Centre ont notamment décroché par rapport au reste du pays. Les villes moyennes et les territoires peu denses se fragilisent.

A la lecture de ce document, on comprend mieux pourquoi les débats autour des récentes réformes dites de décentralisation ont cristallisé les inquiétudes des élus, notamment ruraux, et de leurs électeurs face au risque de relégation de certains territoires et face à la concentration des pouvoirs et des moyens dans les métropoles.

Ces mêmes inquiétudes s'étaient exprimées lors de la discussion de la loi pour la croissance et l'activité du ministre de l'économie, Emmanuel Macron. Comment accompagner un phénomène inéluctable, qui n'est pas propre à la France, de « métropolisation » tout en endiguant le déclin des territoires ? Comment éviter que les fossés interrégionaux ne se creusent à l'heure de la création de grandes régions ?

Les grandes aires urbaines, de plus de 500 000 habitants, concentrent une part importante de l'activité : si elles rassemblent environ 40 % de la population française, elles drainent 55 % de la masse salariale totale. Le produit intérieur brut (PIB) par habitant y est en moyenne 50 % plus élevé que dans le reste du pays. A l'inverse, alors que 12 % de la population habitent dans des communes de moins de 20 000 habitants, ces dernières ne représentent qu'un peu plus de 6 % des salaires versés.

Parmi les grandes aires urbaines, certaines ont connu, entre 2007 et 2012, une augmentation rapide de l'emploi – Rennes, Nantes, Bordeaux, Toulouse, Lyon – tandis que d'autres voyaient l'emploi baisser – Douai-Lens, Rouen, Strasbourg, Nice, Toulon.

Les régions du nord-est et du centre de la France décrochent par rapport au reste du pays en raison, notamment, de la désindustrialisation rapide du Nord et de l'Est, où le poids de l'industrie était important, sans qu'elles se soient massivement réorientées vers des services à haute valeur ajoutée. Le PIB par habitant du Sud-Ouest était supérieur de 3,5 % à celui du Nord-Est en 2000 ; il était plus élevé de 9,5 % en 2013.

Toutefois, ces inégalités sont, partiellement, corrigées à la fois par les effets du système de protection sociale et des emplois publics. *« Par le jeu des transferts sociaux et de l'emploi public, la dépense publique joue donc un rôle de péréquation entre les territoires »*, observe l'étude de France Stratégie.

Vieillissement de la population

Mais l'organisme s'interroge, en revanche, sur la pertinence des politiques territoriales. *« Depuis trente ans, les dispositifs d'aide aux territoires se sont multipliés et certains d'entre eux se chevauchent, voire même apparaissent contradictoires »*, notent ainsi les auteurs.

Ainsi, si d'importants moyens ont été mis à disposition des réseaux d'éducation prioritaire, les classes ne contiennent en moyenne que deux élèves de moins que la moyenne, *« ce qui est insuffisant pour compenser les écarts de résultats scolaires »*. *« Dans certaines régions défavorisées comme le Nord-Pas-de-Calais, la dépense par tête dans l'enseignement primaire est même inférieure à la moyenne »*, constate l'étude. Et, en matière de formation professionnelle, elle est nettement inférieure dans les régions où le taux de chômage est le plus élevé.

Selon toutes les études prospectives, le phénomène de « métropolisation » devrait se poursuivre. Avec les risques de décrochage qui l'accompagnent pour les zones rurales, des risques accrus du fait du vieillissement de la population dans ces zones.

Les grandes zones urbaines disposent d'un fort potentiel de croissance. La loi de modernisation de l'action publique territoriale (Maptam, 2014) et celle sur l'organisation territoriale de la République (NOTRe, 2015) ont anticipé ce mouvement en accordant des compétences accrues aux régions et aux métropoles. A elles d'y répondre en jouant un rôle nouveau d'impulsion et de coordination sur leurs territoires. Cependant, l'étude de France Stratégie pose une question majeure. *« La politique traditionnelle d'aménagement du territoire a longtemps visé à redynamiser par l'investissement les territoires en déclin*, constate-t-elle. *Or les évolutions économiques récentes amènent à repenser cette orientation. »*

Pour le commissaire général de France Stratégie, Jean Pisani-Ferry, joint par *Le Monde*, *« il faut miser sur la dynamique de métropolisation, on n'a pas le choix, même si elle est douloureuse pour les territoires »*. Ce qui suppose d'investir davantage dans les grandes métropoles et à leur pourtour. Il faudra alors avoir une politique volontariste de correction des inégalités et d'accessibilité aux services partout dans le territoire. *« Doit-on fixer un panier de services minimaux garanti par l'Etat sur tout le territoire ?*, interroge l'étude. *Au-delà de ce panier, peut-on imaginer une forme de subsidiarité permettant à certains territoires d'accroître l'offre de service à condition qu'ils en assument la responsabilité fiscale ? »*

Ce qui pose la question de l'autonomie fiscale des exécutifs locaux, mais aussi de la péréquation des ressources pour éviter le creusement des inégalités entre les territoires.

Plus d'autonomie, donc, plus de marges de manœuvre pour les régions, mais aussi plus de corrections des inégalités. Pour M. Pisani-Ferry, *« il faut substituer à une logique d'uniformité de l'offre une logique de différenciation »*.

Patrick Roger, *Le Monde* daté du 08.07.2016

POURQUOI CES ARTICLES ?

L'insertion dans la mondialisation engendre des recompositions territoriales, parmi lesquelles la métropolisation. Cette dernière entraîne la mise en concurrence entre les régions et le creusement des fractures territoriales. Pour accompagner la métropolisation tout en évitant le déclin de certains territoires, les acteurs publics souhaitent passer d'une logique d'uniformité à une logique de différenciation dans l'aménagement. L'État français expérimente déjà la différenciation territoriale, comme l'indique le deuxième article : sur l'initiative du gouvernement, six régions pilotent l'action Pôle Emploi en toute autonomie. Désormais, il ne s'agit plus seulement de décentraliser, mais aussi d'élaborer des transferts à la carte en fonction des besoins des collectivités. Certains territoires ont en effet des besoins spécifiques : le troisième article met en valeur l'exemple de la reconversion du site AZF de Toulouse, qui mobilise de nombreux acteurs publics et privés. Près de 20 ans après l'explosion de l'usine chimique, se développe sur le site un vaste campus consacré à la recherche contre le cancer ainsi qu'une centrale photovoltaïque.

Décentralisation : six régions vont piloter Pôle emploi

Cette expérimentation pourrait être élargie dans le cadre de la future loi « 3D », qui devrait attribuer aux collectivités des compétences à la carte

L'ambiance était à la détente, mercredi 29 janvier, lors des vœux de Régions de France, entre les présidents de région et la ministre de la cohésion des territoires, Jacqueline Gourault. Pour marquer cette intention de réconciliation, Renaud Muselier, qui a succédé début novembre 2019 à Hervé Morin à la tête de l'association, a offert à son invitée un olivier, symbole de paix. Une volonté d'apaisement après des mois de relations tumultueuses entre l'exécutif et les trois principaux groupements d'élus – Association des maires de France (AMF), Assemblée des départements de France (ADF) et Régions de France –, faisant front commun, avec l'appui du président du Sénat, Gérard Larcher, au sein de Territoires unis.

Il est vrai que la réforme de la fiscalité locale liée à la suppression de la taxe d'habitation sur les résidences principales, contre laquelle bataillaient ces associations, est désormais inscrite dans la loi. Et que l'AMF et le Sénat se sont finalement félicités de l'adoption, fin décembre, de la loi engagement et proximité promulguée fin décembre 2019, qui conforte les pouvoirs des maires et l'exercice des mandats locaux. Les esprits sont à présent tournés vers la loi décentralisation, différenciation, déconcentration (« 3D ») qui devrait être présentée au deuxième trimestre, après les élections municipales.

Geste apprécié

Alors que Mme Gourault a engagé un cycle de concertation avec l'ensemble des élus locaux et de leurs représentants, au niveau national et dans chacune des régions, Edouard Philippe a apporté à ces dernières une première satisfaction. Lors du congrès des Régions de France qui s'était tenu le 1er octobre 2019 à Bordeaux, le premier ministre avait proposé que trois régions volontaires puissent expérimenter un pilotage de l'action de Pôle emploi *« dans le domaine de la formation professionnelle »*. Pas moins de douze régions se sont portées candidates.

Dans un courrier adressé le 21 janvier à M. Muselier et que *Le Monde* s'est procuré, le chef du gouvernement indique que l'expérimentation va pouvoir démarrer, *« dans un premier temps »*, dans six régions : Hauts-de-France, Nouvelle-Aquitaine, Centre-Val de Loire, Pays de la Loire, Normandie, Auvergne-Rhône-Alpes. *« J'ai demandé à madame Muriel Pénicaud, ministre du travail, de travailler dans les meilleurs délais, en lien avec les préfets et les présidents de conseil régional, à la mise en œuvre de cette expérimentation »*, précise M. Philippe. Celle-ci devrait être articulée, ajoute-t-il, avec la mise en œuvre du service public de l'insertion destiné à renforcer l'accompagnement des personnes éloignées de l'emploi. Le geste a été apprécié par les régions, qui souhaitent disposer du pouvoir de *« coordonner le service public de l'emploi »*.

Ce premier pas pourrait préfigurer une future loi « 3D » qui, plutôt qu'une nouvelle vague de transferts de compétences, permettrait d'élargir le champ de l'expérimentation et de la différenciation. C'est ce que n'a cessé de professer la ministre de la cohésion des territoires au fil des vœux des associations d'élus qui se sont tenus durant le mois de janvier. Elle l'a dit de nouveau mercredi devant les régions. *« Nous sommes prêts à franchir un nouveau cap mais nous sommes déjà dans une République décentralisée. Par ailleurs, la décentralisation uniforme n'est pas toujours ce qui est souhaité par les collectivités territoriales »*, a assuré Mme Gourault, évoquant la possibilité de *« transferts à la carte »*. *« Les clés de la modernisation des relations entre l'Etat et les collectivités résident dans la différenciation et la souplesse dans les relations entre les collectivités elles-mêmes »*, a-t-elle poursuivi.

Autre terrain d'entente

Ni *« big bang »* ni *« grand soir »* de la décentralisation, les associations d'élus semblent elles aussi faire leur ce discours. Peut-être parce que Territoires unis, au-delà des déclarations de principe, ne l'est pas tant que ça quand il s'agit de définir les compétences que chacune de ses composantes revendique et qu'au sein de chacune d'entre elles tout le monde n'a pas les mêmes attentes. Ainsi, lors d'une rencontre qui s'est tenue mardi soir, le président de l'ADF, Dominique Bussereau, a remis à la ministre de la cohésion des territoires une liste des départements qui souhaitent obtenir la compétence sur l'ensemble des routes de leur territoire. Mais tous n'y aspirent pas.

Quelques jours auparavant, c'est le président de France urbaine, Jean-Luc Moudenc, qui avait estimé que ce nouvel acte de décentralisation *« ne* [devait] *pas être un transfert de blocs de compétences »*. *« Ce que nous revendiquons est beaucoup plus simple, insistait le maire de Toulouse. Dans les compétences que l'Etat nous a attribuées, débarrassez-nous des entraves administratives, des procédures, de tout ce qui nous freine. »*

« Nous ne voulons pas forcément élargir le champ des compétences des régions, nous voulons le renforcer, a convenu à son tour M. Muselier. *Ce n'est pas une question de nombre de compétences transférées, c'est une question d'autonomie dans l'exercice de celles-ci. »* Le président de la région Provence-Alpes-Côte d'Azur, qui abhorre l'acronyme « PACA » et privilégie l'appellation « Sud », a dit souhaiter *« que chaque région puisse travailler "à la carte" sur des compétences transférables »*. Il a également appelé de ses vœux *« une marque de confiance du gouvernement »* en lui demandant d'accepter d'accorder aux régions la gestion du Fonds social européen territorial.

Un autre terrain d'entente semble se dessiner : celui de la dévolution aux collectivités territoriales du pouvoir réglementaire. *« Si l'Etat revient en permanence sur ce qu'il a délégué, s'il conserve seul le pouvoir d'établir la norme dans des champs d'action publique dont il n'a plus la responsabilité, il brouille les cartes en permanence »*, a plaidé M. Muselier. Mme Gourault a assuré que le gouvernement était ouvert à *« une délégation du pouvoir réglementaire pour que les collectivités territoriales puissent créer la norme ou la supprimer dans leur champ de compétences »*. Autant de signes allant dans le sens d'une relation plus apaisée entre l'Etat et les collectivités et d'un souhait partagé d'*« une loi moderne adaptée aux besoins des territoires »*.

Patrick Roger,
Le Monde daté du 01.02.2020

A Toulouse, la lente reconversion du site AZF

Dix-huit ans après l'explosion de l'usine chimique, qui a fait 31 morts et 2 200 blessés, le site de 220 hectares accueille un campus consacré à la recherche sur le cancer et va abriter une immense centrale photovoltaïque

Toulouse – *correspondance*

Le cratère de soixante-dix mètres de long et quarante mètres de large sur plus de cinq mètres de profondeur est certes refermé depuis longtemps, mais la cicatrice demeure dans le cœur des Toulousains. Le 21 septembre 2001, à 10 h 17, l'explosion d'un stock d'environ 300 à 400 tonnes de nitrate d'ammonium déclassé, destiné à la production d'engrais, faisait voler en éclats l'usine AZF (AZote Fertilisants), propriété de la société Grande Paroisse et filiale de Total, provoquant la mort de 31 personnes et en blessant 2 200 autres.

Cette déflagration faisait trembler jusqu'aux fenêtres du Capitole, situé à plusieurs kilomètres, et dévastait des quartiers de la ville. Bilan : 2 milliards d'euros de dégâts, un épisode judiciaire encore inachevé (en octobre 2017, l'ex-directeur de l'usine a été condamné à 15 mois de prison avec sursis et 10 000 euros d'amende, et la société Grande Paroisse à 225 000 euros d'amende, mais un pourvoi en cassation est en cours) et un passé chimique à oublier.

Dix-huit ans plus tard, une nouvelle pierre, ou plutôt un panneau a été posé, signe de la lente reconversion de la ZAC (zone d'aménagement concerté) Oncopole, du nom du site voisin dévolu à la recherche sur le cancer, inauguré en 2009. Au printemps 2020, la plus grande centrale photovoltaïque urbaine de France devrait fournir *« une production annuelle de 19 350 mégawattheures* [MWh], *soit l'équivalent de la consommation annuelle de 4 100 foyers »*, a annoncé, le 28 août, Stéphanie Andrieu, directrice générale d'Urbasolar, la société héraultaise choisie pour exploiter le site.

Nombreux écueils

L'investissement et le chantier sont de taille : 35 000 panneaux et 12,4 millions d'euros engagés par Urbasolar, Toulouse Métropole, la régie municipale d'électricité de Toulouse, l'Agence régionale énergie climat et la coopérative Citoy'enR. *« Ce projet fait partie de notre ambition depuis 2014 de doubler notre production d'énergies alternatives sur la Métropole »*, précise le maire (LR), Jean-Luc Moudenc, déjà adjoint en 2001 de l'édile de l'époque, Philippe Douste-Blazy.

S'il a fallu autant de temps pour voir enfin revivre les grands terrains voisins de la Garonne, c'est parce que les écueils étaient nombreux : site encore pollué, zone inondable, alternance politique (de 2008 à 2014, la ville était dirigée par le socialiste Pierre Cohen), casse-tête administratif et législatif pour implanter en zone urbaine une ferme solaire de cette taille, enquête publique, concertations...

Techniquement, Urbasolar a trouvé une première solution face aux inondations, en surélevant les panneaux solaires à 1,20 mètre du sol, au lieu des cinquante centimètres habituels. Mais, plus globalement, *« c'est une nouvelle façon d'aborder les partenariats public/privé et de financer la transition énergétique »*, déclare Thierry Cotelle, président de l'Agence régionale énergie climat, créée par la région Occitanie, qui a investi 2,2 millions d'euros. *« Cela confirme aussi notre stratégie, avec Philippe Douste-Blazy, de ne pas attaquer Total en justice, mais de travailler avec, dans cette optique de reconstruction »*, insiste pour sa part M. Moudenc.

Il faut dire que, depuis la catastrophe, l'entreprise a mis au pot. Toulouse Métropole a récupéré l'ensemble des terrains, soit 220 hectares, pour un euro symbolique, et le groupe pétrolier a largement financé le développement de l'Oncopole. L'impressionnant complexe, à l'architecture futuriste, a bénéficié dès sa création du soutien de l'entreprise : 10 millions d'euros pour la Fondation Toulouse Cancer Santé voulue par Philippe Douste-Blazy, financement de la dépollution du site sur lequel s'est installé en 2014 l'IUCT (l'Institut universitaire du cancer de Toulouse), sans compter les indemnités pour les équipements publics touchés, ou encore pour les dommages liés aux souffrances physiques et morales obtenus par la mairie. *« On peut évaluer à 80 millions d'euros la participation de Total au démarrage de l'Oncopole »*, estime le maire actuel.

Faire vivre le lieu

Après l'installation, dès le début, des laboratoires Pierre Fabre, de Sanofi, de l'Institut national de la santé et de la recherche médicale (Inserm) ou du Centre national de la recherche scientifique (CNRS), le site a toutefois marqué le pas en 2015-2017. Si environ 5 000 personnes travaillent à ce jour sur l'ensemble du complexe, la Métropole veut relancer une dynamique. C'est dans cette optique que, début juin, tous les acteurs se sont retrouvés pour rebaptiser l'Oncopole en *« campus santé du futur »*.

« Nous allons élargir les thématiques vers le sport ou le bien-être par exemple, mettre en place des leviers pour aider au développement économique et insister sur l'innovation », détaille Daniel Rougé, adjoint au maire chargé de la coordination des politiques de solidarité et des affaires sociales. Autre enjeu : faire vivre le lieu. Malgré la présence d'une quarantaine d'entreprises, le site manque d'activités annexes ou de commerces.

Ainsi, un projet de « hub » ou tiers-lieu, sur 7 000 mètres carrés, comprenant un restaurant, un centre sportif en intérieur, une conciergerie, des bureaux de travail partagés et des commerces de proximité, doit voir le jour d'ici deux ans. Le téléphérique, prévu pour fin 2020, doit permettre de décloisonner la zone.

La lente reconversion des immenses terrains se poursuit donc, au point de gommer la mémoire du site, ce que certains déplorent. *« La ferme photovoltaïque, le téléphérique, c'étaient nos idées et ça a pris vraiment beaucoup de temps. Surtout, la ville et l'Etat n'ont pas opéré ce travail de réconciliation sur la mémoire, entre les habitants, les anciens salariés de l'usine et les associations. Ce sera toujours un grand manque »*, souligne l'élu écologiste Régis Godec.

Non loin de là, sur l'île du Ramier, un autre dossier empoisonne encore la ville et l'Etat. Enterrées dans des ballastières, ces étangs sous-terrains artificiels, de 4 000 à 20 000 tonnes de nitrocellulose – un explosif à la puissance équivalente au trinitrotoluène (TNT) – y sont stockées depuis la fin de la guerre de 1914-1918. En 2017, le premier ministre d'alors, Bernard Cazeneuve, avait assuré qu'une opération de dépollution serait menée d'ici à 2022. Depuis, rien n'a bougé, la préfecture assurant que le danger n'est pas prouvé. A Toulouse, encore marquée par la gigantesque explosion du 21 septembre 2001, on ne l'entend pas ainsi.

Philippe Gagnebet, *Le Monde* daté du 23.09.2019

LE GUIDE PRATIQUE

L'épreuve d'histoire-géographie

EN BREF…

Troisième trimestre (entre avril et juin)
2 h

Coefficient :
2,5 pour l'année de terminale

Question problématisée : 10 points
Analyse de document(s) ou réalisation d'une production graphique : 10 points

Comme pour les E3C passées en première, c'est l'équipe pédagogique d'histoire-géographie de votre lycée qui choisit, dans la banque nationale, le sujet à soumettre aux élèves de l'établissement. Ce sujet se décompose en deux parties :

– **une question problématisée** : en terminale, contrairement aux épreuves de première, l'intitulé de la question suggère simplement une problématique, mais pas les éléments de construction de la réponse. C'est donc à vous d'organiser votre réponse en plusieurs parties ;

– **une analyse de document(s) ou une réalisation de production graphique** : en terminale, les éléments de construction de l'analyse ne sont plus fournis dans la consigne accompagnant le(s) document(s), et on attend de vous davantage d'autonomie dans la construction de la production graphique : le texte qui accompagne le fond de carte ne comporte plus de sous-titres. C'est donc à vous de dégager les grandes thématiques qui vont vous permettre d'organiser la légende en plusieurs parties.

Si la première partie du sujet porte sur l'histoire, la deuxième porte sur la géographie ou inversement.

La réponse à une question problématisée

Analyser le sujet (10 min)

Commencez par analyser le sujet : repérez le chapitre du programme auquel il fait référence, ses mots-clés, ses bornes spatio-temporelles. Faites le tri, pour **éliminer ce qui est hors sujet**. Le sujet indique également **la problématique**. Ne la traitez pas à la légère, mais comme un vrai « problème » historique ou géographique : tout ce que vous allez écrire dans votre développement doit être en rapport avec ce questionnement.

Construire un plan (10 min)

Repérez de quel type de sujet il s'agit : vous demande-t-on de réfléchir à une évolution, une opposition, une comparaison ? Il existe trois grands types de plans :

– **le plan chronologique**, qui permet d'étudier l'évolution d'un phénomène dans le temps. Il est tout indiqué en histoire si votre sujet porte sur une longue période et que vous pouvez dégager facilement des bornes chronologiques pour construire des parties ;

– **le plan thématique**, qui permet de distinguer les principales caractéristiques d'un phénomène historique ou géographique ;

– **le plan dialectique**, structuré sous la forme « thèse-antithèse-synthèse », qui permet de réfléchir à une question invitant à discussion.

Notez au brouillon toutes les informations qui vous viennent à l'esprit (notions, idées, dates, acteurs, exemples, etc.). Puis, regroupez et **hiérarchisez** ces informations. Vous devez aboutir à un brouillon qui pourra vous servir de guide pour la rédaction : il doit comporter non seulement les grandes parties, mais aussi les idées principales et les exemples.

Rédiger (40 min)

Soignez les premières lignes de **l'introduction** et ne négligez aucune étape :

– présentez le sujet et définissez-en les termes importants ;

– rappelez la problématique ;

– annoncez votre plan.

Commencez ensuite chaque partie par **une phrase énonçant l'idée générale** qui y est développée.

À l'intérieur de chaque partie, allez à la ligne et marquez un alinéa à chaque

ORGANISER SES RÉVISIONS GRÂCE AUX FICHES

Faites des fiches, mais pas à n'importe quel moment : seulement une fois qu'un chapitre est terminé, afin d'en avoir une vision d'ensemble. Votre fiche doit être la plus complète possible pour ne pas avoir à revenir au support d'origine, mais suffisamment courte pour que vous puissiez d'un seul coup d'œil avoir accès à l'essentiel du cours. Pensez aux fiches **biographiques** et **chronologiques**. Vous pouvez également réaliser **des fiches notionnelles**. Le programme s'articule en effet autour de quelques grandes notions : puissances, modèles politiques, mondialisation, intégration, etc. Au fur et à mesure de l'année, repérez celles qui sont centrales et faites des fiches reprenant leur définition précise, et indiquant les termes qu'elles appellent : par exemple, la notion d'intégration suppose, pour être pleinement mobilisée, de savoir définir ce qu'est le multilatéralisme. Pour vous préparer à la production graphique, réalisez **des fiches cartographiques** : reprenez les principaux repères spatiaux, mais aussi les figurés correspondant aux phénomènes à représenter.

changement d'idée. En effet, chaque sous-partie doit comporter **un argument clé expliqué et justifié par au moins un exemple** précis.

Rédigez enfin une courte **conclusion**. Ne la négligez pas par manque de temps !

L'analyse de document(s)

Analyser les documents et la consigne (15 min)

Commencez par **lire le document**. S'il y en a plusieurs, regardez-les tous. Identifiez leur nature et repérez leur contenu. Puis, **lisez attentivement la consigne** : repérez les termes clés, cela vous permet d'éviter le hors-sujet.

Faites alors **une deuxième lecture de(s) document(s)**, crayon en main : relevez-y les éléments qui permettent de répondre à la consigne et inscrivez-les au brouillon. Puis, rassemblez vos connaissances : inscrivez tout ce qui peut permettre d'expliquer l'intérêt et les limites du document.

Enfin, s'il y a plusieurs documents, **cherchez à les confronter** : pourquoi un tel rapprochement ? Se complètent-ils ? S'opposent-ils ?

COMPRENDRE LES CHOIX CARTOGRAPHIQUES

Outre le choix de l'échelle, celui de la projection est fondamental. Lorsqu'on réalise un planisphère, on est en effet contraint de déformer la réalité, car la Terre est sphérique. Pour cela, on doit choisir une projection : par exemple celle de Mercator, établie au XVIe siècle, qui garde la justesse des distances maritimes mais déforme les continents en agrandissant les hautes latitudes, ou celle de Peters qui prend le parti inverse. On peut aussi recourir à la projection polaire (vue d'en haut) qui évite d'avoir à couper un océan. Le point de repère choisi pour centrer la carte est variable suivant l'observateur : par tradition, on choisit en général de mettre l'Atlantique au centre.

Construire un plan (10 min)

Il vous faut maintenant classer et hiérarchiser les informations pour dégager plusieurs thématiques afin d'organiser votre réponse. Dans chaque partie, prenez garde à mobiliser **tous les documents** ainsi que des connaissances personnelles.

DISTINGUER LES GRILLES D'ANALYSE GÉOGRAPHIQUE

L'analyse géocivilisationnelle étudie les pratiques culturelles, notamment religieuses. Elle permet de dégager les grandes divisions civilisationnelles qui découpent l'espace mondial et la diffusion de certaines pratiques culturelles par-delà les clivages civilisationnels. L'approche géoéconomique étudie quant à elle la dimension spatiale des phénomènes économiques : inégalités de richesses, de développement, flux financiers, etc. Elle permet de dégager une hiérarchie économique entre les différentes parties du monde. L'étude géoenvironnementale s'intéresse à l'impact spatial des phénomènes environnementaux et l'approche géopolitique étudie les rivalités de puissance entre des États et/ou des groupes de diverses natures.

Rédiger (35 min)

Rédigez **votre introduction** en commençant par présenter les documents, en les replaçant dans leur contexte de production. Prenez garde à ce que cette présentation amorce l'analyse. Ensuite, formulez la consigne sous forme problématisée et annoncez votre plan.

Le développement suit le plan élaboré au brouillon. Vous devez mobiliser un argument clé par sous-partie. Chacun doit être expliqué et justifié de manière précise.

Votre conclusion reprend la consigne pour y répondre clairement, au travers d'un bilan synthétique du développement.

Pour l'analyse de documents comme pour la réponse à une question problématisée, n'oubliez pas de sauter quelques lignes entre l'introduction et la première partie, entre chacune des parties et avant la conclusion. Gardez cinq bonnes minutes pour vous relire : traquez les fautes d'orthographe et de syntaxe. Vérifiez notamment les guillemets pour les citations.

La réalisation d'une production graphique

Analyser le sujet (5 min)

Le texte et le fond de carte sont accompagnés d'un intitulé qu'il faut analyser : **repérez les termes clés du sujet, délimitez l'espace concerné et inscrivez vos idées au brouillon**. Cette étape vous permet de repérer le chapitre auquel le sujet fait référence, de vous remémorer les croquis faits en classe et d'éviter le hors-sujet.

Lire le texte et sélectionner les informations (10 min)

Lisez une première fois le texte en entier, pour avoir **une vue d'ensemble** et repérer d'emblée les grandes thématiques qui s'en dégagent. Souvent, la première phrase d'un paragraphe en indique l'idée principale ! Notez au brouillon ce qui vous vient à l'esprit durant cette première lecture. Crayon en main, relisez le texte et soulignez les éléments les plus pertinents parmi **ceux qui sont cartographiables**. Utilisez un code couleur pour les classer par thème, et encadrez les éléments utiles à la nomenclature.

Classer les informations et choisir les figurés (10 min)

Il s'agit maintenant de **classer ces informations** dans une légende organisée. Votre légende doit comporter deux ou trois parties, dont les titres correspondent aux deux ou trois grandes idées qui permettent de répondre au sujet. Choisissez **pour chaque information un figuré approprié**.

Réaliser le croquis (35 min)

Rédigez votre légende au propre. Donnez un titre au croquis, puis reportez-y les informations à cartographier : commencez par les figurés de surface, puis les figurés ponctuels, enfin les figurés linéaires et les éléments de nomenclature. Soignez votre production graphique : par exemple, le crayon à papier et les surligneurs sont à bannir.

Enfin, gardez quelques minutes pour vérifier que le croquis comporte **une orientation et une échelle**, et que les éléments de nomenclature sont correctement orthographiés.

Il faut porter une attention particulière aux éléments suivants :

– Les figurés sont toujours alignés à gauche des informations correspondantes.
– La légende doit pouvoir être lue en même temps que le croquis : ne la faites jamais au verso du fond de carte !
– Au maximum, 15 figurés différents peuvent faire partie de la légende.
– Respectez la logique cartographique dans vos choix de figurés.
– Le croquis et la légende doivent se correspondre : tous les figurés sélectionnés doivent apparaître sur le croquis.

Géographie : la synthèse du programme

Les territoires dans la mondialisation : entre intégration et rivalités

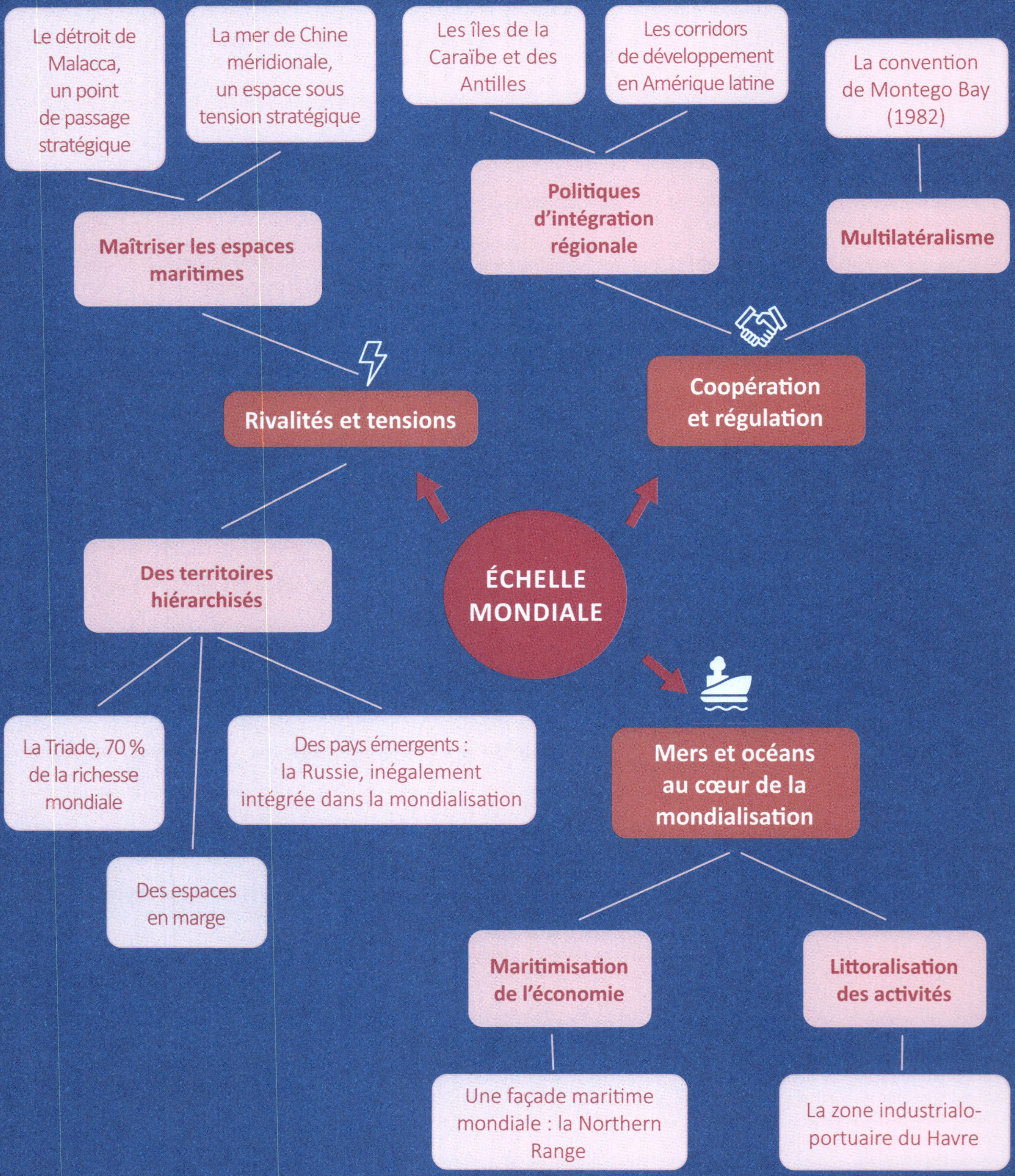

ÉCHELLE RÉGIONALE : L'UNION EUROPÉENNE
Inégale intégration des territoires
Des centres d'impulsion dans la mondialisation
La mégalopole européenne
La Northern Range
De fortes disparités entre les États membres
L'inégale intégration de l'Allemagne dans la mondialisation
Les régions ultra périphériques (RUP) de l'UE
Compétitivité
Clusters
Le cluster de la mode à Milan
Cohésion territoriale
Politiques communes
La politique agricole commune (PAC)
Aides européennes
Le Fonds européen de développement régional (FEDER)
Le Fonds de cohésion
Le Fonds social européen (FSE)
ÉCHELLE NATIONALE : LA FRANCE
Inégale attractivité du territoire français
Des espaces en marge
Paris, ville mondiale
Un rayonnement international
Un pôle touristique mondial
Une puissance maritime
Des espaces transfrontaliers dynamiques
Aménagement du territoire
Lois de décentralisation (1982-1983)
Les collectivités territoriales : commune, département, région
Politiques de cohésion

Crédits iconographiques

Couverture

© Peeterv/iStock

Mers et océans : au cœur de la mondialisation

p. 6 © twildlife/iStock ; p. 7 © CharlieChesvick/iStock ;
p. 15 © Konstantin_Novakovic/iStock ; p. 18 haut © miroslav_1/iStock ;
p. 18 © bas mtcurado/iStock ; p. 19 © owngarden/iStock ; p. 22 © roibu/iStock ;
p. 23 © Damocean/iStock ; p. 25 © By TAAF - Own work, CC BY-SA 3.0/WikiCommons

Dynamiques territoriales, coopérations et tensions dans la mondialisation

p. 30 © kool99/iStock ; p. 31 © coward_lion/iStock ;
p. 36 © SpVVK/iStock ; p. 37 © JeffGoulden/iStock ;
p. 43 © Mazaev Anton/iStock ; p. 47 © Aurore Kervoern/iStock

L'Union européenne dans la mondialisation : des dynamiques complexes

p. 54 © georgeclerk/iStock ; p. 55 © martin-dm/iStock ;
p. 57 By Tomasz Sienicki CC BY-SA 4.0/WikiCommons ; p. 60 © typhoonski/iStock ;
p. 61 haut © photojournalis/iStock ; p. 61 bas © Ermolenko/iStock ;
p. 66 © ANGHI/iStock ; p. 67 haut © aluxum/iStock ; p. 67 bas © sumnersgraphicsinc/iStock ;
p. 70 © U. J. Alexander/iStock ; p. 71 © olrat/iStock ;
p. 72 By Olybrius - Self-photographed, CC BY-SA 4.0/WikiCommons

La France et ses régions dans l'Union européenne et dans la mondialisation : lignes de force et recompositions

p. 78 © krasman/iStock ; p. 79 © kodachrome25/iStock ;
p. 84 © OGphoto/iStock ; p. 85 © eyewave/iStock

Le guide pratique

p. 91 : © FatCamera/iStock ; © PeopleImages/iStock ;
© Steve Debenport/iStock ; © fizkes/iStock

EAN : 9782820811127

Éditions rue des écoles – 2 ter, rue des Chantiers – 75005 Paris
Achevé d'imprimer en France par Aubin en septembre 2020
Dépôt légal : octobre 2020